O SEGREDO DO SAMARITANO

CB010585

MATT REES

O SEGREDO DO SAMARITANO

Tradução de
MARCOS MAFFEI

EDITORA RECORD
RIO DE JANEIRO • SÃO PAULO
2011

CIP-Brasil. Catalogação-na-fonte
Sindicato Nacional dos Editores de Livros, RJ

Rees, Matt, 1967-

R256s   O segredo do samaritano / Matt Rees; tradução de
Marcos Maffei. - Rio de Janeiro: Record, 2011.

Tradução de: The Samaritan's Secret
ISBN 978-85-01-08758-4

1. Samaritanos - Ficção. 2. Yussef, Omar (Personagem fictício) - Ficção. 3. Nablus - Ficção. 4. Mistério -
Ficção. 5. Ficção americana. I. Maffei, Marcos. II. Título.

11-2076.   CDD: 813
                                CDU: 821.111(73)-3

TÍTULO ORIGINAL EM INGLÊS:
The Samaritan's Secret

Copyright © 2009 Matt Beynon Rees

Editoração eletrônica: Abreu's System

Texto revisado segundo o novo Acordo Ortográfico da Língua Portuguesa.

Todos os direitos reservados. Proibida a reprodução, no todo ou em parte,
através de quaisquer meios. Os direitos morais do autor foram assegurados.

Direitos exclusivos de publicação em língua portuguesa somente para o Brasil
adquiridos pela
EDITORA RECORD LTDA.
Rua Argentina, 171 - Rio de Janeiro, RJ - 20921-380 - Tel.: 2585-2000,
que se reserva a propriedade literária desta tradução.

Impresso no Brasil

ISBN 978-85-01-08758-4

Seja um leitor preferencial Record.
Cadastre-se e receba informações sobre
nossos lançamentos e nossas promoções.

Atendimento e venda direta ao leitor:
mdireto@record.com.br ou (21) 2585-2002.

EDITORA AFILIADA

Para meu pai, David,
e meu filho, Cai

Seus olhos me levaram de volta aos dias que se foram.
Ensinaram-me a lamentar o passado e suas feridas.

— AHMAD SHAFIK, *Inte Umri*

CAPÍTULO 1

A pintura verde-limão nos domos das mesquitas da vizinhança pontuava o calcário cáqui na casbá de Nablus. Como tachinhas de cobre oxidado, pareciam prender o *souk* otomano e o caravançará mameluco ao solo do vale. *Caso contrário, até as pedras poderiam se levantar e sair correndo desta cidade imunda*, pensou Omar Yussef.

A sirene distante de uma ambulância ressoou nas entranhas da cidade e Omar Yussef sentiu o último frescor da alvorada se desvanecer com o calor do sol. Ele passou a mão habitualmente trêmula nos escassos cabelos brancos que cobriam sua calvície e estalou a língua. Esses poucos fios não iriam proteger a cabeça do sol, e ele podia ver que o dia seria quente. O suor pinicava por trás do bigode grisalho bem-aparado. Coçou o lábio superior, de mau humor.

Ele se voltou do vale e contemplou a escassa relva da primavera pontilhando o flanco rochoso do monte Jerizim. *Vamos ver quem fica mais queimado — você ou eu*, pensou. A montanha arqueava-se, carrancuda e tensa, com a fileira de mansões em suas saliências, como que retesando os ombros para suportar o calor do dia.

Um carro de polícia azul-turquesa parou. A janela do motorista foi abaixada e uma ponta de cigarro acesa caiu na calçada.

— Saudações, *ustaz* — disse Sami Jaffari. — Entre.

Omar Yussef deixou a sombra pífia da cobertura de pinho laqueado da entrada do hotel, abriu a porta do carro de polícia e esticou a perna rígida para dentro do lado do passageiro.

— Vovô, manhã de alegria.

Apoiando-se na porta do carro, Omar Yussef olhou para cima. Da varanda de um quarto no segundo andar, sua neta acenou. Na outra mão, segurava um livro. Ele acenou para ela, cumprimentando-a.

— Manhã de luz, Nadia, minha querida — disse.

— Não se esqueça, você vai me levar para comer *qanafi* hoje.

O bigode de Omar Yussef dobrou-se para baixo. Não gostava muito de doces. Mas Nablus era famosa por essa sobremesa de queijo de cabra e xarope de trigo, e era a primeira vez que Nadia vinha à cidade. Ele podia prever que a menina de 13 anos, curiosa e metódica, iria querer comparar o *qanafi* de uma série de confeitarias e ele teria de engolir todos e sorrir indulgentemente. Mesmo os seus consideráveis preconceitos em assuntos de culinária não superavam seu amor pela menina. Ele acenou para ela de novo.

— Se for a vontade de Alá, logo estaremos comendo *qanafi*.

— Sami, não deixe de trazer o meu avô de volta a tempo de irmos fazer um lanche na casbá — gritou Nadia.

— Ele está tratando de um assunto oficial de polícia — respondeu Sami. — Temos de investigar o roubo de uma valiosa relíquia histórica.

— Estou avisando. Vou dizer para a Meisoun cancelar o casamento se você não o trouxer de volta a tempo. Ela não vai querer se casar com você quando eu contar que não é gentil com menininhas.

Sami mostrou-lhe a língua e pôs o dedão na ponta do nariz com a mão aberta. Nadia riu enquanto o carro saía da calçada.

— Você vai ficar gordo em Nablus, Abu Ramiz — disse Sami, dando um tapinha no joelho de Omar Yussef.

— É você quem vai começar a engordar, porque até o fim da semana vai ter uma esposa para cozinhar para você.

Sami virou bruscamente o carro para desviar de um grande táxi amarelo que saiu lentamente de uma transversal. Ele procurou um maço de Dunhill no porta-luvas.

— O trabalho de polícia na Palestina me mantém magro — disse ele, agitando o maço para soltar um cigarro e o acendendo. — São quatro quintos de tensão nervosa e um quinto de perigo de verdade. Eu queimo mais calorias pensando sobre o meu dia do que muita gente perderia correndo uma maratona.

Ele tinha emagrecido desde a última vez que Omar Yussef o vira em Gaza, havia quase um ano. No carro de polícia, a impressão inicial de Omar foi a de um jovem saudável e de bem com a vida, mas ao olhar melhor percebeu que era uma máscara para certa apreensão e nervosismo. Era como se o policial tivesse sido forçado a engolir os ultrajes de Nablus e descobrisse que eles consumiam seus músculos e o deixavam apenas com pele e ossos.

Sami cutucou os dentes, manchados quase ao mesmo tom de seu bronzeado pelo café forte que bebia para ficar acordado nos longos plantões.

— Estou ansioso para rever meus velhos amigos de infância no casamento — disse ele. — Foi muita sorte minha que você e seus filhos tenham conseguido autorizações para passar pela alfândega. Faz anos desde a última vez que estive com Ramiz e mais ainda que vi Zuheir.

Omar Yussef forçou um sorriso.

— Qual é o problema? — Sami ergueu a palma da mão inquisitivamente.

— Zuheir mudou muito. — Omar Yussef olhou para os pés. — Ele se tornou muito religioso.

— Então vai se sentir em casa em Nablus. Esse lugar é uma enorme mesquita.

— Ele está muito diferente do menino que foi estudar na Inglaterra há alguns anos. — Pensou na barba de corte quadrado e nas roupas largas de algodão branco que seu filho passara a usar, nas orações regulares e na face severa e desaprovadora. Ele não sabia quão longe o filho tinha se aventurado no mundo inflexível dos imames indignados, mas a questão o perturbava.

— Sorte você ter parado de beber, ou Zuheir ia forçá-lo a fazer algumas mudanças consideráveis em seu estilo de vida — disse Sami com um sorriso.

— Se eu não tivesse largado o álcool, não teria vivido tempo suficiente para ver meu filho se tornar um seguidor de uma versão linha-dura, maluca, de nossa religião.

— Que Alá nos livre disso. — Sami deu um tapa na coxa de Omar Yussef. — Chega desses pensamentos. Hoje é um dia de prazeres. Mais tarde tenho de ir à casbá para finalizar com o xeque os preparativos para o casamento. Então nos reuniremos com seus filhos no hotel.

— Depois de termos verificado o roubo na sinagoga samaritana e falado com o sacerdote deles.

Sami deu de ombros.

— O crime também é um dos prazeres de Nablus.

— Sou um *connaisseur*. Obrigado por me levar junto.

— Eu sabia que você ia ficar intrigado, como um professor de história bem-informado sobre todos os elementos da cultura palestina. — Sami tragou de seu cigarro. — Eles *são* parte da cultura palestina, não são?

— Os samaritanos? Eles estão aqui há muito mais tempo do que nós, Sami. Eles alegam ser descendentes de alguns israelitas bíblicos que permaneceram nesta região quando seu povo foi exilado na Babilônia. De certo modo, eles são palestinos *e* judeus *e* nenhuma das duas coisas, tudo ao mesmo tempo.

Sami estacionou e olhou pela janela.

— Acho que é aqui — disse.

Omar Yussef levantou-se do banco do passageiro com um grunhido. Suas costas estavam doendo depois da longa viagem de Belém no dia anterior, espremido num táxi com sua mulher, a neta e dois de seus filhos. Para evitar as barreiras de segurança em torno de Jerusalém, tinham vindo pelas estradas secundárias no deserto. Ele estava com 57 anos e fora de forma, e a viagem cheia de solavancos somada ao calor o tinham deixado exausto.

Na calçada, Omar Yussef endireitou a coluna. Ajeitou os cabelos remanescentes com a palma da mão e empurrou com o dedo indicador os óculos de aro dourado para a ponte do nariz.

Ele olhou o caminho de degraus rachados entre dois prédios, o mato de um verde brilhante invadindo o calçamento de pedra polida, avançando sobre os corrimãos de cada lado do caminho. A porta da sinagoga dos samaritanos, a uns 40 metros da estrada, era um painel de metal de mau gosto, pintado de marrom para parecer de madeira. Sete luminárias bulbosas em hastes compridas e verticais se erguiam sobre a cobertura de pedra da entrada. O prédio era um quadrado baixo revestido com o mesmo calcário dos edifícios ao seu redor. O andar do porão estava pintado de rosa.

— Achei que ia ser mais velho do que isso — disse Sami. Pisou no cigarro, apagando-o, e começou a subir os degraus.

— Eles têm uma sinagoga muito mais velha lá embaixo na casbá — disse Omar Yussef —, mas abandonaram a cidade velha há cinquenta anos. Sua comunidade estava em crescimento, mas os vizinhos muçulmanos não queriam vender terras para a construção de mais casas. Então se mudaram aqui para cima.

Sami esperava no alto do primeiro lance de degraus.

— Mas eles nem moram mais aqui. — Ele apontou por cima do teto da sinagoga para um aglomerado de construções no cume do monte Jerizim. — Foram lá para cima, longe de todo mundo.

— Longe da Primeira Intifada, Sami. Foi uma época violenta em Nablus. Você não pode culpar as pessoas por quererem ficar longe.

Eles chegaram ao último lance de degraus. À esquerda, grades de metal preto retorcido guardavam as seis janelas em arco da sinagoga.

— As grades naquela primeira são novas. — Ele apontou. — São as únicas que não estão enferrujadas.

Sami inclinou-se sobre o corrimão do lado da entrada e examinou as grades.

— Você tem razão, Abu Ramiz. A janela também foi chamuscada por alguma coisa.

Omar Yussef espiou o parapeito. Manchas pretas irregulares cortavam a pedra polida. No pátio embaixo, uma moldura quadrada de metal enferrujado estava apoiada contra a parede rosa, com a parte de baixo arrancada.

— As grades originais. — Ele se virou para Sami e sorriu com o canto da boca. — Como representante da polícia, acho que talvez você possa tirar algumas conclusões disso.

Sami bateu de leve nas barras novas.

— Os ladrões entraram por esta janela.

Omar Yussef esfregou o queixo.

— Ladrões que tinham explosivos o bastante para explodir essas grades.

— Em Nablus não são poucos os especialistas em explosivos.

— Mas *são* poucos os samaritanos, e bem poucos mesmo são os seus documentos históricos inestimáveis.

Sami acendeu outro cigarro e tragou respirando fundo.

— Vamos ver esse sacerdote.

CAPÍTULO 2

Ao longo de cada parede amarelo-icterícia dentro da sinagoga, livros de oração esfarrapados estavam encaixados firmemente ou empilhados de qualquer jeito por trás do vidro das estantes. Uma cortina de veludo azul bordada com caracteres hebraicos em fios de ouro estendia-se por trás de um tablado na frente do salão. As paredes grossas preservavam o frio da noite no ar. Omar Yussef arrepiou-se e puxou mais para cima seu colarinho, apertando-o contra a pele flácida do queixo.

— Está frio como uma adega aqui dentro — disse Sami.

— Ou uma tumba. — Omar Yussef percebeu Sami franzindo o rosto. — Não se preocupe. Eu posso não ter tanta certeza de que este é um dia de prazeres, como você tinha dito, mas, quando chegar a hora do seu casamento, vou ser a alegria em pessoa.

Sami andou pelo corredor até a cortina azul. Entre os caracteres hebraicos, a silhueta de duas tábuas de pedra tinha sido bordada no pano.

— Você consegue ler isso, Abu Ramiz?

— Não, mas as tábuas são uma representação dos mandamentos dados ao profeta Moussa, acho. As que continham a lei judaica.

— A lei samaritana.

Um homem de cerca de 70 anos aproximou-se vindo de uma escadaria no fundo do salão. Era alto e esguio, como uma sombra no fim da tarde. Trajava uma túnica de algodão branco que ia até os tornozelos, um colete longo de lã grosseira cinza aberto na frente e um fez envolto com um pano vermelho que parecia um turbante.

— A lei judaica é muito similar à nossa, cavalheiros — disse o velho —, mas os textos sagrados deles incluem 7 mil erros. Os livros dos samaritanos não têm erros.

— Então vocês não têm desculpas para os seus erros — Omar Yussef sorriu. — É uma sina terrível.

— Justificativas para os pecados não faltam a ninguém nesta parte do mundo. — Os olhos suaves do homem pareciam desfocados e distraídos, como os *habitués* dos cafés que fumavam haxixe demais, os quais Omar Yussef vira no Marrocos. Ele trocou um aperto de mão com Omar Yussef. — Meu nome é Jibril Ben-Tabia, sou um sacerdote do povo samaritano. Bem-vindos à nossa sinagoga.

Sami deu um passo à frente.

— Tenente Sami Jaffari da Polícia Nacional. Este é o meu colega Abu Ramiz.

— De Belém — completou Omar Yussef. Olhou de relance para Sami. A neta estava tentando transformar Omar em um detetive desde que ele se vira forçado a investigar acusações de assassinato contra um de seus ex-alunos favoritos, mais de um ano antes. Apesar de sua insistência de que estava feliz como professor de história no campo de refugiados de Dehaisha, Sami parecia ter tornado a sua mudança de carreira oficial agora.

O sacerdote inclinou a cabeça como se perguntasse porque um investigador teria sido trazido de Belém. Ele manteve as mãos de Omar Yussef entre as dele.

— O tenente me pediu para acompanhá-lo porque eu tenho um interesse especial pela história palestina — disse Omar Yussef. Ele ergueu uma sobrancelha para o jovem policial. — Pelo que entendi, o crime se relaciona a um de seus documentos históricos.

— Sim. — Ben-Tabia soltou a mão de Omar Yussef e abriu os braços, dando de ombros. — Mas tenho de me desculpar, honrados cavalheiros, em especial com o senhor, Abu Ramiz, por ter vindo lá de Belém para nada. O crime foi solucionado.

Sami deixou cair o cigarro e o apagou com o sapato.

— Solucionado?

O sacerdote lançou um olhar incisivo para a ponta de cigarro no chão e repuxou seu lábio inferior para cima do bigode.

— Sim, houve um furto, mas o objeto roubado foi devolvido. Como podem ver, a intervenção de vocês não é necessária.

— O criminoso foi preso?

— Tudo foi resolvido para minha mais completa satisfação.

— Eu estou aqui agora, de modo que minha satisfação também conta, Vossa Reverendíssima — disse Sami. Manteve os olhos fixos nos do sacerdote.

— Muito bem — respondeu Ben-Tabia. — Por favor, vamos nos sentar. Não ando muito forte ultimamente.

Omar Yussef e Sami se sentaram no banco da frente. O sacerdote ficou na segunda fileira.

— Preciso me desculpar — disse ele. — Eu gostaria de oferecer café a vocês, mas esta sinagoga só é usada para as primeiras orações de cada mês, e hoje não há ninguém além de mim aqui para prepará-lo para vocês.

Omar Yussef fez um gesto com a mão.

— Não se preocupe com isso. O seu lugar habitual de oração é no topo da montanha?

— Como com certeza sabe, irmão Abu Ramiz, os samaritanos têm uma longa história na Palestina. — O semblante do sacerdote ficou severo e orgulhoso. — Vivemos aqui à sombra de nossa montanha sagrada, o Jerizim, desde que os israelitas entraram na terra de Canaã. Nossa comunidade diminuiu para pouco mais de seiscentas pessoas, mas permanecemos aqui, protegidos por Alá e pela devoção aos costumes de nosso povo.

— É uma das tradições mais importantes da Palestina — disse Omar Yussef.

O sacerdote fez uma reverência com a cabeça.

— Com a violência dos anos 1980, nós saímos deste bairro e criamos uma nova aldeia no topo do Jerizim, incluindo, é claro, uma sinagoga. — Ergueu um dedo comprido e apontou-o para a janela na direção da saliência do monte. — Queríamos estar próximos de nosso lugar mais sagrado.

— Sou novo em Nablus — disse Sami. — Nunca estive lá em cima.

— Seja bem-vindo à nossa cidade. — Ben-Tabia baixou a cabeça, fechou os olhos e pôs a palma da mão sobre o coração. — O local de nosso antigo templo é um pouco adiante do topo, a pedra plana e lisa onde Abraão preparou o sacrifício de seu filho Isaac. É onde Adão e Eva viveram quando foram expulsos do Éden. É o lar de Alá.

— Um endereço e tanto. — Sami sorriu. — Gostaria de subir lá para ver.

Omar Yussef achou que o sacerdote hesitou antes de dizer:

— Será muito bem-vindo, tenente.

— O que exatamente roubaram de vocês? — perguntou Omar Yussef. — Se entendi bem, foi algum documento religioso antigo.

— Embora tenhamos mudado nossa comunidade para a montanha, mantivemos esta sinagoga e continuamos a guardar os documentos mais preciosos aqui. Foi um desses que roubaram.

— De onde? — perguntou Sami.

— De um cofre no porão.

— O cofre foi explodido?

— Explodido? Ah, sim, com algum tipo de bomba. Mas o cofre foi substituído. Não há nada que vocês possam examinar.

— Quando foi o roubo?

— A uma semana atrás. Talvez um pouco mais.

— Vocês não deram queixa logo em seguida?

O sacerdote mexeu nervosamente na bainha do colete.

— Eles me mandaram não fazer isso. Os ladrões. Avisaram que, se eu envolvesse as autoridades, iriam destruir o rolo de pergaminho.

— O rolo? — Omar Yussef se virou para o sacerdote.

— O nosso maior tesouro foi roubado, Abu Ramiz — disse Ben-Tabia. Ele levou as pontas dos dedos à barba, como se fosse arrancá-la em desespero só de pensar em tamanha calamidade. — Sinto uma vergonha terrível de que tenha sido durante meu mandato como sacerdote que o Pergaminho de Abisha quase se perdeu.

— O Abisha? — A voz de Omar Yussef soou grave e reverente.

— De que se trata? — perguntou Sami.

— É um famoso rolo da Torá — explicou Omar Yussef. — Alguns dizem que é o livro mais antigo do mundo.

O sacerdote ergueu os olhos para o teto.

— Os cinco livros de Moisés, escritos em pele de carneiro há 3.645 mil anos. Foi escrito por Abisha, filho de Pinchas, filho de Eleazar, filho de Aarão, que era irmão de Moisés, no 13º ano depois que os israelitas entraram na terra de Canaã. Todo ano, o tiramos do cofre só uma vez, para a cerimônia da Páscoa no monte Jerizim.

— Deve ser muito valioso — disse Sami.

— Está acima de qualquer valor. Sem esse rolo de pergaminho, nosso Messias jamais poderá retornar para nós. Sem o pergaminho, não podemos realizar nosso sacrifício anual da Páscoa, e, se não o fizermos, deixamos de ser samaritanos e toda a nossa tradição religiosa chega a um fim terrível. — Os olhos do sacerdote estavam úmidos.

— O senhor disse que os ladrões o alertaram a manter segredo? — disse Omar Yussef num tom baixo.

— Fui vendado e levado a um lugar onde me mostraram o rolo roubado. Eles me escolheram porque sabiam que eu seria capaz de reconhecê-lo e dizer ao resto da comunidade que estava em bom estado. Então exigiram 1 milhão de dólares para devolvê-lo.

— Vocês pagaram? — perguntou Sami.

— Não temos 1 milhão de dólares.

— Mas o Pergaminho de Abisha foi devolvido?

— Pedimos ajuda a todos os nossos amigos em Nablus. — O sacerdote ergueu a mão à frente, os dedos apontando para cima. — Talvez um deles tenha conseguido influenciar os ladrões.

— Que amigos?

— Fazemos parte da comunidade local. Meu sotaque é como o de todo mundo em Nablus; eu digo *Oi* quando quero dizer *Eu*, do mesmo modo que as pessoas na casbá. Temos amigos entre os empresários, os ricos e poderosos.

— Algum deles pagou o resgate do Abisha?

— Não que eu saiba. Por fim, dei queixa do roubo do pergaminho no fim de semana, pois a Páscoa é daqui a três dias e, conforme disse, a cerimônia toda teria de ser abandonada se eu não pudesse carregar esse rolo na procissão. Mas ele foi devolvido da noite para o dia. Cheguei essa manhã para encontrar com vocês, como o seu pessoal me instruiu, quando comuniquei o roubo. Mas então eu encontrei o pergaminho nos degraus, a salvo em seu estojo. Minhas preces foram atendidas.

— Simples assim? — falou Sami calmamente, mas Omar Yussef percebeu a suspeita em sua voz. — Os ladrões não informaram que o devolveriam?

— Ninguém vem aqui, a menos que eu o acompanhe. Tenho a única chave para o prédio. Eles deviam saber que eu encontraria o rolo.

— Quem sabia que ele era guardado no cofre?

— Muita gente em Nablus.

— Quem sabia onde o cofre ficava?

— Frequentemente recebemos convidados como vocês nessa sinagoga. Além disso, pesquisadores do exterior vêm estudar a nossa comunidade. Qualquer um poderia saber onde fica o cofre.

— O pergaminho foi danificado quando o cofre explodiu?

— Não, está em bom estado, graças a Alá.

— Vamos dar uma olhada. — Sami se levantou.

O sacerdote levantou-se um pouco contrariado, e os levou para os fundos da sinagoga.

Na base de uma escada de pedra caiada, ele abriu uma pesada porta de metal e entrou num pequeno escritório. Um cofre alto e verde parecido com uma geladeira estava num canto.

— Um momento, por favor. A combinação — disse ele, mexendo os dedos e imitando girar o dial do cofre. Fechou a porta atrás dele.

Quando o sacerdote permitiu que entrassem, fez um gesto chamando Omar Yussef. Na mesa, ao lado de uma pilha de livros de oração gastos, estava uma caixa com três lados curvos, coberta por um revestimento fosco e manchado, com menos de 60 centímetros de comprimento. Omar Yussef se inclinou, aproximando-se, e viu que o estojo era coberto por painéis de prata oxidados cinza-escuro. Ergueu a mão na direção dele e lançou um olhar ao sacerdote. Ben-Tabia assentiu e Omar Yussef tocou a caixa. Ele sentiu uma descarga de eletricidade passar através de sua mão e sorriu para o sacerdote.

— É um dos objetos mais belos que já vi — disse.

— A caixa foi feita há várias centenas de anos, a pedido de um de meus predecessores da casta dos sacerdotes — disse Ben-Tabia. — Dentro dela está o antigo pergaminho, mas não posso mostrá-lo agora. Ele só pode ser visto na Páscoa.

— O artesanato é maravilhoso.

Omar Yussef passou a mão sobre a prata em baixo-relevo. Sob uma camada de poeira, era ornamentada com cenas de histórias bíblicas. No centro de uma das placas havia a imagem de uma construção semelhante a um castelo com altas muralhas cercando um pátio e uma pequena torre central. Omar Yussef passou a ponta do dedo pelo relevo.

— Esse é o nosso templo, que antigamente se erguia no topo do monte Jerizim. — O sacerdote inclinou a cabeça em direção ao lugar em que a mão de Omar Yussef estava apoiada. — Os judeus dizem que o templo ficava em Jerusalém, onde hoje se encontra o famoso Domo da Rocha de vocês. Mas nós sabemos que se localizava em Jerizim. — Ele engoliu em seco. — Posso devolver o Pergaminho de Abisha ao cofre? Fico nervoso até de tê-lo aqui sobre a mesa.

Sami saiu da sala com Omar Yussef, enquanto o sacerdote lidava de novo com a combinação.

Na escada, Sami franziu os lábios.

— Ele está mentindo — sussurrou.

— Você tem razão — disse Omar Yussef. — Por que alguém iria roubar o pergaminho e simplesmente devolvê-lo?

O sacerdote saiu do escritório e fechou a porta de metal. Ajeitou o seu fez, deu um sorriso leve e educado, e indicou que eles seguissem na frente, escada acima.

— Perdoem-me se pareço ser superprotetor em relação ao pergaminho, paxá — disse ele.

Omar Yussef ficou atônito diante da imerecida alta patente que o sacerdote equivocadamente lhe atribuiu. *Graças a Alá ele não espera que eu prenda ninguém*, pensou.

— É realmente importante para a redenção do mundo inteiro — continuou o sacerdote. — Vejam, nossos textos sagrados nos dizem que o Messias nascerá da tribo de Levi ou da de José. Nós, samaritanos, somos tudo o que restou dessas duas tribos. Mas o que nos torna samaritanos? Só o fato de respeitarmos a Páscoa e também a Festa do Tabernáculo da maneira que nossa tradição ensina.

— Com o Pergaminho de Abisha no começo da procissão.

O sacerdote abriu uma das mãos para confirmar que a suposição de Omar Yussef estava correta.

— Se não realizarmos essas duas festas por um ano que seja, não seremos mais samaritanos. As linhagens de Levi e José chegarão a um fim, e não haverá mais a possibilidade de um Messias nascer para redimir a humanidade.

Omar Yussef passou os nós dos dedos no queixo.

— Havia outros documentos antigos no cofre?

— Alguns, mas nada mais foi roubado. — O sacerdote olhou pela janela para o monte Jerizim. — A maioria dos documentos antigos está guardada na minha casa, no topo do monte. Alguns têm quase mil anos. Mas nenhum é tão antigo quanto o Pergaminho de Abisha. Só os mais valiosos ficam aqui no cofre.

— Vocês preservam todos os textos antigos de seu povo?

— Os rolos da Torá e os manuscritos originais usados nos serviços religiosos. — Ben-Tabia apontou para cortina azul sobre o tablado. — Quando não podem mais ser usados, esses documentos são guardados na arca sagrada.

— Por que não os jogam fora? — perguntou Sami.

— Pela mesma razão que muçulmanos não usam páginas do Corão para embrulhar falafel. — O sacerdote sorriu, mas Omar Yussef percebeu um lampejo de hostilidade por trás dos óculos antiquados do homem. — É necessário preservar cada página de um livro de orações, mesmo quando ela não pode mais ser restaurada.

Ele levantou uma ponta da cortina de veludo, revelando uma caixa embutida na parede. A princípio pareceu um banco, mas Omar Yussef viu que havia dobradiças atrás.

— Aqui protegemos muitos fragmentos de documentos, todos não utilizáveis, mas ainda contendo a palavra sagrada. Nós os chamamos "segredos de Alá". — O sacerdote soltou a cortina. — Se vocês quiserem ver o próprio Pergaminho de Abisha e não apenas sua caixa, por favor venham à nossa comemoração da Páscoa no Jerizim nesta semana. Convido-os com prazer.

— Temos de nos converter em samaritanos para comparecer? — Omar Yussef riu, tossindo brevemente.— Nem eu nem Sami somos muito comprometidos com o islã.

— Em nossa religião, a conversão só é possível para mulheres que queiram se casar com nossos homens, paxá — esclareceu o sacerdote. — Mas ficaremos honrados de ter homens como vocês participando de nossa comemoração. — Ele pôs a mão no coração. — Pessoas do mundo inteiro, jornalistas e acadêmicos estrangeiros vêm assistir a nossos rituais.

— Será um grande prazer, Vossa Reverendíssima — disse Omar Yussef.

O sacerdote se dirigiu ao patamar dos degraus na entrada da sinagoga. Quando Omar Yussef e Sami o seguiam até a porta, ouviram passos apressados do lado de fora. Ben-Tabia ficou imóvel, os olhos arregalados.

Uma voz sem fôlego cumprimentou o sacerdote dos degraus:

— Que a sua vida seja longa.

Ben-Tabia olhou rápido para Sami, e então para o chão. Omar Yussef suspirou e sentiu suas costas se contraírem. O cumprimento tradicional significava que uma vida havia se esgotado. A voz veio novamente.

— Vossa Reverendíssima, temos que chamar a polícia.

Sami atravessou a porta. Omar Yussef o seguiu. Um jovem alto com um bigode espesso estava na base do último lance de degraus. Seu peito magro ofegava com o esforço da corrida. Ele retraiu-se ao ver o uniforme de Sami.

— Quem morreu? — perguntou Sami, incisivo.

O jovem olhou de relance para o sacerdote, mas Sami desceu alguns degraus e se inclinou na direção dele.

— Vamos, o que aconteceu?

O homem sem fôlego olhou por cima do ombro de Sami e se dirigiu ao sacerdote.

— É Ishaq, Vossa Reverendíssima. Ishaq está lá no topo do monte Jerizim, no templo.

— E por que não deveria estar? — O sacerdote falou lentamente, como se sua língua estivesse atravessando um campo minado.

O jovem pigarreou forte.

— Vossa Reverendíssima, Ishaq foi assassinado.

CAPÍTULO 3

Um pastor com calças turcas folgadas e um velho paletó de linho listrado de azul conduzia seu rebanho em direção ao pasto escasso do monte Jerizim. Ele desviou as cabras para a margem da estrada, abrindo caminho para o carro de polícia de Sami. Um cabrito preto pulou de uma pedra com as pernas rígidas e caiu nos dorsos marrons dos outros. Omar Yussef sorriu com a exuberância do cabrito. Ele sentiu o cheiro forte e ácido no ar frio da montanha, um aroma convidativo depois do fedor de canos de escapamento e latas de lixo de Nablus. Mas a montanha era o cenário de um assassinato e Omar Yussef apertou os olhos para enxergar além dos animais irrequietos na direção do cume onde alguém jazia morto.

Sami entrou em contato com o quartel-general da polícia para informar que estava a caminho de uma cena de assassinato. Ele segurava o walkie-talkie com a mão esquerda, guiando e mudando de marcha com a direita. O carro desviava para o precipício na beira da estrada todas as vezes que ele mexia no câmbio.

O velho samaritano observava Sami cautelosamente do banco de trás com seus olhos desfocados. *Talvez ele tenha mentido para nós apenas por não confiar na polícia*, Omar Yussef pensou. *Por Alá, a lei por aqui geralmente não inspira confiança. O sacerdote não tinha como saber que Sami é um policial honesto. A probabilidade, afinal, era pequena.*

Sami encaixou o walkie-talkie no painel e olhou para o sacerdote pelo espelho retrovisor.

— Vocês são todos parentes aqui em cima, não são? Todos vocês são samaritanos? — perguntou ele. — Esse Ishaq tem uma família grande?

O sacerdote se retraiu e colocou a mão sobre a boca.

— E então? — Sami virou-se em seu banco. — A família dele?

Ben-Tabia inclinou-se para a frente.

— Você é o Sami Jaffari, um dos deportados de Belém pelos israelenses e que acabaram exilados em Gaza?

Omar Yussef viu o queixo de Sami se contrair.

— Como conseguiu um emprego aqui na Cisjordânia? — perguntou o sacerdote.

— Consegui uma autorização — disse Sami. Ele deu uma última tragada em seu cigarro e jogou-o pela janela.

— Dos israelenses?

— Obviamente.

— Mas eles o deportaram para Gaza porque disseram que você era um miliciano perigoso.

Sami reduziu a marcha para a primeira, pois a estrada fazia uma curva fechada.

— Por que eles mudaram de opinião? — O sacerdote persistiu.

Omar Yussef sabia por quê. Seu amigo Khamis Zeydan, o chefe da polícia de Belém, convencera os israelenses da verdade: o jovem policial estava agindo disfarçado entre os milicianos da cidade quando os israelenses o prenderam. Khamis Zeydan tinha até mesmo obtido uma autorização para Meisoun, a noiva de Sami, de Gaza, juntar-se a ele na Cisjordânia.

— O senhor não acha que um posto na força policial de Nablus é uma continuação da punição de Sami? — disse Omar Yussef para Ben-Tabia.

Sami estalou a língua.

— Abu Ramiz, por favor, não fale sobre isso.

A voz do sacerdote soou ríspida.

— Ele deve ter contatos — comentou. — Foi tudo o que eu quis dizer.

E contatos são suspeitos, Omar Yussef pensou. *Vínculos escusos com os corruptos no poder, até com os israelenses.*

— Sami é como vocês — esclareceu ele. — Vocês têm uma Torá como os judeus. Mas vocês são definidos pelas 7 mil diferenças entre seu texto sagrado e o deles. O mesmo vale para Sami e seus contatos. O que importa são as diferenças.

O sacerdote cruzou os braços, recostou-se de volta no banco e ficou olhando pela janela.

Eles chegaram às casas samaritanas no cume. As ruas bem-conservadas eram mais limpas do que as de uma aldeia palestina e estavam vazias, exceto por alguns adolescentes que jogavam basquete numa pequena quadra de concreto. Eles pararam o jogo para ver o carro de polícia passar. Reluzindo ao sol, as crianças apresentavam sinais inequívocos da endogamia. Suas cabeças em forma de bala eram oblíquas em relação ao corpo, e as grandes orelhas, proeminentes.

— Para onde vou daqui? — perguntou Sami, num tom baixo.

O sacerdote indicou que deviam atravessar direto a aldeia. Chegaram a um outeiro na encosta do cume onde havia um estacionamento de cascalho. Placas em hebraico e inglês davam boas-vindas aos turistas que ingressavam no lugar sagrado dos samaritanos. Sami desligou o motor e um silêncio profundo se abateu sobre eles.

Um grupo de cinco homens estava parado ali, observando uma encosta íngreme que descia para uma clareira entre as árvores. Um deles acenou ao ver o sacerdote sair do carro de polícia. Atrás dos homens, os muros baixos de uma antiga fortaleza e seu interior abobadado estavam prateados com a luz do sol.

Para além da aldeia samaritana, o cume se estendia na direção das mansões que ficavam visíveis de Nablus e, mais ao longe, das torres de comunicação vermelhas e brancas da base do Exército israelense em Tel Haras.

Omar Yussef se arrastou atrás de Sami e do sacerdote. Embora fosse mais jovem do que Ben-Tabia, estava consciente de que seus movimentos eram mais rígidos, o ritmo mais lento. No silêncio deste pico remoto, sem o barulho da cidade ao fundo, seu ofegar soava prodigioso. O suor brotava em seu bigode enquanto tentava acompanhar os outros. Prometeu a si mesmo que iria caminhar todos os dias para melhorar seu condicionamento físico quando voltasse a Belém.

Os homens se reuniram ao redor do sacerdote quando ele os alcançou. Cada um apertou a mão de Ben-Tabia sem encará-lo e beijou seu rosto três vezes, murmurando alguma coisa para ele. Um leve ruído vinha do vale. Omar Yussef ouviu os golpes regulares de um distante bate-estacas ecoando junto com o chamado de um único muezim.

Entre os pinheiros na encosta, algo azul e branco estava embrulhado ao pé de uma árvore. Omar Yussef empurrou os óculos para a ponte do nariz e apertou os olhos para ver o corpo sem vida de um homem.

— Sami, vamos dar uma olhada — murmurou.

Sami pôs a mão no ombro de Omar Yussef e sussurrou:

— Abu Ramiz, eu o levei até a sinagoga porque achei que estaria interessado no pergaminho. Eu o trouxe aqui em cima porque estava com muita pressa para levá-lo de volta ao hotel. Mas...

— O pergaminho foi deixado na porta do sacerdote e ao mesmo tempo um corpo apareceu às margens da aldeia. — Omar Yussef ergueu o dedo na direção do jovem policial. — Vamos, Sami, você me prometeu a investigação do roubo de um documento histórico, mas esse mistério foi solucionado. Você me deve um enigma e aquele corpo faz parte dele.

Sami balançou a cabeça com um sorriso soturno e começou a descer a encosta rochosa na direção das árvores. Omar Yussef seguiu-o desajeitadamente. Inclinou-se para se equilibrar com o braço e desceu de lado. Escorregando na terra solta, bateu o joelho numa pedra. Seu cotovelo estremeceu ao receber o peso de seu corpo. Ele percebeu que o grupo de samaritanos o observava, mas não olhou para cima. Estava suando, constrangido com sua frágil disposição. Ao alcançar Sami, enxugou a testa e o pescoço com o lenço.

O homem morto tinha estatura mediana e usava uma camisa branca e calça larga azul. Estava descalço. O abdome estava dobrado em torno do tronco da árvore, as pernas pendendo na encosta de um lado do pinheiro e o torso curvado do outro. As mãos e joelhos estavam amarrados com fios de eletricidade. Omar Yussef suspirou pesadamente. Ele trocou um olhar com Sami. O jovem sussurrou:

— Ele foi torturado, Abu Ramiz.

Sami apontou para as contusões em volta do pescoço e da cabeça do cadáver. Seu peito magro estava roxo com hematomas onde a camisa ensanguentada fora aberta. As pontas dos dedos estavam chamuscadas.

O morto tinha provavelmente entre 25 e 30 anos. Seus olhos azul-celeste estavam abertos e encaravam Omar Yussef como se o reconhecessem. O professor teve a sensação de que já os tinha visto antes, mas isso não parecia possível. Ele piscou e desviou o rosto, incomodado com a familiaridade naqueles olhos. Pigarreou e examinou os ferimentos.

— Ele foi surrado até morrer?

— Não vejo nenhum outro ferimento, ao menos não do tipo que seria fatal. Pode ter havido hemorragia interna. Talvez o espancamento tenha danificado seus órgãos. — Sami aproximou-se mais da cabeça do homem. — Acho que o pescoço pode estar quebrado. Está num ângulo estranho.

Omar Yussef apontou para onde os samaritanos estavam.

— Ou ele caiu ou foi jogado lá de cima. Esta árvore deteve a queda.

— Não há sangue em volta — disse Sami. — Imagino que ele já estava morto quando foi jogado aqui.

Eles voltaram ao topo, Sami dessa vez ia atrás. Omar Yussef ficou grato por ele esperar. Quando alcançaram o grupo de samaritanos, sua camisa estava encharcada de suor, e o vento da montanha resfriava-a contra seus ombros e sua barriga.

— Quem encontrou o corpo? — perguntou Sami.

Um homem baixo e gordo de camisa azul suja e boné de beisebol com o logotipo de uma marca barata de cigarros israelenses levantou a mão.

— Eu vim aqui para abrir a entrada para os turistas e o vi — murmurou.

— A que horas?

— Um pouco antes das 8. Não estava aí na noite passada, tenho certeza. Uma americana chegou um pouco antes de eu ir embora, ela trabalha numa das organizações internacionais, e ficou surpresa por haver pinheiros aqui em cima. — O zelador sorriu. — Sabe como são esses estrangeiros; eles esperam só encontrar oliveiras, coisas típicas do Oriente Médio. Eu disse a ela que os pinheiros tinham sido plantados não fazia muito tempo, para reduzir o vento no topo da montanha, e nós olhamos com bastante atenção para eles. Eu teria visto o corpo.

— Quando você e a estrangeira estiveram olhando as árvores?

— Um pouco antes do pôr do sol. Por volta das 6.

— E então você veio aqui esta manhã e olhou para a beira do caminho e viu o corpo?

O homem baixo balançou a cabeça.

— Primeiro eu vi sangue na Colina Eterna. Achei que um chacal tinha trazido sua presa para cá, então segui o rastro porque não queria que os turistas encontrassem uma cabra devorada pela metade. Foi então que encontrei Ishaq morto entre as árvores.

— Onde fica a Colina Eterna?

O zelador apontou ao longo do caminho para uma pedra inclinada de uns 10 metros de largura. Sami e Omar Yussef foram até ela. Havia uma poça de sangue enegrecido em seu centro. Uma parte escorrera na encosta suave e ondulada de granito. Manchas mais grossas se espalhavam para cima.

— Ele foi torturado ali no meio da pedra — disse Sami num tom baixo. — Essas outras marcas devem ser onde o corpo foi arrastado pela pedra, antes de ter sido jogado nas árvores. Em alguma hora da noite.

Omar Yussef voltou-se para o sacerdote.

— A Colina Eterna é onde o antigo templo samaritano ficava?

— Essa pedra é o pico da montanha — balbuciou o sacerdote. — O lar de Alá.

— É exatamente igual à pedra dentro do Domo — disse Omar Yussef.

— Os judeus dizem que Abraão amarrou Isaac lá no pico do monte Moriah em Jerusalém. Vocês, muçulmanos, apenas seguiram a tradição deles. Mas o monte Jerizim foi onde isso realmente aconteceu, e é por isso que nós construímos nosso templo aqui e fizemos dele o centro de nossa fé.

Omar Yussef encarou o sacerdote.

— E agora está coberto de sangue.

O sacerdote produziu um som entre um arquejo e um soluço.

Um jipe da polícia parou no estacionamento e seis policiais desceram. Um deles tirou uma mochila e veio determinado na direção de Sami.

— Quem era esse Ishaq? — perguntou Omar Yussef. — Era um de vocês? Um samaritano?

— Ele era um de nós — disse o sacerdote.

— O que ele fazia?

— Ele trabalha... trabalhava para a Autoridade Palestina. Morava na aldeia com a mulher.

O policial com a mochila desceu a encosta até o corpo. Ele escorregou na terra e caiu pesadamente sobre o traseiro. Os outros policiais riram enquanto o seguiam na borda do declive. Constrangido, ele agarrou um de seus colegas e tentou derrubá-lo. Sami repreendeu-o asperamente.

Omar Yussef coçou o queixo.

— Quem poderia querer Ishaq morto?

O sacerdote ergueu os braços e então deixou-os cair ao longo do corpo.

— Ninguém, ninguém.

— Isso não pode ser verdade, certo? — Omar Yussef repuxou com o lábio uma ponta de seu bigode. — O que a religião samaritana fala sobre coisas do mal tais como assassinato, Vossa Reverendíssima?

O sacerdote olhou para o sangue na pedra larga.

— Um de nossos livros sagrados diz: "O pecador vai para as chamas e não tenho compaixão por ele."

Omar Yussef ergueu uma sobrancelha.

— O senhor quer dizer que o morto era um pecador?

— O quê? — Jibril Ben-Tabia piscou, atônito. — Não, eu quis dizer o assassino. O assassino vai para as chamas.

— Ele terá de morrer antes. O único que corre o risco de ir para as chamas agora é Ishaq. O senhor tem compaixão por ele?

A cabeça do sacerdote inclinou-se para a frente. No silêncio do topo da montanha, ele sussurrou:

— Compaixão? Sim. Ele era meu filho.

CAPÍTULO 4

O sacerdote alisou sua barba branca com os dedos trêmulos. Passou a ponta do pé ao longo da borda da pedra larga onde o antigo templo outrora se erguia e encarou o sangue do filho.

— Alá terá misericórdia dele — disse Omar Yussef.

O sacerdote tirou os óculos e esfregou os olhos com força.

— O senhor tem um filho, paxá?

— Tenho três — respondeu Omar Yussef. Ele olhou de relance os homens samaritanos. Com as mãos nos bolsos, apresentavam a desconfortável apatia de adolescentes em seu primeiro funeral na família. Mas seus olhos estavam alertas, fixos nas costas do sacerdote.

— Que grande bênção, paxá. — Ben-Tabia recolocou seus grossos óculos e seus olhos pareceram diminuir por trás deles.

Omar Yussef se lembrou de seu embaraçoso reencontro com Zuheir e da nova devoção religiosa do filho.

— Graças a Alá — disse.

Ele moveu-se para o lado do sacerdote. Suas costas doíam e ele teria apoiado o pé na pedra, mas alguma noção de decoro o impediu. *Talvez seja o fato de a pedra ser sagrada*, ele pensou. *Não, é o sangue.*

As sobrancelhas do sacerdote se contraíram.

— Não sei que tipos de atrito geralmente ocorrem entre um pai e seu filho, paxá. Só sei que havia tensão entre mim e Ishaq. Não tenho nada com que comparar, mas devo me julgar de maneira implacável, mesmo assim. — Ele hesitou. — Às vezes, era difícil, Abu Ramiz. Ele não estava satisfeito.

— Não estava satisfeito com o quê?

— A aldeia, Nablus, sua mulher. — O sacerdote gemeu. — Certamente não comigo.

— Por que não?

— Eu era rígido com ele. O que mais podia fazer? Tenho duas filhas, mas minha atenção e minhas esperanças se concentravam em meu filho. O senhor compreende, paxá? É como as coisas são em nossa sociedade. As mulheres importam menos.

Omar Yussef, que amava Nadia mais que todos os seus outros netos, fez careta.

— Quando Ishaq era pequeno, eu era apenas um sacerdote. Quando ele cresceu, eu me tornei o líder do nosso povo. — Ben-Tabia balançou a cabeça. — Os padrões que exijo de todos os samaritanos se aplicavam a ele com ainda mais rigor.

— Ele falhou em se mostrar à altura deles?

— Talvez tenha falhado apenas porque ele queria que eu soubesse que falhei como pai.

Omar Yussef deu-se conta de que, afinal, pusera o pé na pedra sagrada. Ele o retirou para a grama na beira do caminho.

— Agora não é hora para tais pensamentos, Vossa Reverendíssima. As altas expectativas de um pai são naturais, e a rebeldia de um filho ainda mais. O senhor deve se perdoar, ao menos enquanto está de luto.

Jibril Ben-Tabia passou a mão pela testa.

— Ele era um bom menino, apesar de tudo — murmurou ele. — Ajudava todo mundo. Era como se ele não pudesse dizer não a ninguém.

— Como assim?

— Existem alguns meninos na aldeia que, você sabe, não são certos.

— São deficientes, é o que quer dizer?

— Ishaq sempre jogava basquete e conversava com eles. Ninguém mais se importa com eles, a não ser suas famílias. Eles são excluídos. — O sacerdote baixou os olhos pesarosos para a pedra. — Ele era um bom menino, mas como pai eu tinha de ser crítico em relação a ele.

Ben-Tabia voltou-se para Omar Yussef e se endireitou. Ele tinha 1,82 metro, 12 centímetros mais do que Omar Yussef, e seu fez fazia-o parecer ainda mais alto. Ele respirou fundo, o que ressoou no silêncio da montanha.

— Eu era o pai de Ishaq, mas também seu sacerdote. Isso significa que tenho certos deveres agora, paxá. O corpo tem de ser lavado e vestido de branco. Precisamos fazer o funeral antes do pôr do sol. Nossa tradição é que o sacerdote leia o Deuteronômio, capítulo 32, enquanto o corpo é descido à sepultura. Provavelmente o senhor não conhece esses ritos, paxá, sendo um muçulmano.

Omar Yussef olhou para o sangue na pedra.

— "Pecaram contra ele" — disse. — "Geração perversa, depravada."

O sacerdote encarou Omar Yussef, curioso e desconfiado.

— Sou muçulmano, como mencionou — disse Omar Yussef —, mas cresci em Belém na época em que ainda era uma cidade com maioria cristã, e lecionei por muitos anos numa escola cristã. Sei tudo o que o senhor poderia achar que é um mistério para um muçulmano.

Sami veio de onde o corpo morto de Ishaq jazia para o caminho ao longo do cume.

— Vossa Reverendíssima, Ishaq era casado?

Os olhos do sacerdote estavam distantes. Ele soltou um murmúrio de assentimento entre os lábios cerrados.

Sami voltou-se para os samaritanos.

— A mulher dele foi informada da morte?

O zelador ergueu a mão e apontou na direção da aldeia.

— Eu liguei para a minha mulher logo cedo e disse a ela para ir falar com Roween. A essa altura ela já deve ter feito isso.

— Roween é a esposa de Ishaq?

O homem baixo ergueu o queixo para indicar que Sami estava certo e voltou a atenção para os policiais lá embaixo na encosta.

— É melhor eu ir vê-la — disse Sami.

Na aldeia, os meninos haviam deixado a quadra de concreto. Sami entrou em um pequeno armazém para comprar cigarros e perguntar onde ficava a casa de Ishaq.

Omar Yussef olhou para o topo da montanha onde jazia o corpo. Lembrou-se da pergunta de Sami sobre os samaritanos. *Parte da cultura palestina, sim. Eles são assassinados do mesmo modo que nós somos,* pensou.

O sol brilhante da manhã o fazia franzir os olhos, mas ele se sentia melancólico. Refletiu sobre os remorsos do sacerdote quanto ao filho. Omar Yussef prometeu ser o mais compreensivo possível em relação à decisão de Zuheir de trocar seu emprego numa universidade britânica por um numa escola islâmica em Beirute.

Sami veio correndo da loja. Acendeu um cigarro enquanto dirigia o carro lentamente ao longo da rua até um pequeno parque. A grama rala estava repleta de buracos fundos, retangulares, dispostos em filas e revestidos com concreto.

— Aqui deve ser o local onde eles preparam os carneiros que matam para a Páscoa — disse Omar Yussef.

Sami deu uma profunda tragada.

— Então Ishaq tinha uma vista privilegiada para a grande matança. Essa é a casa dele, bem ao lado.

Eles se dirigiram à entrada da frente e foram cumprimentados por uma mulher baixa de 20 e tantos anos com cabelos castanho-avermelhados e secos, cortados como os de um homem e repartidos à esquerda. Suas sobrancelhas grossas tinham sido depiladas, mas cresciam de novo, se encontrando acima do nariz arrebitado. A acne fazia triângulos vermelhos e púrpura entre os cantos da boca e o queixo.

A mulher olhou para trás de Omar Yussef, onde o carro estava estacionado, e ele viu que os cílios dela estavam úmidos de lágrimas.

— Entrem, por favor — murmurou ela. — Sintam-se como se estivessem em casa e com a sua própria família.

A porta se abriu para uma sala mobiliada com sofás aveludados e uma elegante mesa de jantar de cerejeira.

— Saudações. Gostaríamos de falar com a esposa de Ishaq — disse Omar Yussef.

A mulher fez uma reverência.

— Saudações em dobro. Sou Roween al-Teef, esposa de Ishaq — saudou. — Por favor aguarde, *ustaz*, enquanto eu faço um café para vocês.

Na parede, havia a foto ampliada de um homem se curvando para receber um beijo na testa do velho presidente. Sami ficou paralisado diante da foto. Omar Yussef ajustou os óculos e deu uma olhada: o presidente, usando o *keffiyeh* xadrez que era a sua marca registrada, contraindo os lábios diante do rosto sorridente de Ishaq, o filho de Jibril, o sacerdote.

Sami e Omar Yussef se sentaram em silêncio num dos rijos sofás. Sami apagou seu cigarro num cinzeiro de cerâmica esmaltada com um padrão simétrico azul no estilo armênio e analisou a foto.

— Talvez isso tenha sido um erro — disse ele.

Omar Yussef gostaria de ter dito a Roween para não se incomodar com o café. Não devia fazer mais do que uma hora que ela ficara sabendo da morte do marido. *Devia estar cuidando dela mesma, não me servindo*, ele pensou.

Uma bola de basquete quicava no pátio dos fundos da casa, um impacto profundo e repetitivo, como se alguém descarregasse sua raiva no concreto.

— Um erro? — perguntou Omar Yussef.

Sami estalou as articulações dos dedos.

— Eu não quero ter nada a ver com aquele sujeito. — Apontou para a foto do presidente. — Realmente, um puta de um erro.

Omar Yussef franziu os olhos para enxergar o rosto de Ishaq na parede. *Sami pode ter medo do velho presidente, mas aquele jovem não tinha,* pensou. Os olhos de novo lhe pareceram familiares, assim como quando vira o cadáver. Eram astutos e conspiratórios. Ishaq parecia estar indicando àquele velho guerrilheiro notoriamente pilantra que não se deixava enganar por ninguém, mesmo que aceitasse a bênção daqueles lábios úmidos.

— Não se trata de uma visita de condolências. — Omar Yussef virou-se para Sami. — Você tem que interrogá-la.

— Pergunte o que quiser, Abu Ramiz. — Sami coçou a cabeça. — Eu não estou conseguindo pensar direito. Realmente não queria estar aqui.

Omar Yussef ia argumentar, mas Roween veio da cozinha e colocou o café em mesas de canto entalhadas cor de caramelo.

— Que Alá abençoe as suas mãos — disse Omar Yussef, erguendo sua xícara de café.

— Abençoado seja, *ustaz* — respondeu Roween. Sua voz estava rouca e contida, como se a cada palavra ela se forçasse a sufocar alguma emoção. Omar Yussef percebeu que o pescoço dela era mais grosso do que ele teria esperado, era retesado e musculoso, por baixo do vestido azul.

— Alá terá misericórdia dele, do que partiu — disse Omar Yussef.

Roween sentou-se com as mãos cruzadas sobre as coxas.

— O irmão Sami está investigando a morte de seu marido — explicou Omar Yussef, ignorando o tamborilar impaciente dos dedos de Sami no braço do sofá. — Estivemos no lugar onde ele morreu e Sami examinou o corpo dele.

O polegar de Roween subiu e desceu ao longo de seu pulso.

— Até agora, tudo o que sabemos sobre ele é que trabalhava para a Autoridade Palestina e que era o filho de um sacerdote — disse Omar Yussef.

O polegar de Roween apertou seu pulso com tanta força que Omar Yussef pôde ver a ponta dele ficar vermelha.

— Você poderia nos falar mais sobre ele, minha filha? — perguntou Omar Yussef num tom baixo. — Talvez ajude Sami a identificar os suspeitos do assassinato.

Essa palavra fez com que Roween erguesse os olhos para Omar Yussef.

— Ele era um homem bom, *ustaz*. Quem iria assassiná-lo? Não pode ter sido algum tipo de acidente?

— Parece pouco provável.

— Era um homem gentil.

— O pai diz que ele estava insatisfeito.

— O pai. — Os lábios de Roween se contorceram. — O sacerdote Jibril era o pai adotivo dele, *ustaz*. Os pais de Ishaq morreram num acidente de carro quando ele tinha alguns meses de idade. O sacerdote o acolheu em sua casa, porque não tinha filhos.

— Um acidente de carro? Onde?

— Os pais de Ishaq moravam numa cidade dentro de Israel, onde há uma pequena comunidade samaritana. Eles estavam a caminho de Nablus, para visitar a aldeia, quando o carro derrapou para fora da estrada e eles morreram.

— Que espécie de trabalho Ishaq fazia para o governo?

A boca de Roween curvou-se para baixo numa expressão de desolamento quando ela olhou para o foto do marido na parede.

— Ishaq trabalhava para o Velho.

— Para o antigo presidente?

— Ele era o consultor financeiro particular dele. Talvez por não ter conhecido seu verdadeiro pai, Ishaq sempre procurava laços fortes com homens mais velhos, homens que poderiam ser seu pai. Ele e o Chefe eram muito próximos.

Omar Yussef bebeu seu café. O assassinato de um samaritano comum era algo muito diferente do crime contra um homem próximo ao ex- presidente. Ele percebeu Sami apertando o braço do sofá firmemente. Colocou o café na mesa.

— Quanto tempo Ishaq trabalhou para o presidente?

— Três anos. Ishaq estudou na Universidade Bir Zeit e conheceu o Chefe quando estava lá em Ramallah. Formou-se em economia e era extremamente inteligente. Estava sempre com o presidente, mesmo depois que nos casamos, há alguns anos. Ele tentava vir para casa uma vez por semana e para nossos dias sagrados, mas passava a maior parte do tempo no quartel-general do presidente em Ramallah. O Velho queria mantê-lo por perto o tempo todo.

— O que isso significa, consultor financeiro particular do presidente?

— Ele administrava o dinheiro do presidente, *ustaz*. — Roween abriu as mãos com as palmas para cima. — Como o presidente tinha o controle pessoal das finanças palestinas, Ishaq controlava o orçamento inteiro. Não oficialmente, é claro.

Omar Yussef pensou no corpo surrado e ensanguentado na encosta do monte Jerizim. Teria sido a ligação com o dinheiro do ex-presidente que fizera Ishaq parar ali?

— Quando o Velho ficou doente, Ishaq o acompanhou até Paris durante seus últimos dias — contou Roween. — Ele perdeu várias de nossas festas samaritanas mais importantes e só voltou poucos meses atrás.

Omar Yussef se lembrou do que o sacerdote dissera sobre a Páscoa e a Festa do Tabernáculo: se os samaritanos não comemoravam esses dias sagrados no monte Jerizim, eles deixariam de ser samaritanos. *Foi nisso que Ishaq falhou em corresponder às expectativas de seu pai adotivo*, pensou. *As expectativas de todo o seu povo.*

— Houve alguma punição da comunidade pela ausência dele nessas festas?

— Ele teve que pagar uma multa antes de voltar a morar aqui. Teve que ir aos anciões e implorar para que o deixassem retornar à comunidade.

— Por que ele ficou em Paris depois que o presidente morreu?

Roween balançou a cabeça.

— Seus negócios o mantiveram longe. Ele não quis me contar o que eram, mas, quando voltou, foi trabalhar para Amin Kanaan.

— O famoso empresário? — Sami esfregou os olhos com a mão.

— Ele é dono de uma das enormes mansões mais adiante no cume. Se você tem olhos na cabeça e sua cabeça está em Nablus, não há como não ver essas casas.

Omar Yussef se lembrou das colunas imponentes, os tetos em domo e as paredes de vidro das mansões, visíveis de qualquer lugar em Nablus. Em poucos minutos, essa simples vítima de assassinato numa aldeia tinha sido elevada a companheiro do antigo presidente e de um dos palestinos mais ricos.

— Para meu marido, Kanaan pode ter sido outra figura paterna. Kanaan frequentemente fazia negócios com o presidente, de modo que Ishaq cuidava dos detalhes. — Roween cruzou os dedos de novo. — Antes de morrer, Ishaq disse algumas coisas estranhas sobre um de seus negócios.

— O que ele disse? — perguntou Omar Yussef.

— Ele não me contou muito. Pelo menos, não muito que fizesse sentido. Ele não vinha agindo como de costume nessas últimas semanas. Estava tenso e se irritava com frequência, mesmo comigo. Esse não era o seu comportamento normal. Ele podia ficar muito agitado e agressivo, é verdade, mas comigo sempre foi gentil. Quase gentil demais.

— Esse último negócio era em nome do novo presidente?

— Não, o novo presidente designou outros consultores financeiros. Mas Ishaq continuou a trabalhar com Kanaan. — Roween tocou na acne de um dos lados da boca. — Há alguns dias, ele parecia quase doido de tanta tensão. Fiquei preocupada.

Omar Yussef inclinou-se para a frente.

— Por que ele estava tão nervoso?

— Ele me disse que estava lidando com algo muito perigoso. Tão perigoso que queria enterrar tudo atrás do templo e esquecer o assunto.

— Enterrar atrás do templo?

Uma dúvida passou momentaneamente pelo rosto da mulher e seus lábios se contraíram. *Ela decidiu esconder algo de mim*, pensou Omar Yussef.

Roween respirou fundo.

— Foi o que ele disse. Eu perguntei o que queria dizer. Ele olhou para mim com pena e, acho, com amor, e então pôs o dedo nos lábios como se para dizer que era sigiloso. Então falou: "É um segredo entre mim, o Velho e Alá. O Velho está morto, e quando eu também estiver morto, será um segredo que só Alá saberá."

— Se ninguém a não ser Ishaq sabia desse segredo, como ele podia ser perigoso?

Roween soluçou.

— *Ustaz*, o senhor acha que Ishaq fez algo de errado? As pessoas sempre dizem que o Velho tinha contas bancárias secretas. Dizem que ele as usava para subornar pessoas. O senhor acha que Ishaq estava envolvido com algum desses canalhas?

Enterrar atrás do templo. Omar Yussef achou que parecia mais um negócio envolvendo antiguidades samaritanas do que contas bancárias no exterior. Mas com certeza o assassinato devia ter algo a ver com o trabalho de Ishaq. Quando o antigo presidente morreu, os jornais publicaram matérias sobre fundos secretos escondidos mundo afora. Talvez alguém quisesse um pouco dessa fortuna e tentara forçar Ishaq a revelá-la.

— Ishaq tinha negócios com mais alguém? Alguém com quem ele pudesse ter falado sobre seu trabalho com o presidente?

— Justo ontem, eu o ouvi dizer ao sacerdote Jibril que ele tinha um compromisso aqui com um especialista financeiro americano do Banco Mundial. Era algo relacionado a seu antigo trabalho. Eles estavam discutindo, então Ishaq me mandou lá para cima, onde eu não poderia ouvi-los. Mesmo assim, quando servi café a eles, ouvi Ishaq referir-se a "ela", o que significa que a pessoa era uma mulher. Mas eu não sei o nome dela.

— Quando ela vier, você poderia pedir que entre em contato com o meu colega Sami? Talvez ela possa nos ajudar a juntar as peças.

Roween assentiu.

Omar Yussef colocou as mãos nos joelhos e se pôs de pé.

— Tenho certeza de que Sami irá encontrar os responsáveis pela morte de seu marido, minha filha — disse. — Mas agora talvez devêssemos deixar você cuidar de sua família.

Roween enrubesceu.

— Não tivemos filhos, *ustaz*. Ishaq ficava tanto tempo fora... — Ela fungou e limpou o nariz com as costas da mão.

Omar Yussef e Sami saíram da aldeia em silêncio e pegaram a sinuosa descida de volta para Nablus, que se espalhava descuidadamente por todo o vale lá embaixo.

— Não me leve para o hotel ainda. Vou com você até a casbá — disse Omar Yussef. — Vai me ajudar a esvaziar a cabeça. Não posso ir comer *qanafi* com Nadia enquanto a imagem do corpo daquele pobre homem morto ainda estiver diante dos meus olhos.

Ao fazer uma curva fechada, um Chevrolet Suburban branco passou a toda por eles. O motorista era habitante local, de bigode e usando óculos de sol enormes. No banco do carona, uma mulher estrangeira com cabelo avermelhado preso num rabo de cavalo falava no celular.

— O que essas placas querem dizer? — perguntou Sami, enquanto o ruído do 4x4 desaparecia montanha acima.

— Eu não vi.

— Tinham as letras B-I-R-D e depois um número.

— É *Banco Internacional para Reconstrução e Desenvolvimento* — afirmou Omar Yussef.

— O que é isso?

— O Banco Mundial. Essa deve ser a mulher que nosso amigo Ishaq esperava encontrar esta manhã.

— Perdeu a viagem subindo tudo isso agora — disse Sami.

Depende do que ela estiver procurando, pensou Omar Yussef.

CAPÍTULO 5

Eles deixaram o carro de polícia acima da casbá e Omar Yussef desceu com Sami na escuridão do bairro antigo. Nas vielas, tetos em abóbadas conservavam o cheiro mofado dos cantos úmidos, as nuvens de especiarias dos grandes moedores nas lojas, o fedor das fezes dos burros. Ele ofegava no ar denso.

Quando entraram no *souk*, um comerciante, parado fumando um cigarro na entrada de sua loja minúscula, observou Omar Yussef com olhos ausentes e desaforados. Ser encarado dessa forma fez Omar Yussef baixar a cabeça, culpado, como se estivesse fugindo de alguma infração cometida através dos corredores turcos. *Será que ele pode sentir o cheiro do sangue samaritano em mim?*, ele se perguntou. Ao olhar para as sandálias cheias de lantejoulas e as camisetas Tommy Hilfiger falsas expostas nas bancas baixas no exterior da loja, ele se apressou em se afastar.

No fim do *souk*, a rua se abria para o céu. O sol alto do fim da manhã ofuscava ao bater no calcário liso. Omar Yussef sentiu o cheiro forte de queijo de cabra quente vindo de uma transversal e reparou na placa do lado de fora de um dos vendedores de *qanafi* mais conhecidos da cidade. Sua garganta apertou-se com o remorso. Sami se esquivava da multidão, ansioso para chegar à mesquita assim que as orações da manhã terminassem. Omar Yussef sussurrou uma desculpa para Nadia por adiar a expedição culinária dela e o seguiu.

A mesquita Nasser ficava no canto de uma modesta praça retangular, naquele momento repleta de carros alemães caindo aos pedaços e caminhões estacionados em fileiras. Omar Yussef estimou que a mesquita de dois andares devia ter um século. A fumaça dos exaustores tinha manchado seus arcos de pedra no térreo, e a chuva do inverno tingira o andar de cima com limo grosso. O domo da mesquita era de um verde brilhante e sua superfície era irregular e esburacada como um limão.

Preso com fita adesiva ao portão de metal na entrada da mesquita, um cartaz colorido mostrava rostos famosos de liderança do Hamas. Os chefes atuais sorriam amplamente e acenavam. Os mortos, todos vítimas de mísseis dos helicópteros israelenses, estavam tingidos em tons sépia e pareciam melancólicos. *Como os santos cristãos nas paredes das igrejas em Belém*, pensou Omar Yussef.

Ele bateu de leve no cartaz com os nós dos dedos.

— Essa é a mesquita de seu xeque, Sami? Você vai ter alguma espécie de casamento fundamentalista? — perguntou.

— Por Alá, se eu não fosse um fundamentalista, nem estaria me casando, Abu Ramiz.

Os últimos fiéis do meio-dia saíam da mesquita, calçando os sapatos junto à porta. Omar Yussef tirou seus mocassins lilás, deu a eles uma cuidadosa polida com um lenço de papel de seu bolso, e os colocou cuidadosamente ao lado das sandálias gastas e dos sapatos rotos na entrada. Sami foi na frente ao longo de um tapete verde barato, tecido à máquina e decorado com um padrão simétrico com ornamentos azuis e dourados. O odor acre de chulé subia do tapete. Omar Yussef cheirou as costas de sua mão, onde ele borrifava colônia todas as manhãs para neutralizar odores desagradáveis exatamente como esse.

Junto a um pilar verde-menta num canto da mesquita, um homem barbudo e corpulento com uma firmeza tranquila beijou Sami três vezes. Omar Yussef notou que uma dúzia de balas tinha feito buracos no pilar, atravessando a tinta e a fina camada de gesso até o concreto embaixo. Um M-16 estava apoiado nele.

— Abu Ramiz, este é Nouri Awwadi — disse Sami. — Abu Ramiz veio de Belém para o meu casamento.

Awwadi pegou a mão de Omar Yussef entre as suas, um movimento que fez os músculos de seus ombros se contraírem maciçamente. O lábio inferior, de um escarlate lascivo, se projetava do meio da barba negra, e sua pele brilhava como se tivesse passado óleo nela. Omar Yussef notou, aprovando, que Awwadi cheirava a sândalo.

— Bem-vindo, Abu Ramiz — disse o jovem. Ele manteve a mão de Omar Yussef numa das dele e, com a outra, apontou o indicador para Sami. — Por que não veio às orações, meu irmão?

— Eu não tenho tempo para orar. Os criminosos de Nablus me mantêm ocupado demais.

Awwadi riu alto e bateu na palma da mão de Sami, celebrando a piada.

— Nouri é do Hamas, mas é um bom sujeito mesmo assim — Sami contou a Omar Yussef. Ele se voltou para Awwadi. — Eu preciso ver o xeque Bader. Quero me assegurar de que está tudo pronto para o meu casamento, agora que os convidados mais importantes conseguiram passar pelas barreiras israelenses.

— O xeque está muito ocupado com os preparativos para o casamento coletivo amanhã, mas tenho certeza de que ele pode arranjar algum tempo para você.

— Casamento coletivo? — Omar Yussef tocou o bigode com os dedos, desfrutando o perfume do óleo de sândalo de Awwadi em sua mão.

— O Hamas está financiando o casamento de 15 casais amanhã — explicou Awwadi. — Mostra que somos o único partido que se importa com as pessoas comuns.

— O que o casamento tem a ver com se importar com as pessoas? — Omar Yussef riu. — Se realmente querem ajudar a sociedade, vocês deviam tentar financiar divórcios.

— É caro se casar. Um dote é no mínimo 1.500 dinares jordanianos. Desde a Intifada, quase ninguém na casbá tem emprego. Os jovens teriam de economizar anos a fio para conseguir pagar o casamento.

— O Hamas vai pagar o dote — disse Sami —; caso contrário, os jovens seriam tentados pela imoralidade.

Awwadi riu e bateu na palma da mão de Sami de novo.

— Quem sabe eles ficam espertos e não se casam — comentou Omar Yussef. Ele arranhou uma risada rouca e recebeu uma palmada também.

Awwadi apontou a parte de trás da mesquita para Sami.

— Eu farei companhia a seu amigo enquanto você incomoda nosso xeque.

— Abu Ramiz é um especialista em nossa história — disse Sami. — Mostre a ele a casbá, Nouri, e imagino que ele poderá lhe contar coisas sobre a sua terra que nem mesmo você sabe.

— Seja feita a vontade de Alá.

— Tenho certeza de que serei eu quem terá a aula de história — afirmou Omar Yussef.

Sami entrou num escritório atrás de outro pilar marcado com tiros. Awwadi pegou o M-16, pendurou-o no peito e levou Omar Yussef pela mão para a entrada da mesquita.

Omar Yussef enfiou o dedo num dos buracos de bala em um dos pilares. Um pó fino de pedra e gesso caiu no tapete verde.

— Este não é apenas um lugar de oração — disse ele.

Awwadi balançou a cabeça e sorriu.

— Embora a oração também seja uma forma de jihad. — Ele pegou um fio de contas verdes do bolso e manuseou-a com seus dedos grossos.

— O paraíso fica à sombra das espadas — disse Omar Yussef.

— Abu Ramiz está no lugar certo para citar esse hadith do Profeta, que a paz e as bênçãos de Alá estejam com ele. Alguns de meus amigos, que Alá tenha misericórdia deles, foram martirizados exatamente nesta mesquita quando os israelenses vieram recentemente à casbá.

— Que Alá lhe conceda os anos perdidos daqueles que partiram e faça sua vida mais longa — grunhiu Omar Yussef ao se curvar para enfiar os pés nos sapatos. — Vamos sair daqui antes que eu comece a recitar versículos inteiros do Corão.

— Se for a vontade de Alá. — Awwadi conduziu Omar Yussef para a rua. Ele se afastou da praça na direção do centro da casbá. — Não foi só na mesquita que eu perdi amigos.

— Que sua vida seja longa e com boa saúde — murmurou Omar Yussef, recitando outra bênção padrão.

Awwadi respondeu no mesmo estilo:

— Que Alá o preserve. — Mas ele manuseou as contas com mais intensidade e olhou severamente para as pedras de calcário da calçada, brilhantes com o desgaste do tempo. — Em outros lugares do mundo, Abu Ramiz, uma pessoa pode passar a vida inteira sem ver um morto. Talvez ele nunca vivencie o luto, exceto ao chorar a morte de seu pai. Aqui em Nablus não somos normais. O choro está acabado para nós. O choque da morte está morto em nós.

— O meu choque ainda não morreu.

— O senhor só esteve em Nablus por pouco tempo, imagino. — Sorriu. — E não é tão velho assim. Terá tempo de testemunhar muitas outras mortes. Eu me sinto tão velho quanto estas pedras, ainda que eu só tenha 24 anos, e logo serei martirizado, se for a vontade de Alá. — Ele percorreu com os dedos a parede gasta pelo tempo ao lado da entrada de uma barbearia antiquada.

— Você não acha que o que está descrevendo também vale para todos os palestinos? — disse Omar Yussef. — Todos nós temos de enfrentar a violência e a perda.

— Nablus é diferente. — Awwadi fez um gesto para o azul profundo sem nuvens acima da rua estreita. — O senhor pode dizer que é o mesmo céu sobre toda a Palestina. Mas estou o levando bem para o interior das vias cobertas da casbá, onde não *há* céu. Não há sinal da existência de qualquer coisa fora de Nablus. Só a fé em Alá permite que se acredite que sua alma conseguirá escapar desta cidade, mesmo ao morrer.

Awwadi levou Omar Yussef para o norte, bem no coração da casbá, sob tetos em arco. As vielas transversais faziam curvas fechadas, as esquinas eram escuras como piche. Omar Yussef prendeu a ponta do sapato num bueiro e estendeu a mão para evitar a queda, apoiando-se na parede. Estava úmida como a palma da mão de um virgem na noite de seu casamento e deixou uma fria camada de musgo em seus dedos.

Chegaram a uma seção não coberta da viela. O sol entrava nela com o brilho implacável de uma praia ao meio-dia. O homem mais jovem sorriu para Omar Yussef, franzindo os olhos com a súbita claridade.

— É algo especial, essa nossa casbá — disse ele. — Não há nada como ela em Belém, não é, *ustaz?*

— Não exatamente. A parte antiga da minha cidade é menor e tem menos habitantes, então parece um pouco menos complicada.

Awwadi suspirou e sorriu.

— Complicada, de fato. Gosta de nossa cidade, *ustaz?*

— Tem uma história importante, e é bastante diversificada.

Awwadi inclinou a cabeça, com ar interrogativo.

— Tem a comunidade da casbá, os novos bairros subindo as encostas, os refugiados no Campo de Balata, que são por si só um mundo. — Omar Yussef observou o homem mais jovem indicando que concordava. — E então há os samaritanos.

Ele notou que Awwadi virou-se para a frente depressa.

— Eu estive na aldeia samaritana esta manhã com Sami — contou Omar Yussef. Ele manteve os olhos nas costas largas de Awwadi, alguns metros a sua frente. — Sami foi investigar o roubo de um dos pergaminhos antigos deles. Ele me levou junto porque sou um professor de história e ele sabia que me interessaria pelo pergaminho.

— Eles têm muitos rolos de pergaminhos — disse Awwadi. — Todo mundo sabe disso.

— Esse é o mais importante deles.

— Espero que a visita tenha sido interessante. Os samaritanos não são tão maus assim.

— Mas a religião deles é falsa?

Awwadi pareceu desconfiado.

— Claro. Eles deveriam se submeter ao islã.

— Eles deveriam ser forçados a fazer isso?

— Como se pode forçar um homem a crer?

— Ameaçando-o com a morte.

— Isso é contra o islã, a menos que o homem seja um pagão.

— Os passos lentos de Awwadi ecoaram quando eles passaram sob uma abóbada baixa.

— Você já ouviu falar no Pergaminho de Abisha?

— Não, o que é? — A voz de Awwadi estava sem expressão. Omar Yussef percebeu que ela estava explodindo de tensão.

— O livro mais antigo do mundo — disse ele. — Você conhece um homem chamado Ishaq, filho do sacerdote Jibril?

— Por que, ele escreveu o Pergaminho de Abisha? — Awwadi virou-se para Omar Yussef e sorriu. — Conheço Ishaq. É a ovelha negra dos samaritanos. Mas é útil para eles por causa de sua ligação com o antigo presidente.

— Agora que o antigo presidente está morto, Ishaq não é mais tão útil?

— Ishaq ainda tem contatos, contatos poderosos.

— Você disse que ele é a ovelha negra? Porque ele não observou os dias sagrados deles e teve de pagar uma multa para ser aceito de volta na comunidade?

O sorriso de Nouri Awwadi estava distante.

— Isso é verdade, mas não foi o que eu quis dizer. — Ele continuou a andar, passando pela entrada de uma velha fábrica de *nalvah*.

Omar Yussef agarrou o braço grosso do homem.

— Ishaq está morto. Ele foi assassinado na noite passada. Nós o encontramos hoje no topo do monte Jerizim, amarrado e espancado.

O lábio sensual de Awwadi deixou-se cair aberto e ele pôs uma mão enorme em sua curta barba negra.

— Vejo que o choque da morte não está tão morto em você como alegou — disse Omar Yussef. — O que realmente o tornava a ovelha negra dos samaritanos?

— Seus desejos. Eles eram inaceitáveis para os outros samaritanos.

— Quais desejos?

O rosto de Awwadi estava imóvel. Suas pálpebras fecharam
pesadas.

— Ele era homossexual. Ishaq era gay.

— Como você sabe disso?

Awwadi baixou os olhos e caminhou penosamente pela viela. Seu perfume de sândalo se misturou ao cheiro de pasta de
gergelim que estava num balde do lado de fora da fábrica de *nalvah*. Omar Yussef se sentiu zonzo.

Ele lembrou a tristeza na voz da mulher de Ishaq quando
ela lhe contou que o casal não tinha filhos. *Ela sabia que seu marido era gay*, pensou. *Teria aquela mulher ou a família dela matado
um homem que fracassou em ser o tipo de marido que esperavam?
Que não podia lhe dar filhos? Em nossa tradição, os filhos são importantes, mas para uma comunidade reduzida a apenas seiscentas
pessoas, devem ser ainda mais.* Ele tinha achado que as contas
bancárias do ex-presidente pudessem ter sido o motivo do assassinato de Ishaq, mas seria, em vez disso, a orientação sexual
do homem?

Ele queria voltar para a mesquita para contar a Sami o que
descobrira, mas Awwadi o levou ainda mais para dentro da casbá. O odor de gergelim se desvaneceu, substituído pelo odor fé-
tido do saneamento precário.

Awwadi sorriu.

— Este é o bairro Yasmina, a parte mais velha da casbá —
disse ele. — Sempre se sabe que se chegou aqui, porque a sensação é a de ter entrado no esgoto.

Eles passaram por uma pequena loja de especiarias. Sacas
de aniagem cercavam a frente da loja, colocadas na rua abertas
com as bordas enroladas para mostrar o que continham: comi-

nho cor de areia, cúrcuma de um amarelo vistoso, cardamomo moído até ficar com a cor de cimento. Sobre a entrada havia uma placa pintada à mão indicando que aquele era o estabelecimento comercial da família Mareh. Uma foto emoldurada do velho presidente, com um sorriso malandro sob o seu *keffiyeh* xadrez, estava pendurada sobre as sacas. Um jovem alto com um macacão azul empoeirado veio até a porta, encostou-se numa pilha de sumagre e olhou com desprezo para Awwadi.

— Que a paz esteja convosco — disse Awwadi.

O homem fungou com desdém.

— Convosco, a paz — grunhiu.

Não será todo mundo na casbá que estará dançando no casamento coletivo do Hamas, pelo que parece, pensou Omar Yussef.

Awwadi girou os ombros sob a alça de seu M-16 e manteve-se impassível ao furor dos olhos do jovem enquanto conduzia Omar Yussef por uma passagem em aclive, aberta. Treliças ornamentadas de madeira de oliveira fechavam as varandas acima deles, de modo que as mulheres na casa pudessem observar a rua sem serem vistas. Awwadi pegou a mão de Omar Yussef e o levou a um imponente portão entalhado que se erguia elegantemente até a altura de dois andares.

Tufos espessos de ervas daninhas cresciam entre as pedras irregulares do pátio. Uma fonte em seu centro fora transformada na base de um galinheiro de arame. Algumas cabras estavam num cercado de ripas apodrecidas num canto. Sobre elas, entalhada na parede em caracteres *naskh* lamacentos, uma inscrição marcava para a posteridade a data da construção. Omar Yussef leu que era de dois séculos antes. No terraço, no alto de um desgastado lance de degraus, moletons cinza e roupas de bebês estavam pendurados num varal. Ele reconheceu o design característico da grife americana imitada nas camisetas que ele vira empilhadas do lado de fora da loja no *souk* ao passar com Sami.

— O palácio Touqan — disse Awwadi. — Antigamente era a residência de uma das famílias mais importantes de Nablus. Mas, como todas as outras pessoas ricas, eles se mudaram lá para cima.

Omar Yussef espiou sobre a roupa lavada para as mansões imponentes no topo do monte Jerizim.

— Agora aqui é o lar das pessoas mais pobres, uma dúzia de famílias morando no espaço antes ocupado por um só homem rico, sua mulher, seus filhos e criados. — Awwadi balançou a cabeça. — O palácio se tornou um cortiço.

— Essa é a história de nosso povo, meu filho.

Awwadi balançou a cabeça e cofiou a barba. Olhou para Omar Yussef como se tivesse esperado algo melhor da parte dele.

— Isso não é um verso sentimental da obra de nosso poeta nacional, *ustaz*. É onde eu moro.

As roupas se agitaram com uma lufada de ar quente. Para Omar Yussef, era como se a casbá quisesse soprar para longe aquela moda barata, estrangeira, para que a marca vermelha, branca e azul não mais conspurcasse sua arquitetura singular. As grandes famílias que outrora habitaram esses palácios tinham fugido para casas modernas na montanha. Abandonaram seu patrimônio histórico, deixando-o desmoronar nas mãos deses-peradas e sem um tostão dos pobres. *Provavelmente elas também usam roupas americanas*, pensou. *Mas as caras e autênticas, não as imitações made in China ali no varal.*

Uma criança descalça veio tropeçando pelo pátio com uma camiseta branca imunda. Awwadi a ergueu, rindo com ela.

— A menina dos meus olhos! — exclamou ele numa voz em falsete brincalhona, roçando o nariz na bochecha da menina de 2 anos e esfregando os dedos do pé dela.

Omar Yussef sorriu.

— Sua filha?

— Bem que gostaria, *ustaz*. Ela é filha de meu irmão. Minha sobrinha predileta. — Awwadi pôs a menina nos degraus e mandou-a para cima com um leve tapinha nas nádegas e a voz em falsete, instando-a a procurar a mãe. — Não sou casado. Não até amanhã.

— Vai participar do grande evento do Hamas, o casamento coletivo?

Awwadi bateu palmas.

— Vou me casar com uma moça que também é daqui da casbá.

— Parabéns mil vezes.

Omar Yussef sabia bem que não convinha perguntar mais detalhes sobre a noiva de Awwadi. O nome e os hábitos da mulher de um homem religioso eram segredo para todo mundo, a não ser para ele e sua família. Para qualquer outra pessoa, ela seria conhecida apenas como a mulher de Nouri Awwadi, e perguntas indiscretas seriam recebidas com a mesma hostilidade que alguém que estendesse a mão para acariciar sua pele.

Um galo avançou em meio às galinhas na velha fonte. Ele levantou sua pata feia e cacarejou antes de dar um passo à frente, crista vermelha e o pescoço dourado reluzindo sobre a pedra. Omar Yussef sentiu os olhos negros e cruéis do galo segui-lo enquanto ia para um batente de porta delicadamente entalhado fechado com um portão de tábuas velhas. Omar Yussef recuou quando uma imensa cabeça branca emergiu das sombras.

— Ele é bonito, não é, *ustaz*? — disse Awwadi. — O único garanhão árabe puro-sangue na casbá. Seu nome é *Sharik*. Parceiro. Um bom nome para o cavalo em que montarei na procissão do casamento para encontrar minha mulher.

— Sim, é um bom nome. — Omar Yussef acariciou o pescoço musculoso do cavalo. Seu pelo era áspero como uma barba curta de homem. O cavalo se esquivou e com sua longa face encarou Omar Yussef. — Parece que ele não gosta de mim. Está certo. Ele é seu parceiro, não meu. — Ele passou a mão pelo pescoço do cavalo de novo, dessa vez na direção em que o pelo cresce, e este era macio e firme como madeira encerada.

— Os outros noivos vão montar cavalos fornecidos pelo Hamas. Árabes, como Sharik, mas de aldeias fora de Nablus. Eu serei o único com um verdadeiro cavalo de Nablus. — Awwadi curvou-se para pegar um punhado de capim entre as pedras do chão, alimentando o cavalo com a mão aberta.

O cavalo bateu os cascos deslocando-se para o lado. Omar Yussef deu uma espiada nos fundos do estábulo atrás dele. Uma porta baixa parecia levar a um porão, a luz tênue de uma única lâmpada tremeluzindo no velho arco de pedra. Quando Omar Yussef olhou na direção da luz, Awwadi deu um passo na frente dele, puxando o arreio de modo que parecesse que o movimento tinha sido feito pelo cavalo ao jogar a cabeça para o lado. *O que ele esconde aí embaixo que não quer que eu veja?*, pensou.

Awwadi deu um tapa no lombo de Sharik, ajeitou seu rifle nos ombros e guiou Omar Yussef para a entrada do palácio Touqan.

— Precisamos voltar para a mesquita — disse. — Antes que Sami ache que o Hamas o sequestrou.

חהגריזים
جبل الطور
MOUNT GERIZIM

CAPÍTULO 6

Omar Yussef encontrou Sami num canto da mesquita, próximo ao xeque que estava rígido e empertigado em sua túnica e seu tarbuche cor de camelo. Quando Omar Yussef atravessou de meias o tapete verde, o xeque voltou uma face imperiosamente imóvel na direção dele. Sua expressão era como mil *fatwas* fatais.

— Deixe-me apresentá-lo ao xeque Bader — disse Sami. — Abu Ramiz é professor no campo de Dehaisha e vizinho de minha família. Veio a Nablus para o meu casamento.

Omar Yussef cumprimentou o xeque, que baixou brevemente a ponta de sua barba grisalha em resposta. Suas sobrancelhas negras se inclinavam, uma convergindo na direção da outra, como funestas nuvens de tempestade. *Quando esse homem fran-*

ze o cenho e essas duas nuvens se encontram, pensou Omar Yussef, *surgem trovões.*

Nouri Awwadi curvou a cabeça e sussurrou respeitosamente para o xeque. Ele enfiou o fio de contas no bolso da calça jeans e sorriu para Sami.

— Você terminou todos os preparativos para o seu casamento?

— Nosso honrado xeque foi muito solícito — disse Sami —, apesar do casamento muito maior que ele está organizando para amanhã.

Awwadi ergueu um dedo.

— Daqui a dois dias, Sami, eu o convido para vir comigo aos banhos. Relaxarei depois do meu casamento e você poderá fazer uma massagem para se preparar para o seu grande dia. — Ele se voltou para Omar Yussef. — O senhor também, *ustaz.* Afinal, é professor de história. Haverá melhor maneira de relaxar do que desfrutando do vapor de uma casa de banhos histórica?

— Onde fica? — perguntou Omar Yussef. — Faz anos que eu não vou a um bom banho turco.

— Logo ali, adiante na rua. O *Hammam as-Sumara.*

— A casa de banhos samaritana? É administrada por eles?

— Não, mas fica onde era o antigo bairro deles na casbá. Ainda mantém o velho nome, mesmo que hoje todos seus habitantes sejam muçulmanos. — Awwadi sorriu. — Vou para os banhos agora para relaxar antes do meu casamento. Mas encontro vocês lá daqui a dois dias de manhã.

— Obrigado, Nouri. Eu tenho muito trabalho e o meu próprio casamento para me preocupar, de modo que não terei tempo — disse Sami. Ergueu uma das sobrancelhas para Omar Yussef. — Mas tenho certeza de que Abu Ramiz adoraria encontrá-lo nos banhos. Ele parece muito interessado nos samaritanos e não está tão ocupado.

Omar Yussef fixou olhos em Sami por um instante antes de pôr a mão no coração e sorrir ao concordar.

— Se for a vontade de Alá — afirmou ele.

Awwadi dirigiu-se para a entrada, apertando as mãos de dois homens corpulentos que tiravam as botas. Estavam vestidos de preto e traziam M-16s de prontidão sobre o peito. Uma vez dentro da mesquita, eles se acomodaram num canto com as cabeças apoiadas na parede e fecharam os olhos. *Cansados de uma operação noturna*, pensou Omar Yussef. *A casa de oração é o lugar mais seguro para descansarem.*

Depois que Awwadi se foi, Omar Yussef sorriu para o xeque.

— Nouri me mostrou o cavalo que ele vai montar na procissão do casamento amanhã. Um belo garanhão árabe.

O xeque inclinou a cabeça com deliberada compostura.

— Todos os noivos irão montados assim.

— O evento deve ser caro — disse Omar Yussef.

— O Comitê da Castidade assume tudo. — O xeque Bader estalou os dedos.

— É uma instituição do Hamas?

— É uma ocasião importante para a cidade inteira. O dinheiro não é relevante, nem o grupo que o organiza. O casamento é a coisa mais importante da vida, *ustaz*. — A fala do xeque era lenta e grave. — Mantém os homens longe do sexo ilegal e das más influências e perversões.

— Sexo ilegal? — Omar Yussef moveu abruptamente a cabeça como se contemplasse algo inconcebível. — Quer dizer que há prostitutas em Nablus?

— Claro que não.

— Então está se referindo à homossexualidade? — *Ishaq podia ter lhe contado que o casamento não põe fim aos desejos proibidos*, pensou. *Só a morte pode deter esses impulsos, e Ishaq sabia disso também.*

O xeque franziu o cenho.

— O custo de um dote é muito alto. Os homens vêm adiando o casamento por falta de fundos, devido aos problemas econômicos de nossa cidade durante a Intifada. — Ele hesitou. — Suas necessidades físicas eram satisfeitas em momentos de desespero, em vez de serem preenchidas por sua vida em família. Muitos deles cometeram erros.

— Honrado xeque, não seria melhor se nós permitíssemos que os jovens ficassem íntimos de mulheres, em vez de forçá-los a procurar alívio com outros jovens?

— A mulher é a própria sedução e precisa ser ocultada. O senhor conhece nosso dito, "As mulheres são o diabo" — disse o xeque. — E, no entanto, encobri-las é um equilíbrio delicado. Os homens precisam ter mulheres para protegê-los de atos imorais entre eles. Ao mesmo tempo, mantê-las junto dos homens leva a outras transgressões de nossos mandamentos religiosos. Ocorreram casamentos em Nablus em que homens e mulheres dançaram juntos e ingeriram álcool.

— Então, o Comitê da Castidade não é apenas para tornar o casamento financeiramente acessível — disse Omar Yussef. — É para impedir que as pessoas comemorem.

— Se o estilo da comemoração for contra o islã. — O xeque ergueu o queixo. Omar Yussef viu os pelos em suas largas narinas tremularem.

Omar Yussef fez um gesto abarcando a mesquita.

— Pelo cartaz na entrada, fica claro que esta é uma mesquita do Hamas. O casamento coletivo é um grande evento do Hamas, não é?

O xeque Bader sorriu, mas seus olhos mantiveram sua expressão superior, implacável.

— Minha obra de caridade é pela causa do islã. Mesmo financiada pelo Hamas, ainda é pelo islã.

— Mas o casamento trará um ganho político.

— Eu vou fazer um discurso no casamento sobre a moralidade. Mas a moralidade de que falarei não se restringe à responsabilidade dos jovens de seguirem uma vida saudável e familiar com suas mulheres. — As sobrancelhas do xeque se contraíram sobre os olhos escuros. *Lá vem o trovão*, pensou Omar Yussef. — Farei uma importante revelação; uma informação até agora secreta sobre uma falha moral que terá uma enorme importância política para Nablus e para o futuro de todo o povo palestino.

Eu estava esperando um trovão e ele me veio com um raio, pensou Omar Yussef.

— Se esse discurso fizer o povo apoiar o Hamas, então é tudo pela causa do islã.

Sami pigarreou.

— Abu Ramiz...

O xeque Bader ergueu a mão.

— Tudo bem, Sami. Nosso amigo é um professor moderno. Ele precisa do raciocínio lógico.

— Mas eu também não condeno algumas das coisas ilógicas que as pessoas fazem quando seu corpo assim exige — afirmou Omar Yussef. — Pois, para elas, agir de outra forma pode levar à depressão e ao suicídio, e isso com certeza é contra a lei islâmica.

— O senhor não pode estar querendo dizer que não vê nada de errado na homossexualidade? O sagrado Corão condena os homossexuais como *Loutis*, o povo de Ló, de Sodoma.

— Os homossexuais já sofrem bastante em nossa sociedade sem que eu os odeie também.

— E se o senhor ficasse sabendo que um de seus filhos é um desses pervertidos?

Omar Yussef deu uma risada rouca.

— Eu colocaria a culpa na mãe dele. Mas ainda assim seria meu filho.

O xeque olhou-o de cima a baixo com desdém. Isso deixou Omar Yussef constrangido por sua fragilidade física. *Estou pagando o preço agora pelo que meu corpo exigiu de mim durante anos, pelo tanto que bebi e fumei,* Omar Yussef pensou. *Ele é mais velho, mas é digno e forte. Quer que a sociedade seja como ele, não como eu.*

— Uma sociedade é um acúmulo de experiências, reverendíssimo xeque — disse ele. — A vida não pode ser repetida e decorada da maneira que vocês ensinam as crianças a memorizar o Corão. Quando as experiências da sociedade são amplas, a felicidade de todos pode ser levada em conta num espírito de tolerância.

— Esse é um caminho perigoso, *ustaz.* — O desprezo nos olhos negros do xeque Bader lembrou a Omar Yussef o galo arrogante no palácio Touqan.

— O perigo jaz na negação. Como professor posso lhe dizer que, quando se obriga as crianças a aprender decorando, logo tudo é esquecido, porque elas não entendem *por que* devem lembrar. Elas crescem sem saber como pensar por si mesmas e então são fáceis de manipular.

— Na surata dos Poetas, o Corão sagrado diz: "Dentre as criaturas, achais de vos acercar dos varões, deixando de lado o que vosso Senhor criou para vós, para serem vossas esposas? Em verdade, sois um povo depravado." Meus discípulos são obedientes a Alá e ao Corão sagrado.

— Obedientes ao senhor, sobretudo. — O dedo de Omar Yussef ficou em riste, apontando trêmulo para Bader.

Um dos homens de preto com armas despertou de sua soneca e se levantou lentamente no canto da mesquita. A alça de seu rifle fez um ruído contra o cano de metal escuro. O xeque Bader

ergueu a mão e o homem sentou-se, mas seus olhos se mantiveram abertos, vigiando Omar Yussef.

— Evidentemente, a obediência não foi parte da *sua* educação — disse o xeque.

— Meu estimado pai ensinou-me a pensar por conta própria. — Omar Yussef teve a súbita lembrança dos severos xeques que costumavam ir à casa de seu pai quando ele era menino, insistindo para que o velho se filiasse aos novos grupos
políticos que lutavam pelos direitos palestinos. Eles sempre entravam na sala com determinação, apressando-se, como se sua
causa política pudesse estragar se ficasse sob o sol. Na época,
Omar considerara o pai fraco por recusar. Agora via o quanto
ele fora sábio.

Ele baixou o dedo e olhou para Sami. O jovem policial ergueu
uma sobrancelha, olhou de relance para os dois milicianos no
canto e virou a cabeça para a entrada da mesquita. *Está na hora
de ir*, pensou Omar Yussef.

— Meu estimado pai também me ensinou a mostrar respeito. Espero que o senhor não tome minha franqueza por desres-
peito, reverendíssimo xeque.

— Que Alá nos livre disso. Se os senhores me permitem,
preciso terminar os preparativos para o casamento de amanhã.
Temos de garantir que Nouri Awwadi não seja o único a montar
um cavalo. Eu tenho de estar com mais 14 montarias como essa
na casbá até o fim do dia. Que Alá lhes conceda a graça.

Na pequena praça em frente à mesquita, Sami sorriu para
Omar Yussef.

— Você é tão contra o casamento, Abu Ramiz, que quis in-
sultar o xeque até que ele se recusasse a realizar a minha cerimônia?

— Na realidade, eu acho que você e Meisoun formam um
casal perfeito. Mas homens como ele me deixam irritado. — Ele

sacudiu o polegar na direção da mesquita. — Há muitos anos, quando eu ainda bebia, eu mandei um xeque especialmente presunçoso ir se foder. É claro que ele seguiu o meu conselho, porque gerou muitos outros como ele, e agora estamos inundados de líderes religiosos arrogantes e hipócritas.

Sami sorriu. Eles viraram na direção das lojas ao longo da rua principal da casbá.

CAPÍTULO 7

Na entrada do *souk*, Omar Yussef detectou algo saboroso no ar. Ele contraiu as narinas, farejando além do aroma das nozes e tâmaras dos *ma'amoul* empilhados em pirâmides sobre largas bandejas na frente de uma doçaria. Sami apontou para a meia-luz do mercado.

— Você sentiu o cheiro delicioso do restaurante de Abu Alam — disse ele. — Agora vou lhe provar que não estou casando com Meisoun só para ter alguém que frite ovos para mim de manhã.

Misturaram-se entre as mulheres no *souk*. A presença da multidão acalmava Omar Yussef. Na casbá vazia, sempre parecia haver algum homem ameaçador e solitário esgueirando-se atrás deles perto das paredes sombreadas da viela. Enquanto as mulheres passavam pelas pequenas lojas, o roçar de seus ombros em Omar Yussef lhe dava a sensação de uma carícia reconfortante. *Quase consigo esquecer que vi um homem morto hoje*, pensou.

Logo ao lado de uma loja de brinquedos que vendia reluzentes metralhadoras de plástico e triciclos, Sami entrou em outro estabelecimento, cuja porta e janela da largura dos braços de um homem estavam abertas para a rua. O óleo crepitando numa frigideira atraiu Omar Yussef para o interior. Ele raramente tolerava comida que não fosse preparada por sua mulher, mas seus esforços no cume do monte Jerizim e a caminhada pala casbá o tinham deixado com fome. Percebeu que estava com água na boca.

Sami foi até o balcão para cumprimentar o proprietário, que estava fazendo homus num liquidificador do tamanho de um balde. Abu Alam espremeu dois limões grandes sobre os grãos-de-bico, o tahine e o alho. Ele enxugou o suco de seus dedos na camisa manchada, antes de estender o grosso antebraço para apertar a mão de Sami. Seu rosto obeso reluzia com a transpiração.

— Então é o amigo de Sami lá de Belém? — A voz de Abu Alam estava rouca de gritar ordens para seu cozinheiro por cima da balbúrdia do movimentado *souk*. — Seja bem-vindo, *ustaz*. As coisas por lá não são violentas o bastante para o senhor, então decidiu vir conhecer a vida numa verdadeira zona de guerra?

— Obrigado pelas boas-vindas. — Omar Yussef ergueu um dedo e sorriu. — Como sabe que não estou fugindo dos israelenses? Talvez eu tenha decidido me refugiar aqui onde eles não podem me pegar.

— É possível ver milicianos andando livremente por nossa casbá à tarde, é verdade, *ustaz*. Mas, acredite em mim, não estão fora do alcance dos israelenses, mesmo aqui. Na noite passada os israelenses chegaram até a porta do meu restaurante. — Abu Alam apontou para uma porta pantográfica dobrada no batente da entrada. A pintura verde-clara estava manchada de um preto enevoado. — Isso foi de uma granada ou algum outro explosivo, e não estava assim quando fechei tudo ontem à noite.

Omar Yussef passou um dedo na parte enegrecida. Ficou sujo, cheirando a plástico queimado.

— O que aconteceu?

— As forças especiais israelenses vêm todas as noites, para prender alguns milicianos. Não estamos muito no interior da casbá aqui, então os israelenses podem avançar pelo nosso território sem se perder. — Abu Alam fez um gesto com sua mão grande na direção da porta. — Mas eles não gostam de ir muito longe. Ficam em desvantagem nas vielas e nos velhos túneis. As ruas são muito sinuosas para os tanques, e nossos milicianos conhecem muito melhor o caminho.

— Em Belém, o Exército vem de noite uma ou duas vezes por semana — disse Omar Yussef.

— Nablus não é como Belém ou o resto da Cisjordânia. É mais como Gaza, *ustaz* — explicou Abu Alam. — Costumávamos ter os empreendimentos mais prósperos da Palestina e fornecer seus maiores poetas. Agora nossa casbá é uma fábrica de milicianos e a única literatura é a que se escreve nos cartazes anunciando o mártir mais recente.

— A maioria dos milicianos de Belém está presa agora.

— Não importa quantos os israelenses matem ou capturem, Nablus ainda tem um bom suprimento.

— Se você desse aos milicianos ovos e homus de graça, talvez eles ficassem gordos demais para fugir e então a sua cidade poderia ter alguma paz.

— Estou fazendo o melhor que posso. Os homens da resistência comem de graça aqui, *ustaz*, e você sabe como homus deixa as pessoas sonolentas. — Abu Alam limpou o suor da testa com as costas do punho.

— E quanto à polícia? — Omar Yussef apertou o ombro de Sami. — Come de graça também?

— O irmão Sami nunca vai ficar gordo, e meus preços são acessíveis, mesmo para um homem com um salário de policial. — Abu Alam sorriu. — O de sempre, Sami?

— Sim, e o mesmo para Abu Ramiz.

Sami pegou Omar Yussef pelo cotovelo, levou-o ao longo da única fileira de mesas e sentou de frente para a porta. Junto à outra parede, um jovem magro de calça jeans baggy pegou alguns ovos de um cesto de papelão e abriu-os com uma das mãos numa frigideira enegrecida. Ele aumentou a chama no fogão a gás, limpando uma sobra da gema em seu avental branco. Atrás de Sami, outro jovem estava espremido entre uma pia funda de aço inox e um botijão de gás que batia na sua cintura sob a luz violeta de um mata-moscas elétrico. Cortou uma berinjela assada, raspou a polpa do interior e jogou a casca numa pilha de lixo, onde ficou, largada e da cor de um hematoma, como um corvo sem entranhas. Abu Alam gritou ordens para o rapaz, que foi rapidamente até o balcão e começou a passar alguns pratinhos para Sami e Omar Yussef.

Sami enrolou uma beira de pão sírio em volta do indicador e usou-a para provar um pouco de *khilta*. Ele limpou um respingo da coalhada de seu queixo.

— Prove. Está boa — disse ele. — Nem mesmo sua mulher faria objeções a este lugar.

— Eu acho que ela iria ter o que dizer sobre a higiene deles — falou Omar Yussef, dando uma olhada nos respingos de ovo esturricados no fogão.

Mas a coalhada estava ótima, salpicada com o vermelho vistoso de tomates e pimentões finamente fatiados. Quando provou as fatias macias de abacate embebidas em azeite de oliva, ele se sentiu relaxar. Deveria estar de férias, e visitar cadáveres não estavam em seus planos, por isso era reconfortante provar comida tradicional generosamente preparada com simplicidade e esquecer do corpo na montanha. *É Sami quem tem que se preocupar com o samaritano morto*, pensou Omar Yussef, *e com o assassino.*

O jovem que estava trabalhando no fogão serviu-lhes um omelete reluzente de óleo e sorriu para Omar Yussef com dentes manchados de bétel. Na cozinha, um estalido e um clarão de luz violeta marcaram o súbito falecimento de uma mosca.

Omar Yussef serviu-se de um pouco de homus, mas ao levá-lo à boca um bocado escorreu do pão e caiu em sua camisa. Ele praguejou baixinho e ergueu as mãos, enquanto Sami limpava a mancha com um guardanapo de papel umedecido. Os homens nas outras mesas fumavam, bebiam chá e conversavam, curvando-se bem sobre os pratos quando comiam. Omar Yussef se aproximou de Sami.

— Ishaq era homossexual — sussurrou ele. — Awwadi me contou.

— Você andou interrogando Awwadi? — murmurou Sami, com a boca cheia de homus. Esfregou mais uma vez a camisa manchada de Omar Yussef, olhando incisivamente para o amigo. — Você está em Nablus para o meu casamento, não para brincar de detetive.

— Casamentos me deprimem. Eu preciso me concentrar num assassinato para ficar alegre.

Sami jogou o guardanapo úmido no cinzeiro e examinou desconfiado a mancha de homus na camisa de Omar Yussef.

— Será que vai sair? — perguntou este.

Sami deu de ombros.

— Você acha que a morte de Ishaq está relacionada à homossexualidade dele?

— Ishaq pode ter tido acesso ao dinheiro escondido pelo antigo presidente nessas contas no exterior de que as pessoas tanto falam. Ele também tinha um segredo pessoal que poderia envergonhá-lo se sua comunidade descobrisse. Parece uma boa fonte para chantagem.

— Mas ele foi assassinado. Por que matar alguém que você quer chantagear? — Sami passou seu pão no homus.

— Chantagistas são como todo mundo; eles cometem erros. — Omar Yussef cutucou uma semente de gergelim presa entre seus dentes. — Até o seu grande xeque Bader não está certo o tempo todo. Em algum momento alguém se recusará a seguir suas regras sagradas.

Sami cortou um pedaço de omelete com o lado do garfo. Ele segurou-o com um pequeno pedaço de pão e passou-o num prato quente de *foule* de fava.

— Erro ou não, é um mistério, e ponto final. — Ele enfiou o omelete na boca e limpou os dedos em suas calças.

— Não é apenas um mistério. É um caso de assassinato. — Os olhos de Omar Yussef se arregalaram.

Sami mastigou a comida.

— Você é um bom amigo, Abu Ramiz, por isso serei bem claro com você. Nablus tem muitos assassinatos, mas pouquíssimos julgamentos por assassinatos.

— O que você quer dizer?

O jovem policial chupou os restos de pão em seus dentes de trás.

— Você sabe que eu não sigo as regras sagradas do xeque, como você as chama. Tenho minhas próprias diretrizes na vida, e de acordo com elas não há como ir muito longe nesse caso.

Omar Yussef endireitou-se, surpreso.

— Sinto um cheiro de corrupção em seu hálito.

— Não seja dramático. É só o homus de Abu Alam que tem muito alho. — Sami sorriu. — A corrupção me deixa tão engasgado quanto a você.

— Então, qual é o problema?

Sami usou a unha do polegar nos dentes.

— O xeque me advertiu para não continuar com esse caso.

— Então comece a investigação por ele. Por que o xeque iria querer que o caso de um samaritano morto fosse arquivado? Ele deve estar envolvido.

— Abu Ramiz, eu acabei de ser transferido de volta à Cisjordânia depois de cinco anos exilado em Gaza — disse Sami. — Estou para me casar com a mulher que amo e quero ter uma família. Minha deportação já atrasou as coisas e eu não posso me dar ao luxo de correr riscos.

— Riscos? — As mãos de Omar Yussef tremiam. Ele agarrou a borda da mesa para firmá-las.

— Não se trata do assassinato de um samaritano qualquer.

— Você está dizendo que não se importa com a morte dele porque ele era homossexual?

— O que estou dizendo é que eu me importo muito com a morte dele e que com certeza não pretendo abandonar completamente o caso. Mas minha investigação pode encontrar limitações. — Sami pegou uma tira de queijo e fingiu passá-la no prato de *khilta*. — O caso não é simples. Para mim, é óbvio que tem forte ligação com a situação política de Nablus. Com certeza irá envolver gente influente.

— Concordo — disse Omar Yussef. — Afinal, Ishaq administrava o dinheiro do Velho.

— O dinheiro sugere que não foi apenas um crime passional, mesmo que pervertido. Alguém poderoso estava atrás de todo esse dinheiro. Se tiver conseguido, não vai ficar nada contente com qualquer um que investigue o assunto e, se não tiver, poderá matar de novo para encontrá-lo. — Sami esmagou a tira esponjosa de queijo no prato como se fosse um cigarro. — Os líderes políticos de Nablus são homens violentos e implacáveis. Eu não posso ir contra eles.

— Você tem medo que o xeque o mate, se ignorar a advertência dele?

— Alguém pode revogar a autorização de Meisoun, mandando-a de volta para Gaza. Eles podem até machucá-la, ou fazer com que eu seja enviado para Gaza.

— Quem são *eles*? — Omar Yussef bateu com a mão na mesa. Os pratos chacoalharam. Ele olhou em volta, mas o barulho da cozinha e das conversas continuava como antes.

Sami acendeu um cigarro e pediu dois copos de chá a Abu Alam. Expeliu nuvens paralelas de fumaça de suas narinas.

— Você me conhece o bastante para saber que eu defendo ao máximo os meus princípios, Abu Ramiz. Mas, nesta sociedade, aonde isso me leva?

— Será que estou errado de defender os *meus* princípios?

— Com todo o respeito, Abu Ramiz, dar aulas para menininhas na escola da ONU não é tão difícil quanto confrontar a política corrupta de Nablus.

— Como você sabe que terá que ir contra todo o sistema político? O que o xeque lhe contou?

— Você viu a fotografia na parede de Ishaq. O Velho o estava beijando.

A tensão no queixo de Sami revelava sua vergonha para Omar Yussef. *Ele é um bom rapaz e um policial decente*, ele pensou. *Sacrificou muito por um sistema podre. Agora ele quer apenas fazer algo para si mesmo.*

Omar Yussef se perguntou de que lado seu amigo, o chefe de polícia de Belém, ficaria quando chegasse para o casamento. *Provavelmente concordaria com Sami. Ele diria que Sami tem um instinto para o perigo, reconhecendo quando engatilhar as armas e quando se proteger. Meus instintos, por outro lado, são menos práticos.*

— Se eu ajudá-lo a identificar o assassino, você o prenderá? — perguntou Omar Yussef.

Sami esvaziou as bochechas ao soltar a fumaça.

— Se for a vontade de Alá, é claro. Eu até pagarei pela sua lápide.

— Meus filhos podem cuidar disso.

Omar Yussef sabia que Ramiz, o mais velho, concordaria com Sami. Ele sempre evitava problemas. Zuheir, no entanto, era cheio de princípios e combativo, como Omar Yussef. Ele gostaria que o pai buscasse justiça, mesmo quando a lei falhara. Omar Yussef percebeu que a aprovação de Zuheir era importante para ele.

— Uma boa lápide é cara — disse Sami.

— Vou dizer para meus meninos começarem a economizar.

— Algumas coisas você nunca acaba de pagar.

O celular de Sami vibrou sobre a mesa. Abu Alam deixara o chá deles ao lado do telefone. Sami pôs o dedo sobre o aparelho para que parasse de tremer sobre a fórmica. Seus olhos cansados, amarelados, olharam duro para Omar Yussef, os lábios estavam tensos de irritação. Ele atendeu o telefone.

CAPÍTULO 8

Sami sussurrou em seu celular e os músculos do rosto relaxaram. Com o pequeno telefone prateado apertado contra o ouvido, ele se levantou, deixou algumas moedas no balcão e trocou um leve aperto de mão com Abu Alam. Fez um gesto com o dedo para que Omar Yussef o acompanhasse e seguiu o fluxo de gente no *souk*.

Omar Yussef tomou um gole de seu chá, mas o copo estava quente demais para segurar e a hortelã grudou em seus dentes. Ele o pôs na mesa antes que queimasse os dedos e tirou uma folha flácida de seu lábio. O homus pesou em seu estômago.

— Gostou da comida, *ustaz*? — gritou Abu Alam sobre o falafel crepitando numa frigideira enegrecida. Ele amassou uma bola verde de pasta de fava entre as palmas da mão e a deslizou para o óleo quente.

— Seu plano de pacificar a cidade deixando os milicianos sonolentos de tanto comer homus pode funcionar. Deu certo comigo — disse Omar Yussef. — Deixe uma grande travessa na porta à noite, e na manhã seguinte, você encontrará um grupo de soldados israelenses satisfeitos dormindo na rua.

— Eu podia envenenar o homus, mas duvido que os soldados percebessem a diferença. Já experimentou homus israelense, *ustaz*? Dá para ver que é feito industrialmente. Não tem limão suficiente e os grãos-de-bico são moídos finos demais, como se fosse comida de bebezinhos.

— Enquanto o seu homus simplesmente me faz querer dormir como um bebê. — Omar Yussef virou-se para a rua. Sami estava avançando em meio à multidão, acenando para alguém por cima das cabeças dos clientes. — Obrigado pela comida. O abacate estava muito bom.

— À sua saúde em dobro, *ustaz*. Obrigado. — Abu Alam sorriu. — Que Alá lhe dê boa saúde.

Omar Yussef espiou ao longo da passagem, procurando Sami. Colunas de poeira dos dutos de ventilação refletiam a luz do sol e iluminavam a multidão, mas todos os homens tinham cabelos curtos e pretos idênticos, e todas as mulheres cobriam a cabeça com um lenço bege.

Um vendedor corpulento com a barba grisalha por fazer e um bigode escuro inclinou-se sobre seu carrinho de mão e ergueu um quarto de melancia.

— Olha a melancia, está quase de graça — gritou. Omar Yussef recuou com o volume do súbito berro do homem e o olhou furioso. O vendedor percebeu a indignação de Omar Yussef, mas apenas ergueu o queixo e o volume: — Ó Alá, de graça.

A mão de alguém se estendeu sobre a multidão, e outra respondeu ao lado. Estavam acenando para ele. Então ele viu o rosto de Sami sob as mãos levantadas e começou a se mover em meio à aglomeração.

Sua esposa emergiu da multidão de mulheres de Nablus em túnicas longas e lenços na cabeça. A cabeça de Maryam estava descoberta e ela vestia calças pretas e um suéter preto fino. No ombro, trazia uma bolsa azul-escura com fechos dourados que Omar Yussef comprara para ela no Marrocos. Maryam ergueu os braços e abraçou Omar Yussef, suas sacolas de compras de plástico batendo nas costas dele.

Sami guiou-o para longe do fluxo da multidão, entrando numa loja que vendia espalhafatosos roupões para mulheres. Ele abriu a palma da mão para apresentar uma mulher jovem e franzina.

— Abu Ramiz, lembra-se de Meisoun?

Embora a cabeça dela estivesse coberta com o lenço de uma mulher religiosa, Meisoun inclinou de lado o queixo de forma faceira e bateu os cílios longos e delicados para Omar Yussef. Quando eles se conheceram, Meisoun trabalhava num hotel em Gaza e foi gentil o bastante para reagir com bom humor ao inocente flerte de Omar Yussef. *Tenho certeza de que ela me considerou um velho inofensivo,* pensou, *e provavelmente ainda me considera.* Ele sentiu mais saudade do que imaginaria dos dias em que as mulheres o descreviam como encantador, bonito e até perigoso. *Agora sou apenas encantador — desde que esteja de bom humor.*

— Srta. Meisoun, eu vim a Nablus só para vê-la — disse Omar Yussef. — A Cisjordânia precisa de belezas de Gaza como a senhorita para tornar a vida mais suportável aqui. Mas a senhorita me traiu e concordou em se casar com outro homem.

— Tenho várias irmãs solteiras em Gaza, *ustaz.* — Meisoun sorriu para Sami para mostrar que ela se divertia provocando

Omar Yussef. — Elas adorariam conhecer um homem educado e inteligente como o senhor.

— Ele não é tão inteligente assim. — Maryam bateu no pulso de Omar Yussef e apontou um dedo em riste para o marido. — Omar, hoje em dia só os camponeses nas aldeias têm mais de uma esposa. Além disso, para que você ia querer uma segunda esposa? Você sempre reclama que uma já é demais.

— O poder político dos islâmicos está crescendo, Maryam — disse Omar Yussef. — É importante ficar bem com eles. Se arrumar uma segunda esposa, eles irão pensar que sou religioso e eu não teria nem mesmo de rezar para provar isso.

— Você concordaria em deixar o xeque Bader celebrar o casamento? — Sami sorriu, mas Omar Yussef percebeu uma aspereza nos olhos do amigo.

— Todos os noivos no grande casamento do Hamas estarão montados em garanhões brancos. — Omar Yussef riu. — Dadas as minhas condições de saúde, se eu tentasse montar em um cavalo assim, o xeque Bader teria que providenciar uma ambulância branca para me levar até minha nova esposa.

— E o levariam embora num caixão — completou Maryam. Meisoun riu.

— Com certeza eu não gostaria que meu casamento fosse como esse enorme do Hamas — disse ela. — Você sabe que sou religiosa, *ustaz*, mas pelo que Sami me contou o xeque Bader planejou mais um evento político do que um casamento. Homens e mulheres devem ficar separados por causa do decoro, mas eles não deveriam comemorar em planetas diferentes, como farão na cerimônia do Hamas. As mulheres estarão numa extremidade da casbá e os homens, na outra.

— Meu casamento com Meisoun e nossa vida de casados juntos; essas são as coisas mais importantes para mim. — Sami estava falando com Maryam, mas Omar Yussef sabia que aquilo era dirigido a ele. — Sofri muito tempo em Gaza longe da minha família, mas talvez tenha sido a vontade de Alá que eu fosse mandado para lá para conhecer esta esposa e mãe perfeita.

Maryam pôs a mão no braço de Meisoun e sorriu.

— Não acho que teremos que esperar muito — disse ela.

Omar Yussef suspirou. Depois do casamento, as pessoas iriam se referir ao casal como Abu Hassan e Umm Hassan — o pai e a mãe de Hassan —, porque a maioria dos palestinos considerava que Sami era obrigado a dar ao primogênito o nome de seu pai, Hassan. *Claro, seria melhor que fosse um filho,* pensou Omar Yussef, *ou eles se verão cercados de comiseração.*

Em momentos como esse, Omar Yussef achava Maryam extremamente convencional, mas ele nunca conseguia manter seu descontentamento por muito tempo. *O que deve querer dizer que eu também sou bastante convencional,* pensou, *ou que a amo.* Ele se lembrou da viagem de táxi de Belém a Nablus. Maryam tagarelara o caminho todo sobre a renda do véu da noiva, que altura teria o bolo de casamento e quantos filhos ela esperava que Sami tivesse. Enquanto a brisa quente fustigava Omar Yussef pela janela do táxi, sua irritação com a tagarelice dela foi crescendo e ele se perguntou o que afinal o tinha feito se casar com ela. Quando o táxi finalmente chegou à barreira de Hawara, nos arredores de Nablus, ela ajeitou as parcas mechas de cabelos brancos que cruzavam a cabeça calva dele e acariciou seu rosto com a palma da mão. Com aquele gesto, o ressentimento dele cessou e ele percebeu que já havia bem pouco na vida que trouxesse alegria a ela. Com os olhos úmidos, ele pegou a mão dela e a beijou. Às vezes ela parecia a mais convencional das mulheres do planeta, mas era tarde demais para se perguntar por que ele a amava.

— Não, não teremos mesmo que esperar muito tempo para o pequeno chegar. — Maryam se aproximou de Sami e falava num tom entusiasmado. — Teremos, Abu Hassan?

Omar Yussef abriu os braços e os deixou cair, batendo nas coxas.

— Maryam, deixe que eles aproveitem o casamento. Não os pressione.

— Quem está pressionando? Você não acha que os filhos são o maior prazer do casamento?

— O casamento tem muitos benefícios, não apenas os filhos.

— Se fosse para ser do seu jeito, eu teria dado à luz uma estante cheia de livros, em vez de três filhos. — Maryam examinou a camisa de Omar Yussef e passou a mão no peito dele. — Omar, isso é homus?

Omar Yussef lançou um olhar desesperado para Sami.

— A culpa é minha, Umm Ramiz — disse Sami. — Abu Ramiz não queria comer, mas eu estava com muita fome, então o forcei a provar o homus do meu restaurante favorito.

Omar Yussef mexeu na ponta do bigode, nervosamente.

— Não era tão bom quanto o seu, querida.

Maryam moveu abruptamente a cabeça para trás e arregalou seus olhos escuros.

— Claro que não era. Talvez você queira uma segunda esposa que faça homus para você. Ela pode lavar suas cuecas também.

Omar Yussef sorriu e pôs a mão no rosto de sua mulher.

— Muito bem, ela pode lavar minhas cuecas. Mas ninguém a não ser você fará homus para mim. — Ele olhou para as sacolas de Maryam. — O que você comprou?

— Uma blusa nova linda para Nadia usar no casamento. — Maryam abriu uma das sacolas de plástico e Omar Yussef olhou dentro. A blusa era cor-de-rosa e rendada. Maryam ergueu a outra sacola. — Também comprei umas camisetas americanas para Miral e Dahoud.

— Nadia vai adorar. — Ele sorriu em aprovação e beijou a bochecha da esposa. — E nossa nova duplinha também. — Ele adotara Miral e Dahoud depois da morte dos pais deles, seus amigos, pouco mais de um ano antes, e descobrira neles uma alegria que o fazia sentir-se jovem de novo. Pensou no sacerdote samaritano, a quem um assassinato roubara o filho adotivo, e se arrepiou diante da ideia de perder qualquer uma de suas novas crianças.

— Posso levar vocês dois de volta ao hotel? — perguntou Sami. Ele inclinou a cabeça e olhou firme para Omar Yussef ao falar. — Você deve estar cansada, Umm Ramiz. Você também, Abu Ramiz. Já fizeram o bastante hoje.

Ele não quer ficar discutindo a investigação do assassinato de Ishaq, pensou Omar Yussef. *Não posso forçá-lo a enfrentar os poderosos que ele diz que estão envolvidos nesse caso, mas sei que Sami é um bom policial. Ele vai mudar de ideia se eu não o pressionar demais.*

— Por que Omar estaria cansado? Ele só ficou perambulando por aí, provando a comida feita por outras pessoas. — Maryam limpou a mancha da camisa do marido com a ponta do lenço. Enquanto se dirigiam para o mar de compradores, ela se virou para Omar Yussef. — Como foi a visita à sinagoga dos samaritanos? Eles lhe mostraram os pergaminhos históricos?

De repente Omar Yussef sentiu-se zonzo e em pânico. Ele pensou no cadáver de Ishaq. A rua movimentada dissolveu-se em escuridão e ele escorregou na poça do gelo derretido do carrinho do vendedor de melancias. Sami pegou-o por baixo do braço e o conduziu para uma transversal.

— O carro está bem aqui, no alto da casbá, Umm Ramiz — falou. — É melhor levarmos o seu marido para o hotel.

— Estou bem — murmurou Omar Yussef.

— Sami, não sei como você não se perde nessas vielas — disse Maryam. Ela olhou desconfiada para Omar Yussef.

Eles viraram em uma esquina escura e avançaram por um trecho na penumbra sob uma abóbada, dirigindo-se para o lugar iluminado em que o túnel emergia, a 20 metros dali.

— Meisoun, não há nada parecido com isso em Gaza — comentou Maryam. — Você está se acostumando com a casbá?

Meisoun meneou a cabeça.

— É verdade, as construções mais antigas remanescentes em Gaza não são tão impressionantes quanto a casbá aqui em Nablus. Esse é um dos lugares mais importantes da Palestina, historicamente.

— Você andou tendo aulas com o professor aqui? — Maryam cutucou Omar Yussef.

— Teria sido uma honra — respondeu Meisoun. — Mas na verdade eu estudei o comércio antigo na Palestina para me formar em administração. Nablus sempre foi mais importante do que Jerusalém como centro comercial.

Eles chegaram à parte iluminada. Plantas de um verde vívido caíam em cachos grossos sobre a parede.

Sami sorriu.

— Minha noiva é muito mais inteligente do que eu — disse ele. — Quero que ela abra um negócio aqui em Nablus.

— Com esse conhecimento de história, ela poderia ser guia de turismo — afirmou Maryam.

— Não se trata exatamente de um negócio em expansão. Vocês podem ser os primeiros turistas a vir a Nablus em cinco anos. Mas, se quiserem, posso lhes servir como guia. — Meisoun sorriu, ergueu o braço e marchou para a frente. — Sigam o meu dedo, por aqui, meu grupo.

Sami se pôs a segui-la, deixando cair os ombros como os turistas indolentes que perambulavam por Belém em excursões. Omar e Maryam se juntaram a eles.

Meisoun deteve-se no fim da parede com plantas e pôs a mão em concha na frente da boca, como um guia com um megafone.

— Escute, meu grupo, a maior parte da casbá data dos últimos oito séculos. Mas sob nossos pés estão as ruínas de uma cidade romana construída para veteranos das legiões e chamada Flavia Neapolis. Nablus é uma corruptela do nome "Neapolis".

Omar Yussef levantou a mão.

— Senhorita, senhorita, como era chamada a cidade que havia neste local antes de ser reconstruída como Neapolis?

— Quieto, seu baderneiro. — Meisoun pôs o dedo nos lábios. — Os judeus dizem que moraram aqui há 2 mil anos numa cidade chamada Shekhem, mas não posso dizer mais nada sobre isso ou perderei minha licença oficial de guia de turismo.

— Talvez você devesse escolher outro negócio que fosse menos delicado politicamente — sugeriu Omar Yussef.

— Estou incentivando-a a trabalhar com telefones celulares em sociedade com Ramiz — disse Sami. O filho de Omar Yussef tinha um negócio de telefones celulares em Belém. — Você está certo ao dizer que é melhor evitar assuntos delicados politicamente. — Ele curvou o pescoço na direção de Omar Yussef para enfatizar sua advertência.

Meisoun pôs de novo o dedo nos lábios.

— Meu interesse em telefones celulares também é um segredo não menos explosivo do que a antiga história israelita de Nablus. — Ela sorriu. — Alguém pode roubar a nossa ideia.

— Eu sou muito discreto, senhorita Meisoun — disse Omar Yussef. — Infelizmente, a minha mulher é uma tagarela. Se quiser evitar que ela revele o seu segredo, é melhor enterrá-la tão fundo quanto as ruínas romanas.

Maryam deu um tapa no ombro de Omar Yussef.

— E aí quem faria o seu homus?

Eles riram, mas Meisoun ficou quieta. Ela deu um passo se aproximando da parede e perscrutou a sombra das plantas penduradas. Passou a mão sobre a pedra lisa e bronzeada e circulou três buracos de bala com o indicador. Ao sondar um deles, saiu pó de calcário em sua unha. Uma bala de chumbo achatada caiu no chão.

— Está vendo, Umm Ramiz? Estou totalmente em casa em Nablus. É igual a Gaza.

Eles continuaram andando em silêncio. Meisoun esfregou o pó do dedo e pegou a mão de Sami. O jovem olhou para os olhos dela com um sorriso tenso.

Omar Yussef estendeu a mão e beliscou afetuosamente o lóbulo da orelha de Maryam. Ela estava acariciando a mão dele quando ouviram passos rápidos vindos da esquina.

Quatro homens entraram na viela. Vestiam uniformes verdes e seus rostos estavam ocultos por meias pretas. Dois deles traziam grossos pedaços de madeira. Um homem baixo e corpulento bateu uma chave de roda na palma da mão. Eles fecharam o caminho, prontos para avançar.

Sami puxou Meisoun para trás dele. Omar Yussef olhou para trás na viela. Estava vazia e escura.

O baixinho deu uma risada com desprezo.

— Você é Sami Jaffari, não é, seu filho da mãe? — Deu um passo na direção de Sami, os homens com as madeiras ao seu lado.

Sami empurrou Meisoun para longe dele, baixou a cabeça e investiu contra o homem baixo, atingindo-o no peito com o ombro. O homem caiu no chão, mas Sami foi atingido por dois dos quatro bastões nos ombros e caiu de joelhos. Outro golpe o derrubou de vez.

Omar Yussef soltou a mão de Maryam.

— Parem com isso, por Alá, parem com isso — gritou ele. — Não têm vergonha?

O quarto homem mascarado era alto e musculoso. Ele empurrou Omar Yussef pela clavícula com a mão, mas o professor manteve o equilíbrio e avançou.

— Calma, vovozinho. — O homem alto chegou mais perto. Omar Yussef sentiu o cheiro de cardamomo no hálito dele, como se estivesse mascando sementes.

— O *seu* avô deveria se envergonhar de você — respondeu Omar Yussef —, e espero que ele o amaldiçoe por isso.

O homem alto ergueu a mão e deu uma bofetada forte em Omar Yussef, cujos óculos caíram. Ele girou na direção da parede, onde bateu com o ombro, e se dobrou.

Maryam abriu os braços na frente dele.

— Não toque em meu marido, seu cão imundo!

Os olhos míopes de Omar Yussef estavam em lágrimas com o golpe, e o sangue do nariz escorria em seu bigode. Ele viu um borrão de formas verdes encapuzadas erguendo algo do chão e ouviu a voz do homem alto:

— Considere isso uma advertência, Jaffari, seu merdinha de nada. — Um braço se mexeu. Omar Yussef ouviu um ruído baixo como talheres chacoalhando numa gaveta, e Sami deu um grito.

— Que a paz esteja convosco, tenente. — A voz do homem alto estava zombando dele. Omar Yussef ouviu alguém escarrar e viu Sami retrair-se quando o cuspe o atingiu.

Os homens voltaram a virar a esquina. Omar Yussef ouviu os passos deles se afastando. Maryam entregou-lhe os óculos e passou a mão em seu rosto dolorido.

Sami estava dobrado de joelhos nas pedras do calçamento da viela. Meisoun abraçou seu corpo trêmulo.

Omar Yussef ajoelhou-se junto a ele. Deu o seu lenço para Meisoun, que limpou a saliva no rosto de Sami. A face do jovem policial estava pálida e suando. Ele envolveu o braço direito com o esquerdo.

— Eles quebraram meu braço — falou, ofegante.

Dessa vez, Omar Yussef não perguntou quem eram *eles*.

CAPÍTULO **9**

O sol se escondeu atrás das mansões no monte Jerizim, como se seus prodigiosamente ricos moradores o tivessem comprado e guardado em seus jardins. *Por que não?*, pensou Omar Yussef. *Tudo está à venda na Palestina, é só subornar as pessoas certas.* Ele tomou fôlego para os degraus da entrada do hotel, tossindo com a fumaça do escapamento do táxi que o trouxera, e seguiu Maryam até a porta.

Poucos quartos do Grand Hotel estavam iluminados. No escuro, sua fachada dos anos 1970 de concreto ondulado parecia a face exausta de um homem prestes a morrer. Meisoun, fazendo o papel da guia de turismo irônica, dissera que a violência de Nablus desencorajava os turistas, e os convidados de seu casamento representavam quase todas as janelas acesas do hotel.

Omar Yussef esperava não ser ele o responsável por informá-los de que o noivo estava na enfermaria do quartel-general da polícia, com o antebraço quebrado numa tipoia.

Enquanto Omar Yussef localizava Maryam no saguão vazio, o gerente do hotel arrancava uma folha de papel atolada no fax no balcão da recepção.

— Que a paz esteja convosco, *ustaz* — disse ele, um pouco sem fôlego.

— Com você também.

— Isso pode ser uma reserva.

O gerente sorriu com desespero para Omar Yussef. Ele tinha olhos do mesmo tom marrom-claro dos filtros de cigarro e pele cinza, de modo que seu rosto parecia um cinzeiro muito usado com duas novas guimbas apagadas. Sua expressão era de desamparada fragilidade, o que fazia parecer que iria, de fato, ser soprado para longe tão facilmente quanto um montinho de cinzas. Com o fax despedaçado perto do nariz, ele tentava ler o texto. Sua boca repuxou-se e ele amassou a folha numa bola, jogando-a com força na lata de lixo.

Maryam acariciou o rosto de Omar Yussef enquanto esperavam o elevador. Quando eles ficaram vendo o médico cuidar do braço de Sami, Omar Yussef sentira dor na bochecha e quis que o homem de máscara o tivesse esmurrado. A bofetada tinha sido com desprezo, como se ele fosse uma mulher ou uma criança. Ele não conseguiu evitar certo ressentimento com a compaixão de Maryam.

— Querida, vou esperar aqui embaixo enquanto você se troca para o jantar — disse.

Ele a beijou e entrou na sala de estar. Iluminada num azul fantasmagórico por lâmpadas fluorescentes, a sala estava barulhenta com a voz sentenciosa de um apresentador no canal a cabo de notícias de Abu Dhabi ressoando da grande televisão na parede. No balcão de café da manhã do mesmo pinho pálido da recepção, um garçom com uma camisa branca e vistoso colete listrado estava inclinado sobre um jornal. Quando Omar Yussef se aproximou, ele desencostou os cotovelos e endireitou a ponta do colete sobre a barriga.

— Noite de alegria — disse Omar Yussef.

— Noite de luz, *ustaz* — murmurou o garçom. Ele parecia nervoso e derrotado, como se já soubesse que não ia conseguir atender de forma satisfatória nenhum pedido de Omar Yussef.

— Um café, por favor. Faça-o *sa'ada*. — Omar Yussef sempre tomava seu café sem açúcar.

O garçom abaixou-se atrás do balcão.

— E por favor diminua o volume da televisão — pediu Omar Yussef. — As notícias já são ruins o bastante. Não precisam ser altas também.

O garçom permaneceu abaixado, estendendo o braço para pegar o controle remoto em uma estante atrás dele.

A sala havia sido caiada recentemente, mas a mobília tinha uma década. Os sofás eram quadrados baixos de espuma, revestidos de náilon e veludo, sem braços ou apoio. Omar Yussef franziu o cenho, perguntando-se como iria se levantar, uma vez que tivesse se afundado em um deles.

Com o hotel quase vazio, só havia um grupo na sala. No fundo dela, Nadia se equilibrava na borda de um sofá de almofadas esponjosas revestidas com um tecido avermelhado num padrão angular. Ela conversava com seu tio Zuheir e uma estrangeira ruiva de 30 e tantos anos. Omar Yussef teria preferido sentar-se sozinho, deixando dissipar a adrenalina que ainda o dominava depois do ataque dos homens mascarados. Mas, se não se juntasse aos outros, Nadia iria querer saber o porquê, e ele preferia não falar com ela sobre a surra que Sami levara.

Pelo modo que os lábios de Zuheir se contraíam e sua barba espessa se mexia, Omar Yussef percebeu que ele estava reprimindo uma raiva intensa. O segundo filho do professor tinha 28 anos. Vestia uma camisa comprida branca abotoada até o pescoço, suas abas caindo para fora de calças brancas de algodão. Eram os trajes de um fanático religioso, e Omar Yussef procurou debaixo deles o menino irritável de cabelos encaracolados que era secretamente o favorito entre seus filhos quando eram pequenos. Os olhos escuros de Zuheir iam e vinham entre a estrangeira e Nadia. *Se a sobrinha não estivesse aqui*, pensou Omar Yussef, *suspeito que ele estaria passando um sermão na ruiva*. Ele sorriu. Desconfiava da nova postura de Zuheir, mas ficava contente pela truculência habitual do menino não ter sumido.

Nadia percebeu Omar Yussef abrir caminho entre sofás vazios e acenou. Sua neta preferida era magra e alta e tão pálida que a principal missão da vida da avó era forçá-la a comer na esperança de dar-lhe cor e peso. Sua inteligência travessa não parava de impressionar Omar Yussef. Quando ele se aproximou, ela conteve um sorriso. *Conheço essa expressão. Ela tem uma surpresa para mim.* Ele se curvou para beijar a testa macia da menina. O cabelo dela tinha um leve cheiro de chiclete e Omar Yussef ficou sem graça com o suor em sua camisa e suas meias, resultado da briga na casbá.

— Vovô, esta é a Srta. Jamie King — disse Nadia, em inglês. Ela apontou para a estrangeira com a lombada de um livro, mantendo o dedo indicador dentro dele para marcar onde estava. — Srta. King, este é Omar Yussef Sirhan, de Belém. Ele é um professor... com uma vida secreta. — Ela arregalou seus olhos pretos.

A mulher de cabelos ruivos se levantou e apertou a mão de Omar Yussef com um gesto forte. Estava usando um tailleur azul risca de giz e uma fina corrente de ouro sobre a pele sardenta e queimada de sol no pescoço.

— E que vida secreta é essa?

— Ele é detetive.

— Na imaginação de minha neta. — Omar Yussef ergueu as sobrancelhas e um dedo para advertir Nadia. — Trabalho para as Nações Unidas, como diretor de uma escola.

— É um excelente disfarce para um detetive. — A americana chegou mais perto de Omar Yussef. — Na verdade, já ouvi falar de você antes, *ustaz*. Minha base é em Jerusalém e sou muito amiga de seu chefe, Magnus Wallender. Ele me contou quanto o senhor o ajudou a administrar as escolas da ONU.

Omar Yussef sorriu.

— Magnus é um bom homem.

— A Srta. King é de Los Angeles — disse Nadia. — Estamos planejando um crime juntas.

Zuheir grunhiu mal-humorado e alisou a barba. Nadia sorriu para ele, que desviou os olhos.

Omar Yussef sentou-se num sofá baixo. A espuma era ainda mais macia do que esperava e ele se sentiu tombando para trás. Precisou dos dois braços para se endireitar, e os músculos em suas costas e abdome doeram.

— Minha neta a está corrompendo, Srta. King — falou, respirando pesadamente.

— Estou impressionada que ela já esteja lendo em inglês — disse King.

Nadia mostrou por um instante a capa de seu livro para Omar Yussef. Ele só teve tempo de ver que era de um homem chamado Chandler.

— A Srta. King vai me ajudar a escrever um romance no estilo de meu autor americano predileto de histórias policiais —

afirmou a menina. — Eu comecei hoje, porque estava cansada de esperar meu avô vir me levar para comer *qanqfi*.

Omar Yussef deu um leve sorriso. O garçom trouxe uma pequena xícara de café e a colocou na mesa baixa.

— Que Alá abençoe as suas mãos — disse Omar Yussef.

— Abençoado seja — respondeu o garçom, pondo um cinzeiro de plástico e um copo de água ao lado do café.

— Nablus é famosa pelo *qanafi*, Srta. King — disse Nadia. — É uma sobremesa muito doce feita com trigo e queijo e... Vovô, como se diz *fustoq halabi* em inglês?

Omar Yussef coçou o queixo.

— Não sei. Amendoins de Aleppo?

Por detrás de sua mão, Zuheir murmurou:

— Pistache.

— Ah, pistache. Nablus é famosa por essa sobremesa e por fazer sabão em velhas fábricas na casbá. Fazem o sabão com azeite de oliva. — Nadia deu uma risadinha. — Se meu avô alguma hora me tirar desse hotel, acho que vou descobrir que as pessoas de Nablus são muito gordas e limpas.

— Qual é o título do livro que você está escrevendo, Nadia, minha querida? — perguntou Omar Yussef.

— *A maldição da casbá.* — Nadia compartilhou um sorriso com Jamie King.

Omar Yussef percebeu que apesar do sorriso, a americana tamborilava impacientemente em sua cadeira..

— Parece emocionante — disse ele.

— A vítima do meu livro vai ser morta com *qanafi* envenenado.

Omar Yussef provou seu café. O sabor amargo o agradou, mas estava fraco demais, e o pó flutuava em vez de se precipitar no fundo. Ele se virou para fazer cara feia para o garçom, mas este estava apoiado nos cotovelos, os olhos fixos em seu jornal.

Ele se voltou para a americana.

— Srta. King, creio que a vi na estrada hoje. Trabalha para o Banco Mundial?

— Chamo tanta atenção assim? — perguntou King. — Com a questão da segurança, imagino que não haja muitos estrangeiros em Nablus.

— Não andando em carros grandes com placas do BIRD. — Ele pôs a xícara na mesa e sugou o pó de café dos dentes. — Parecia que a senhorita estava a caminho da aldeia samaritana no monte Jerizim quando a vi em seu carro. Eu estava voltando de lá.

King assumiu uma expressão grave.

— Para mim, não foi exatamente como o planejado — disse ela.

— Eu estava voltando de uma visita a uma mulher samaritana chamada Roween.

King franziu o cenho.

Omar Yussef sorriu para Nadia.

— Minha querida, você poderia ir lá em cima perguntar à vovó a que horas ela quer jantar?

Nadia mordeu o lábio inferior. *Ela sabe que eu estou excluindo-a e que ela está prestes a perder alguma coisa interessante*, pensou ele. Relutantemente, a menina saiu da sala.

— Ela é muito inteligente — King disse.

Omar Yussef observou pela parede de vidro da sala Nadia mandar-lhe um beijo do saguão e entrar no elevador.

Zuheir sentou-se à frente e falou baixo, em árabe:

— Você não acha que é um desperdício Nadia perder tanto tempo lendo essas histórias de detetive americanas?

Omar Yussef sorriu sem jeito para Jamie King e estendeu a mão, colocando-a sobre o joelho de seu filho.

— O que nos entusiasma quando somos jovens acaba esfriando, Zuheir. Mais tarde olhamos para trás com desprezo por nossos entusiasmos juvenis.

Zuheir afastou o joelho.

— Muitos de nós, palestinos, transformamos esse idealismo juvenil num ódio inflexível. — Omar Yussef olhou atentamente para Zuheir, mas o jovem desviou os olhos para a televisão. — Então, deixe Nadia desfrutar esse prazer inocente. Talvez permaneça com ela em vez de congelar dentro dela, como acontece com a política.

— E a religião também?

— Não estou falando sobre você, meu filho. Apenas sobre Nadia.

Zuheir lançou-lhe um olhar carrancudo e ficou quieto.

Omar Yussef virou-se para a americana.

— Srta. King, está a par de que o samaritano Ishaq foi assassinado?

King assentiu lentamente.

— Eu examinei a cena do crime com um amigo da força policial local. A mulher dele me disse que Ishaq tinha um compromisso com a senhorita, mas foi morto antes. Sobre o que seria o encontro?

King retesou os lábios e baixou os olhos.

— Acho que a Srta. King está tentando dizer "Não é da sua conta" — disse Zuheir.

— Bem, estou lidando com algumas questões significativas, que são determinantes na política internacional — ponderou King. — Não tenho liberdade para discutir os detalhes.

— Acredito que minha tradução foi precisa. — Zuheir sorriu amargamente.

Omar Yussef entrelaçou os dedos.

— Srta. King, se não discuti-los comigo, lamento informar que será forçada a suportar um silêncio muito solitário.

King franziu o cenho.

— Nosso amigo Magnus me contou que o senhor é uma espécie de detetive amador, mas realmente acho que seria melhor compartilhar informações apenas com os investigadores oficiais. O senhor disse que esteve na casa de Ishaq com a polícia. *Eles* não estão investigando?

Zuheir fungou com desdém.

— Dessa vez a tradução de meu filho está só em parte correta — disse Omar Yussef. — Há uma investigação em progresso, mas a polícia não irá exatamente dedicar todos os seus recursos para solucionar o homicídio de Ishaq.

— Mas por que não? Um homem foi assassinado.

— O homem está morto e vai continuar morto. A polícia está preocupada com que, se investigarem muito, eles possam acabar na mesma situação. — Omar Yussef olhou em volta para se assegurar de que ninguém estivesse ouvindo. O garçom estava concentrado em seu jornal, com o dedo indicador na orelha. — Alguém, não sabemos quem, já atacou o investigador da polícia e lhe deu uma surra feia. O fato de Ishaq ser responsável pelas finanças secretas do antigo presidente também perturba a força policial. Quando há muito dinheiro envolvido, o caso com certeza implicará em gente poderosa, implacável.

— Então a polícia vai ignorar o assassinato? — A expressão de King desabou. — Isso é um desastre.

— Muitas pessoas são assassinadas na Palestina o tempo todo. — A voz de Omar Yussef soou frágil e ele estava envergonhado do que dissera. O professor se deu conta de que os homens na viela o tinham assustado seriamente.

— Claro, mas esse caso é mais do que só um assassinato, e é bastante urgente — disse King. — O meu trabalho é rastrear os fundos escondidos mundo afora pelo falecido presidente. Até agora minha equipe localizou 800 milhões de dólares. Sempre que encontramos algo, incorporamos ao orçamento oficial da Autoridade Palestina para que os doadores internacionais saibam que seu dinheiro está sendo usado como pretendiam.

— Sei. Para a educação ou serviços. Não para financiar os milicianos.

— Isso mesmo. Na época do antigo presidente, o dinheiro era todo manejado por baixo do pano. Os políticos em Washington e Bruxelas sentiam que estavam jogando a ajuda num buraco negro. Afinal, quando se conhece Nablus, nos perguntamos o que todo esse dinheiro comprou. Onde estão os modernos hospitais, as escolas e a infraestrutura?

Zuheir moveu-se bruscamente para a frente.

— Onde acha que nossos líderes aprenderam toda essa corrupção? No exílio, no Ocidente.

Omar Yussef tossiu e ergueu as sobrancelhas. Seu filho recostou-se, num silêncio indignado, com os braços cruzados.

— Não vou discutir com você — disse Jamie, estendendo a palma da mão na direção de Zuheir. — Mas essa explicação não vai acalmar os doadores internacionais.

— A senhorita ainda não localizou todo o dinheiro? — perguntou Omar Yussef. — É por isso que está aqui?

King apontou um dedo para ele.

— Exato. Nós achamos que ainda há 300 milhões de dólares não localizados.

— E Ishaq sabia onde encontrá-los?

— Ele me disse que poderia ter os documentos em mãos uma hora depois de se encontrar comigo.

— Ele queria algo em troca?

— Não sei. Talvez o tipo de pedidos que encontrei ao longo de minhas investigações. Alguns querem green cards ou passaportes americanos. Outros querem dinheiro. Eu só tive uma breve conversa telefônica com Ishaq. Não poderia dizer a qual categoria ele pertencia. — King roçou os cabelos âmbar que cresciam levemente em seu rosto perto das orelhas. — Para falar a verdade, fiquei surpresa ao descobrir que um povo como os samaritanos existe. Eu conhecia a parábola bíblica do Bom Samaritano, mas eu não sabia que eles ainda estavam por aí.

— Não muito mais do que seiscentos deles.

— Por telefone, Ishaq me disse que eles descendem de algumas das 12 tribos de Israel.

— É o que eles alegam. Outras pesquisas sugerem que eles são descendentes dos cativos trazidos para repovoar a região depois que os babilônios exilaram todos os israelitas. — Omar Yussef deu de ombros. — O que importa, afinal, é que eles vivem aqui faz muito tempo, estão isolados e são poucos.

— Já que mencionou o que efetivamente importa — King pôs as mãos abertas sobre as coxas e ficou bem ereta —, eu tenho de enviar um relatório para o conselho do Banco Mundial em Washington até sexta-feira. Se eu não tiver encontrado esses 300 milhões de dólares até lá, o conselho irá bloquear o financiamento para as organizações internacionais que operam aqui e cortar todas as verbas para os palestinos.

— Por quê?

— Antes de mandarem mais dinheiro, querem recuperar parte do que o presidente fez desaparecer e se assegurar de que seja gasto corretamente. O Banco deu ao novo presidente algum tempo para procurar o dinheiro, mas nossa paciência está chegando ao fim.

— É por isso que precisava de Ishaq.

King assentiu.

— Se ele tivesse me dado os detalhes desses últimos 300 milhões de dólares, eu poderia impedir o boicote.

— Esses governos ocidentais ensinam nossos líderes a se rem corruptos e dissimulados — disse Zuheir — e depois punem o povo.

— A menos que nós encontremos esse dinheiro até sexta-feira, toda a ajuda será cortada. Seria um desastre econômico. — Omar Yussef bateu o punho na palma da outra mão.

— Nós? — desdenhou Zuheir.

— Você pode ficar aqui nesse sofá se quiser, mas eu vou ajudar a Srta. King a localizar esse dinheiro. — Omar Yussef mudou de posição, exaltado e animado.

Zuheir se endireitou e arregalou os olhos com ultraje. *Eu já vi esse mesmo rosto quando olho no espelho,* pensou Omar Yussef, *apesar da barba espessa e do cabelo cortado.*

— Não pense que você vai ser o único no encalço desse dinheiro — avisou Zuheir. — Quem mais estiver atrás dele não vai hesitar em matar, pai.

Omar Yussef se lembrou do som de algo se estilhaçando quando o braço de Sami quebrou. Ele se arrepiou e olhou para Jamie King. Zuheir tinha falado em árabe, mas King, os olhos fixos na xícara de chá, não parecia ter notado. *Ela está preocupada com a investigação.*

Ele falou com o filho na língua nativa deles.

— Não estou dizendo que não esteja nervoso quanto aos perigos de procurar tanto dinheiro. Mas mesmo assim estou surpreso com a sua reação. Você está satisfeito em aceitar a maneira terrível como as coisas estão em nossa sociedade?

— Satisfeito? — Zuheir ergueu os braços e bateu na cadeira. — Ó Alá, *pareço* satisfeito? Por acaso voltei ao islã porque estou satisfeito com o estado da Palestina? O Profeta, abençoado seja, disse que o islã e o governo são irmãos: "O islã é a fundação e o governo é o guardião." Eu aceitei o islã porque quero ajudar a encontrar metade desses requisitos, mas não há governo aqui para completar a sociedade.

— Estou surpreso com o seu cinismo. Parece até que você prefere que nosso povo não receba o dinheiro da ajuda.

— Se a sua geração tivesse seguido o caminho do islã, talvez vocês pudessem ter libertado a Palestina anos atrás. — Zuheir golpeou a coxa com frustração. — Ao menos, poderiam ter instalado um governo responsável na Palestina, em vez dessa bagunça corrupta que temos agora.

Omar Yussef deu um sorriso débil de desculpas para Jamie King. *Então meu filho acha que sou um fracasso*, pensou, *eu e toda a minha geração. É por isso que ele usa os trajes do xeque. Talvez eu tenha fracassado ao permitir que a sociedade à minha volta deteriorasse, desde que eu pudesse levar uma vida confortável. Mas talvez se eu correr os riscos que evitei há tanto tempo e tiver sucesso, poderei reconquistar o respeito dele.*

— Zuheir, alguma vez você se perguntou por que temos rebanhos de cabras em vez de carneiros no Oriente Médio?

As bochechas de Zuheir se contraíram com irritação.

— É porque as pessoas do Oriente Médio são extremistas — disse Omar Yussef. — Carneiros podam a relva quando pastam. Cresce de novo, e eles comem mais. Mas as cabras arrancam o capim até a raiz para ter um pouco mais de comida no mesmo instante. No fim, é desastroso, pois o capim que é arrancado não cresce de novo e o solo nas encostas nuas é carregado pelo vento. No ano seguinte, as cabras não encontram nada a não ser pedras para comer.

— Eu sou um bode? É isso que você está dizendo?

— Não seja infantil. O que quero dizer é que nós, árabes, recusamos a mudança gradual. Só estamos interessados em tudo ou nada. Mas se eu esperar até poder arrancar a corrupção pela raiz, ou até o governo anunciar que a justiça será respeitada dali em diante, esperarei para sempre. Se eu cutuco o problema, já é um começo. — Ele se virou para a americana e falou, em inglês:

— Srta. King, vou fazer com que a polícia a ajude a achar esse dinheiro até sexta.

King assentiu; com mais polidez do que esperança, Omar Yussef achou. Então seus olhos se afastaram dele quando passos rápidos entraram na sala. Omar Yussef seguiu o olhar dela e viu Khamis Zeydan avançando com uma expressão sombria.

— Preciso que você venha comigo — disse o policial bruscamente.

— Boa noite para você também — respondeu Omar Yussef. Ele fez um gesto na direção de Jamie King. — Estou no meio de um assunto.

Khamis Zeydan inclinou-se e apagou seu Rothmans no cinzeiro vazio ao lado da xícara de café de Omar Yussef. Ele exalou a fumaça por cima deste e deu uma olhada rápida para King.

— Desculpe, cara senhora, mas tenho de interromper — falou, em inglês. — É realmente muito importante. Não se preocupe, não estou prendendo nosso amigo.

Khamis Zeydan cruzou os braços de modo que a manga azul-marinho do uniforme policial ocultasse da americana a prótese de sua mão esquerda. Omar Yussef sabia que essa circunspeção quanto ao membro falso era um sinal de extrema agitação em seu amigo.

— Qual é o problema? — perguntou.

— Eu explico no caminho. É urgente — disse Khamis Zeydan. Seus olhos azuis incisivos imploravam e seu bigode manchado de nicotina se retorcia.

— Se você me der licença por um momento, Jamie. — Omar Yussef levou Khamis Zeydan a alguns passos dali e pôs o braço nos ombros do amigo. — O que está acontecendo?

— Quem é o xeque?

— Aquele é o Zuheir.

Khamis Zeydan pareceu confuso.

— Meu filho — disse Omar Yussef. — Ele veio da Inglaterra há alguns dias.

O chefe de polícia ergueu as sobrancelhas e olhou para o jovem, que agora se aproximava de Jamie King e estava falando rapidamente.

— Por Alá, eu nunca o teria reconhecido. Ele está mudado. — Voltou-se para Omar Yussef. — Preciso ir até a casa de Amin Kanaan.

— O empresário?

— Vejo que você lê a parte de economia no jornal. Ele mora numa das mansões do monte Jerizim.

— Aconteceu alguma coisa lá? Alguma coisa relacionada à morte de Ishaq?

— À morte de quem?

— Ishaq, o filho do sacerdote samaritano. O consultor financeiro do Velho.

Khamis Zeydan pôs a cabeça para trás como se tivesse juntado as peças de um quebra-cabeças.

— Sami, seu menino — murmurou ele.

— O quê? — Omar Yussef voltou ao sofá. — Jamie, você vai ficar em Nablus?

— Até o final da semana. A menos que consiga alguma pista em algum outro lugar quanto a... — ela olhou de relance para Khamis Zeydan e baixou a voz — ... você sabe.

— Conversaremos mais, eu espero.

King pegou um cartão de visita de sua bolsa.

— O número do meu celular está aí — disse.

Omar Yussef pôs o cartão no bolso. Segurá-lo já era por si só incriminador e perigoso, como se os homens que bateram em Sami fossem encontrá-lo com ele e puni-lo por se intrometer no que não era da conta de um professor. *Eu devia passar as informações da americana para Sami e parar por aí*, pensou.

— Zuheir, vejo-o no jantar, meu filho. — Ele acenou e seguiu Khamis Zeydan para o saguão.

O chefe de polícia o pegou pelo braço e o conduziu até a porta.

— Eu cheguei a Nablus faz uma hora, mas antes de vir para cá passei no quartel-general da polícia para ver Sami.

— Então você viu que uns facínoras quebraram o braço dele.

— Sorte dos canalhas não terem tentado quebrar a cabeça dele. Seria um baita desperdício da energia deles, porque é dura como pedra. Ele não queria me contar do que se tratava, mas agora entendi.

— Entendeu?

— Você acabou de me contar.

Omar Yussef sentiu-se inicialmente imaturo e ingênuo, mas em seguida triste por seu amigo. Khamis Zeydan estava tão acostumado à corrupção das milícias palestinas que imediatamente fizera a conexão entre a surra de Sami, sua investigação de assassinato e o trabalho de Ishaq administrando o dinheiro do presidente.

— Depois que deixei Sami — disse Khamis Zeydan —, esbarrei com Kanaan.

— De onde você o conhece?

— De Beirute. Anos atrás, durante a Guerra Civil Libanesa.

— Ele era um combatente como você? — Omar Yussef olhou para a prótese encaixada numa luva de couro preta. Era a substituição da mão que Khamis Zeydan perdera por causa de uma granada no Líbano.

— Aquele canalha nunca lutou por nada a não ser contratos sujos. — Khamis Zeydan olhou em volta como se procurasse um lugar para cuspir. — Infelizmente ele me viu no quartel-general da polícia.

— E daí?

— Vai contar à mulher dele. E ela saberá que eu estou na cidade. Não posso vir a Nablus e não visitá-la. Ela ficaria ofendida.

— Ela é uma grande amiga sua? — Mesmo enquanto dizia isso, Omar Yussef já sabia o quanto soava ingênuo.

— Lá em Beirute, ela e eu... — Khamis Zeydan tossiu.

— Mas não mais?

— Foi antes de ela se casar com Kanaan. Disputávamos ela.

— Ele sabe disso?

— Sem dúvida, e ele é bem o tipo de canalha que dirá a ela que me viu. Posso ouvi-lo agora: "Seu namoradinho está em Nablus e nem veio visitá-la. Vai ver ele nunca gostou mesmo de você." É exatamente isso que ele diria.

— Você quer ir até lá para impedir que ela fique magoada ou para provar que seu rival está errado?

— Não faz a menor diferença. O problema é que não posso ir lá sozinho.

— Do ponto de vista da moralidade, você quer dizer? Um homem e uma mulher sozinhos, em especial com esse passado romântico? Mas com certeza ela tem criadas que estarão presentes para manter o decoro.

Khamis Zeydan balançou a cabeça de um lado para outro, incerto.

— Eu não confio em mim mesmo — disse, sem forças. — Ela ainda é muito bonita.

Omar Yussef deu um passo para trás, boquiaberto.

— Você está falando sério?

— Não me olhe assim, seu moralista — disse Khamis Zeydan.

— Você tem mulher e filhos na Jordânia.

— Não tenho nada a esconder. Meu casamento é um fracasso. Minha mulher preferiu ficar em Amã quando eu aceitei este serviço em Belém. E meus filhos sempre ficam do lado da mãe.

— Seu filho foi decente o bastante para vir da Jordânia visitá-lo no mês passado.

— Meu sangue ainda está fervendo de todas as discussões que tive com ele.

Omar Yussef olhou para trás onde Zuheir conversava animadamente com a americana na sala de estar. *Se meu filho é tão religioso quanto eu acho, por que está sentado sozinho com uma mulher? Talvez ele não consiga se conter e precise tentar fazê-la ver a verdade, mesmo que devesse considerar mais apropriado ignorar a presença dela.*

Ele pôs o braço nos ombros de Khamis Zeydan.

— Seu filho puxou a você — disse ele. — Gosta de discutir.

— Não, é igualzinho à maldita mãe dele. É burro e presunçoso e nunca diz o que realmente pensa. — Khamis Zeydan pegou a mão de Omar Yussef.

— Vamos, por favor.

Omar Yussef sentiu-se como um sórdido cúmplice de adultério. Mas a mulher de Ishaq tinha dito que ele estava trabalhando com Kanaan. A visita podia ser um bom pretexto para entrar na casa do empresário e ver se conseguia descobrir algo ali que ajudasse na investigação de Sami.

A campainha do elevador soou e Nadia saiu no saguão.

— Tio Khamis — chamou, correndo até o policial. Khamis Zeydan a abraçou. — Estou escrevendo uma história de detetive sobre Nablus e nela tem um personagem baseado em você, tio Khamis.

— Ele é mocinho ou bandido? — Khamis Zeydan sorriu.

— Isso vai depender de você me levar ou não à casbá para provar o *qanafi* — disse ela.

— Essa é minha tarefa. — Omar Yussef pegou a mão de sua neta. — Nadia, Abu Adel é diabético. Se ele comer sobremesas doces como *qanafi*, os pés deles vão ficar paralisados e ele não vai poder andar. Além disso, provavelmente ele é muito ocupado para levá-la a casbá.

— Como ele pode ser ocupado? Ele é um policial *palestino*.

— Nadia deu uma risadinha e Khamis Zeydan ergueu os braços fingindo ultraje. — A vovó quer jantar daqui a uma hora.

— Diga a ela que estarei de volta em duas horas e peça desculpas por mim — disse Omar Yussef. — Estou partindo numa missão romântica.

CAPÍTULO 10

As últimas casas espalhadas nos arredores de Nablus ficaram para trás, pálidas com o primeiro brilho da lua. Khamis Zeydan acelerou na estrada sinuosa que subia o flanco íngreme da montanha. Com os dedos firmes no câmbio, enxugou o suor na testa com a manga de seu uniforme e virou abruptamente para desviar de um desmoronamento de pedras. Ele praguejou baixinho.

— A Colina da Maldição é do outro lado do vale — disse Omar Yussef. — A Torá judaica dá esse nome ao monte Ebal, lá. Jerizim é chamado de Colina da Bênção.

— Sorte, então, eu não ser judeu, porque amaldiçoo todas as pedras dessa montanha.

Omar Yussef pôs a mão no ombro de Khamis Zeydan.

— Eu já o vi enfrentar perigos enormes sem hesitar — falou. — Mas aí está você, suando de medo por causa de uma mulher.

Khamis Zeydan estendeu a mão para o porta-luvas e tirou uma garrafinha de Johnnie Walker.

— Numa batalha, eu sei como me comportar — disse ele, espremendo a garrafa entre as pernas enquanto desatarraxava a tampa.

— No amor, você fica perdido?

O policial virou um grande gole e devolveu a garrafa ao colo. Ele lambeu as pontas de seu bigode branco.

— Dizem que "um homem com um plano o realiza. Um homem com dois planos fica confuso". Eu sei como combater. Nunca aprendi outra coisa.

— É para eu ficar na porta, como um guarda-costas, e arrastá-lo de lá se as coisas fugirem de controle? — perguntou Omar Yussef. Ele desviou os olhos da garrafa do amigo. O cheiro do álcool proibido o deixava ressentido e irritado. — Ou você quer que eu recite poemas de amor para ela em seu nome, se o homem de ação ficar mudo?

— Você quer voltar para o hotel a pé?

— Você pediu que eu viesse, lembra? Por que não pode ser um pouquinho mais agradável?

Khamis Zeydan tomou outro gole, limpou a garganta e cuspiu pela janela.

— Eu tento ser agradável, mas simplesmente não parece ser eu. Quanto mais agradável sou, mais me odeio. Sinto-me desonesto. Sorrir faz minha cara doer.

— Então, conte-me a sua história com essa mulher.

As torres de comunicação vermelhas e brancas da base israelense no cume tomaram forma na escuridão da encosta. Omar Yussef e Khamis Zeydan ficaram em silêncio. Quando chegaram à curva seguinte, a montanha escondeu a base e eles viram as mansões de novo, como homens baixinhos completamente sem fôlego na beira da montanha.

Khamis Zeydan falou num sussurro não mais alto do que o som de sua respiração.

— Foi em Beirute em 1981. Quando conheci Liana, eu era um dos encarregados de operações especiais do Velho. Ela era bonita, mas mais importante ainda, era livre.

— O que você quer dizer?

O policial fungou e balançou a cabeça.

— Meu caro velho amigo, você é um homem maravilhoso, culto e com uma mente aberta em relação ao mundo. Seu único problema é que apenas o conhece através dos livros. Por Alá, você passou a vida inteira em Belém, uma cidade que permaneceu provinciana e conservadora apesar de todas as mudanças em seus arredores.

Omar Yussef enrijeceu o queixo e olhou irritado as mansões à frente.

— Você se esqueceu de nossa época de estudantes em Damasco. Lá houve ação suficiente para uma vida inteira.

— Muito bem, éramos estudantes com vidas duras. Mas eu fui para Beirute depois de formado, o que era um grau inteiramente diferente de ferocidade. Estive no centro do movimento de libertação de nosso povo. Viajei para Roma, Bruxelas e Amsterdã em operações para o Velho.

— Dê a elas o nome do que realmente eram: assassinatos a sangue-frio. — Omar Yussef bateu com força no painel.

— Acalme-se. Nem sempre assassinatos, não. Mas, se faz questão, pode chamar algumas de assassinatos. — Khamis Zeydan mordeu a unha do polegar. — Eu era jovem, acabara de fazer 33 anos, e ela tinha a mesma idade. Minha mulher era bem mais nova do que eu e muito tradicional. Meu estimado pai a escolheu e eu nunca fui contra a sua vontade, que Alá tenha misericórdia dele. Mas ele escolheu para mim uma garota simplória de um campo de refugiados com quem eu não tinha nada para conversar. Comparada a ela, Liana era tão cosmopolita.

— Você não precisa arrumar desculpas. Só me conte o que aconteceu.

— Dormimos juntos; foi isso o que aconteceu. Mas essa não é toda a história. — Khamis Zeydan voltou seus olhos suplicantes para o amigo.

Omar Yussef respirou fundo. Ele estava pressionando-o demais.

— Esta estrada faz um monte de curvas até o alto da colina. Eu a peguei hoje de manhã para ir até a aldeia samaritana e sei que ainda falta um bom pedaço. Continue a sua história.

Khamis Zeydan encarou Omar Yussef intensamente.

— Mas tente ficar com os olhos na estrada, enquanto está falando comigo, sim? — disse Omar Yussef. — O seu jeito de dirigir está me deixando nervoso nessa montanha.

— Liana é de Ramallah, mas ela cresceu na Europa. O pai trabalhava lá para o rei Hussein. Ela vivenciou algumas das liberdades da vida no Ocidente. — Khamis Zeydan agitou a mão para Omar Yussef. — Entende o que quero dizer?

— Sou provinciano, como você apontou, mas posso imaginar o que quer dizer.

— Nunca conheci esse tipo de mulher, ao menos não entre as palestinas. De repente eu podia vivenciar toda a inteligência e progressismo de uma mulher ocidental, e ao mesmo tempo compartilhar o elo da cultura palestina, da nossa luta contra os israelenses.

— Então você teve um caso?

— Seu trabalho no jornal do partido a levava ao bunker do Velho o tempo todo. Com frequência nos víamos lá. Eu era próximo a ele naquela época.

— O que a atraiu? Seus belos olhos azuis? Ou seu revólver?

Khamis Zeydan arreganhou os dentes como se tivesse mordido um caroço de azeitona.

— Se você fosse forçado a manter uma proximidade com uma mulher assim, teria feito a mesma coisa. Eu me apaixonei, e ela também — disse ele. — Cheguei mesmo a pensar em me divorciar.

O chefe de polícia ficou quieto. O motor gemeu enquanto o jipe subia um trecho íngreme da estrada. Omar Yussef continuou com os olhos fixos à frente, esperando o amigo continuar.

— Quando os israelenses invadiram em 1982, eu fui combatê-los dos campos de refugiados no sul do Líbano. Liana ficou em Beirute. Perdi a mão em combate e fiquei um tempo no hospital com outros ferimentos. Não me lembro bem dessa época. Eu estava muito deprimido.

Omar Yussef tocou de leve o ombro do amigo. Ele sabia que o hábito destrutivo de beber começara depois dos ferimentos no Líbano.

— Quando voltei a Beirute — contou Khamis Zeydan — Liana não estava mais lá.

— Para onde ela foi?

Os olhos claros de Khamis Zeydan fuzilaram as mansões à frente.

— Kanaan? — perguntou Omar Yussef.

— O canalha costumava ir a Beirute para negócios financeiros escusos com o Velho. Ele desfilava no bunker com um terno da Saville Row, deixando um rastro de *eau de cologne* e exibindo seus cabelos compridos. Enquanto eu estava no hospital, ele se casou com ela e trouxe-a para cá, cidade natal dele.

— Ela não foi visitá-lo no hospital?

— Ela me escreveu depois dizendo que foi uma vez e eu não a reconheci. Suponho que seja possível. Eu estava seriamente ferido, sedado e deprimido. Talvez eu até a tenha mandado à merda. Você conhece meu temperamento. — Khamis Zeydan ergueu a mão boa com a palma virada para cima.

Omar Yussef riu.

— É um velho conhecido meu.

— Eu às vezes a vejo em eventos oficias — disse Khamis Zeydan. — Só do outro lado da sala, na realidade.

— Mas você nunca foi visitá-la na casa dela?

Eles passaram pelas primeiras mansões e ficaram mais uma vez em silêncio. Omar Yussef estava acostumado com a pobreza de seu povo e o chocava que houvesse palestinos com recursos para construir palácios como aqueles. A arquitetura deles lembrava-lhe o Taj Mahal, o Topkapi em Istambul e a Monticello de Thomas Jefferson. Sob a luz elétrica brilhando em suas enormes janelas, a grama era de um verde vibrante como o da bandeira saudita. No restante da Palestina, a água tinha de ser economizada para as oliveiras e os repolhos; ali, esguios ciprestes delineavam os gramados, uma opulência arrebatadora, perdulária, que contrastava com as pedras rachadas e o lixo espalhado em todas as áreas livres de Nablus.

Eles chegaram à mansão de Kanaan, uma construção retangular de três andares com colunas enormes encimadas por um frontão triangular grego. A casa se erguia num jardim simétrico construído na encosta do cume, seus terraços sustentados por altos muros de contenção de encostas. Um pavão abriu a cauda no gramado iluminado e foi para as árvores.

Khamis Zeydan parou e fez sinal para um homem de jaqueta de couro encostado no portão dourado. O guarda veio devagar até eles, cuspindo cascas de sementes de girassol na palma da mão. Quando Khamis Zeydan quebrou o silêncio perplexo no carro, foi para responder à pergunta que Omar Yussef fizera antes de chegarem às mansões.

— Aqui? — disse, olhando ao longo da alameda de ciprestes que levava à casa. — Não, eu nunca vim visitá-la aqui. Nunca estive em um lugar como este.

CAPÍTULO 11

Um criado numa túnica azul sem colarinho, com botões dourados e a barra bordada, levou-os até um espaçoso salão e saiu nas pontas dos pés como se estivesse fugindo após roubar alguma coisa. Seus passos delicados faziam um som contido no mármore cor-de-rosa.

A madrepérola coral e branca incrustada nas cadeiras sírias brilhava, como dentes que rosnavam por entre lábios de teca arreganhados. As mesas de centro de ferro fundido eram ornamentadas por azulejos armênios, com figuras de frutas e peixes em amarelo e marrom. No canto, uma espalhafatosa palmeira tinha sido pintada numa tábua grossa e recortada, de modo que se destacava como uma ilustração de um livro infantil com 1,80 metro. O artista assinara perto das raízes.

Omar Yussef apontou a pintura da palmeira.

— Com certeza há espaço aqui para uma de verdade.

— Uma de verdade não iria custar 100 mil dólares. — Khamis Zeydan acendeu um cigarro. Sua mão boa estava tremendo e ele olhou de relance para Omar Yussef para ver se ele notara.

Para evitar o constrangimento do amigo, Omar Yussef voltou-se para a porta, seus olhos acompanhando o relevo em arabesco. O criadinho de túnica azul abriu a porta e ficou de lado para deixar entrar uma mulher baixa num tailleur cor-de-rosa.

Liana estendeu a mão para alisar a superfície polida de uma mesa *art nouveau* ao se aproximar dos visitantes. *Esse gesto é como um jogador dando bandeira. Ela está tão nervosa quanto meu amigo Abu Adel,* pensou Omar Yussef. Ela segurou Khamis Zeydan nos braços e o aproximou para três beijos no rosto, depois avançou um passo na direção de Omar Yussef e lhe ofereceu a mão.

Seus olhos eram profundos, negros e frios, como os de um antigo retrato de um faraó, e estavam pintados com os matizes dramáticos de verde e azul que os egípcios usavam para os hieróglifos nas tumbas. *Aquela grande beleza, Cleópatra, teria ficado parecida com Liana se tivesse vivido mais tempo, embora não de forma mais sábia.* Os cabelos estavam tingidos de preto e penteados para trás em altas ondas com laquê, parecendo a concha de um caracol. Ela manteve o queixo erguido. Omar Yussef perguntou-se se seria por uma presunção de superioridade ou para dar às rugas em seu pescoço espaço para respirar.

Liana convidou-os a sentar nos sofás sírios ornamentados em frente à janela panorâmica. Khamis Zeydan pareceu tão avesso a se sentar que Omar Yussef empurrou delicadamente seu nervoso amigo para uma cadeira. Outro criado com uma túnica azul idêntica trouxe café numa bandeja de prata. Ele estendeu a mão e, com um sorriso animador, apanhou 3 centímetros de cinza do cigarro de Khamis Zeydan. Pegou um cinzeiro de ouro numa das mesas armênias e o colocou junto à xícara de café do policial.

— Fico contente que tenha convidado seu amigo para conhecer a minha casa, Abu Adel — disse Liana.

Khamis Zeydan grunhiu.

— Seja muito bem-vindo aqui, *ustaz*. — Ela se dirigiu a Omar Yussef. — Sinta-se em casa e como se estivesse entre sua família.

Omar Yussef ia dar a resposta formal quando Khamis Zeydan falou, mais alto do que o necessário, como se forçasse as palavras para fora.

— Está contente de eu ter me convidado?

— Abu Adel, sempre quero vê-lo. Gostaria que viesse com mais frequência.

— É mesmo? — Khamis Zeydan soou amargo.

Liana contraiu as bochechas, pacientemente.

— Companhia agradável é sempre um prazer nesse topo de montanha solitário.

Khamis Zeydan apagou o cigarro e olhou para ela. Seus olhos azuis estavam tristes e perdidos.

— A minha vida aqui é como um sonho — disse Liana. Ela fixou os olhos em Khamis Zeydan. — As pessoas sempre descrevem uma experiência agradável como sendo um sonho. Mas de quantos sonhos bons nos lembramos? Tenho a impressão de que me lembro com muito mais nitidez de meus pesadelos.

Liana e o policial se entreolharam em silêncio.

Omar Yussef pigarreou.

— Talvez as pessoas queiram dizer apenas que é uma sensação que sabem que passará rapidamente — disse ele. — Como nossas memórias dos sonhos, que parecem tão vívidas enquanto dormimos e se tornam vagas quando acordamos.

— Você é um amigo de Abu Adel daqui de Nablus, *ustaz*? — perguntou Liana.

— De Belém — respondeu Omar Yussef. — Conheço Abu Adel desde nossos tempos de estudantes em Damasco. Reatamos amizade quando ele voltou para a Palestina para ser o chefe de polícia de Belém depois do tratado de paz com Israel. Tínhamos perdido contato durante a época em que ele esteve em Beirute.

Khamis Zeydan e Liana mais uma vez se fitaram após a menção da capital libanesa. Omar Yussef mordeu a ponta da língua por sua indelicadeza.

— Abu Adel e eu estamos em Nablus para o casamento de nosso jovem amigo, Sami Jaffari. Ele é um policial, mas também está envolvido com o partido Fatah, talvez tenha ouvido falar dele.

— Eu também irei ao casamento — disse Liana. — Compareço a todos os eventos do Fatah.

— Seu marido é uma figura importante no partido — disse Khamis Zeydan.

A mulher olhou para ele com pena.

— Será que me tornei tão insignificante que não receberia nenhum convite se não fosse pelo meu marido? — Ela esperou uma resposta, mas Khamis Zeydan manteve os olhos no cinzeiro. Liana voltou-se para Omar Yussef. — Costumávamos morar mais perto da cidade, mas construímos esta casa há dez anos. A vista é maravilhosa, embora seja um pouco isolada. Pouca gente vem aqui no topo do monte Jerizim.

— Eu estive aqui esta manhã mesmo — disse Omar Yussef.

Liana inclinou a cabeça para o lado. Um de seus grandes brincos de prata roçou no pescoço enrugado e ela tocou com o indicador o escaravelho de lápis-lazúli incrustado na joia.

— Eu estava com um sacerdote samaritano quando ele ficou sabendo que ocorrera um assassinato na comunidade — contou Omar Yussef. — Encontramos o corpo de um homem samaritano morto no local do antigo templo deles, bem no cume um pouco antes daqui.

— Alá terá misericórdia do falecido — murmurou Liana.

— Que Alá a preserve — disse Omar Yussef.

Ishaq havia trabalhado para o marido de Liana. Omar Yussef se perguntou se Liana iria deixar escapar algo que pudesse ser útil para a investigação de Sami.

— O homem morto trabalhava para o seu marido, creio.

Liana se endireitou e alisou a saia rosa sobre as coxas. Um traço de medo se insinuou em seu olhar. Ela piscou, e seus olhos voltaram tão foscos e imóveis quanto a superfície da água num poço abandonado.

— Quem? — A voz dela saiu cautelosa e presa na garganta, como se temesse que Omar Yussef pudesse avançar para agarrar a palavra e a esbofetear com ela.

— Ishaq, o filho do sacerdote Jibril.

Liana desviou o rosto de Omar Yussef e examinou os anéis de diamante em suas mãos.

— Você o conhecia? — perguntou Omar Yussef.

— Ishaq? — Ela cuspiu a palavra para baixo na direção dos anéis e seu queixo tremeu. — Era um conhecido.

— Creio que, para seu marido, Ishaq era mais do que apenas um conhecido.

— Meu marido faz amigos com facilidade. É assim com a maioria dos multimilionários. — Liana jogou a cabeça para trás e seu rosto se contorceu como se quisesse evitar que uma lágrima escapasse. Ela suspirou e estendeu o braço para Khamis Zeydan. — Dê-me um cigarro, Abu Adel.

Khamis Zeydan tirou um cigarro de seu maço. Ela o pegou e se inclinou para a frente para que ele o acendesse. A mão dela tremeu e o cigarro desviou da chama. Khamis Zeydan delicadamente firmou o pulso dela com sua prótese, enquanto acendia a ponta.

Liana inalou o Rothmans e soprou uma baforada de fumaça cinza. Khamis Zeydan olhou confuso para a luva de couro que cobria sua mão protética.

Omar Yussef observou Liana dando outra tragada profunda e se arrepiando ao exalá-la. *Foi meramente a menção do marido e do dinheiro dele que a deixou tão nervosa?*, ele se perguntou.

— Seu marido atrai amigos só por ser rico? — questionou.

Ela engoliu em seco e olhou para Omar Yussef.

— Meu marido é encantador e carismático. Mas não há como ganhar centenas de milhões de dólares e continuar sendo um bom sujeito, *ustaz*. Quanto mais dinheiro um homem ganha, maior fica a sua egomania e sua brutalidade infantil, e cada vez mais ele precisa desses supostos amigos para servir-se dessas características.

— Isso não depende de como o dinheiro foi ganho, se legalmente ou através do crime?

— Eu fui uma estudante radical no final da década de 1960 e uma jornalista militante nos anos 1970, *ustaz*. Acreditava então que só o fato de um homem ter 1 milhão de dólares já era um crime. Não importa o quanto digam que o Profeta Maomé elogiou a vida do comerciante, eu sempre acreditei que deveria haver alguma espécie de crime envolvido na aquisição de tal soma. Essa opinião não mudou. — Ela olhou para Khamis Zeydan. — Estar com o meu marido não mudou muitas das opiniões que tenho desde aquela época.

O nome de Ishaq parece deixá-la furiosa e incomodada, pensou Omar Yussef. Ele se perguntou se Amin Kanaan e Ishaq, o homossexual, compartilhavam mais do que uma mera relação de negócios.

— Seu marido era especialmente próximo de Ishaq?

Liana olhou incisivamente para Omar Yussef. Seus olhos estavam bem abertos e ferozes.

— Era sem dúvida um dos relacionamentos mais próximos de meu marido — falou, seus lábios brilhantes estremecendo. — Irmão Abu...?

— Abu Ramiz — completou Omar Yussef.

— Irmão Abu Ramiz, eu gostaria de conversar por alguns momentos em particular com o meu velho amigo Abu Adel — disse Liana. — Se for a vontade de Alá, nos reencontraremos em breve, talvez no casamento de seu amigo.

— Se for a vontade de Alá. — E se despediu Omar Yussef.

Dispensado, ele se levantou do sofá. Khamis Zeydan ergueu a mão hesitante, como se fosse puxar Omar Yussef de volta ao sofá para a sua proteção. *Proteção dele mesmo*, Omar Yussef pensou. Ele deu um sorriso peremptório para o amigo nervoso e foi para a porta.

Omar Yussef cruzou o corredor até um par de altas portas de vidro nos fundos da casa. Ele tocou um liso pilar de mármore indiano verde e olhou lá embaixo as luzes espalhadas de Nablus no vale. Fracas e alaranjadas, elas se aninhavam entre as montanhas como as últimas brasas acesas numa fogueira de acampamento. *Em cinco dias, até essas poucas luzes serão apagadas se o Banco Mundial desligar o interruptor,* disse a si mesmo. *Admita, Omar, não há nada que possa fazer quanto a isso. Não é que não se importe, mas você não passa de um professor. Se tentar manter as luzes acesas, é bem capaz que você seja apagado.*

Alguma coisa se moveu na escuridão do lado de fora da janela, tremeluzindo na frente das distantes luzes da cidade. Omar Yussef aproximou o rosto do vidro e pôs as mãos em concha em volta dos olhos para bloquear as luzes do hall. Em meio aos ciprestes que ladeavam o gramado, um grupo de homens estava reunido. Omar Yussef observou por um minuto, mas conseguia enxergar muito pouco na fraca claridade que a mansão projetava. Depois de um minuto, a maioria dos homens se moveu para longe da casa no escuro e pulou os muros de contenção na extremidade do jardim. Ao saltar, um deles ergueu um braço procurando equilíbrio e Omar Yussef viu que o homem segurava um rifle.

O último homem se virou e atravessou a grama na direção da casa. Era alto e seu cabelo branco espesso esvoaçava para trás de uma ampla testa, soprado pelo vento que vinha do alto da montanha. Ele subiu rapidamente os degraus. Omar Yussef se escondeu atrás da coluna, mas o homem virou-se ao longo do terraço para a ala norte da mansão sem olhar em volta. Omar Yussef vira-o com bastante clareza para reconhecer um rosto familiar do caderno de economia do jornal.

Era Amin Kanaan.

A porta se abriu atrás de Omar Yussef e Khamis Zeydan entrou no hall. Omar Yussef cruzou os braços e encostou na coluna, como se estivesse esperando casualmente o amigo.

Khamis Zeydan acenou impaciente com o braço e se dirigiu para a porta.

— Sobre o que foi a conversa secreta? — perguntou Omar Yussef.

— Ela queria cantar alguns versos de nossa canção de amor favorita. Liana é sentimental a esse ponto — respondeu Khamis Zeydan. — Vamos embora. Preciso de um drinque.

Eles seguiram em silêncio no carro ao longo da alameda de ciprestes até o portão. Khamis Zeydan destampou o seu Johnnie Walker mas só bebeu quando já estavam na estrada. *Ele queria manter uma aparência digna enquanto ainda estava na propriedade de Kanaan?*, se perguntou Omar Yussef. Khamis Zeydan virou na direção da descida da montanha, acelerou e tomou um bom gole da garrafa, sua garganta se movendo ritmicamente ao engolir, como parte de um motor.

Ele passou a mão pelo bigode.

— O que você pensa que estava fazendo, pressionando Liana sobre um samaritano morto?

— Ele não era qualquer samaritano. Você pareceu saber exatamente quem era quando lhe falei sobre ele mais cedo. — Omar Yussef agarrou a garrafa de uísque, lutando com as duas mãos para tirá-la de Khamis Zeydan, e a jogou no porta-luvas. — Você deve ter encontrado Ishaq em suas visitas ao escritório do Velho em Ramallah.

— Eu não tinha acabado com aquela bebida — reclamou o policial.

— Você pode beber depois que sair dessa estrada perigosa. — Omar Yussef fez um gesto na direção das pedras na beira, ameaçadoras sob o facho forte dos faróis. — Perguntei a ela sobre o samaritano porque queria ajudar Sami na investigação.

Khamis Zeydan suspirou, com impaciência.

— Ajudar Sami? Se você quer ajudar Sami, fique com a boca fechada.

— O que você quer dizer?

— Sami não está investigando. Ele está correndo perigo.

— Ele é um policial. Até mesmo policiais palestinos devem procurar criminosos.

— Não se isso implica em acabar morto.

— Se aqueles homens quisessem matá-lo, poderiam tê-lo feito na viela.

— Você acha que matar é um pequeno passo? Até para facínoras como aqueles? Se você exumar todos os investigadores de polícia assassinados no mundo, aposto que não encontrará nenhum com o braço quebrado. Ninguém é burro o bastante para seguir adiante depois de uma advertência dessas.

Omar Yussef deu um tapinha no ombro de Khamis Zeydan.

— Era sobre isso que Liana queria falar com você a sós, não era? — disse ele. — Ela é importante no Fatah, então ela quer que o dinheiro fique com o partido, não com o Banco Mundial. O marido dela era próximo do samaritano morto. Será que estaria envolvido no assassinato? Ela lhe disse para garantir que Sami fique quieto quanto ao assassinato, não foi? Bom, ele não vai ficar.

— Que dinheiro? — Khamis Zeydan olhou sedento para o porta-luvas e mordeu o lábio.

Omar Yussef hesitou.

— Vou ter de arrancar à força de você? — ameaçou Khamis Zeydan. — Vamos, desembuche.

— A americana no hotel trabalha para o Banco Mundial. Ela calcula que Ishaq tenha escondido 300 milhões de dólares em contas secretas pelo mundo para o Velho e está tentando localizar esses fundos. Ishaq estava prestes a falar com ela quando foi morto.

— Obviamente ela não é única atrás desse dinheiro.

— Então temos de encontrá-lo primeiro. Se o Banco Mundial não puder localizar o dinheiro até sexta-feira, todo o auxílio financeiro à Palestina vai ser cortado.

— O quê? Agora vou ter que te bater para ver se você deixa de ser tão burro. — Khamis Zeydan esmurrou a direção. — Quem quer que esteja atrás desses 300 milhões de dólares não vai dividi-los com você. Vão matar qualquer um que tente chegar antes deles.

— Mas o auxílio...

— É tarefa do Banco Mundial encontrar o dinheiro, não sua. É melhor que a ajuda seja cortada do que a sua vida. Você não pensou nisso?

Omar Yussef considerou mentir dizendo que não tinha pensado, mas em vez disso desviou o olhar.

Khamis Zeydan assobiou.

— Meu caro irmão, às vezes perco as esperanças quanto a você.

Omar Yussef ficou olhando para a estrada que descia para Nablus. Ocultos em meio às luzes fracas do fundo do vale, havia homens que matariam por 300 dólares, o que dizer então de 300 milhões. *Ele tem razão. Tenho que deixar isso para a americana.*

— Eu peguei o cartão de visitas da mulher do Banco Mundial — disse. — Você tem razão quanto a não me envolver nisso. Vou dar o cartão dela para Sami. Ele não sabe sobre o dinheiro. Mas talvez tenha alguma ideia de como localizá-lo.

— Sami já abandonou caso — repetiu Khamis Zeydan. — Quando fui vê-lo na enfermaria do quartel-general da polícia, ele me disse que o braço quebrado não tinha sido a única ameaça que recebera.

— Eu sei. O xeque o advertiu também.

— Que xeque? O cara do Hamas? Xeque Bader? — Khamis Zeydan balançou a cabeça. — Isso foi outra coisa. Ele recebeu um telefonema. Ameaçaram sequestrar Meisoun.

— Coloquem-na sob a proteção da polícia, então.

— O que isso iria adiantar? Os sequestradores também podem ser policiais. Estamos na Palestina. Os homens não carregam armas por dever cívico. — O chefe de polícia estendeu a mão, deu um tapinha no rosto de Omar Yussef e apoiou a mão na nuca dele. — Você se lembra da velha história sobre a conquista árabe do Egito? O califa decidiu nomear um de seus generais como líder militar e planejou colocar outra pessoa encarregada do Tesouro.

Omar Yussef sabia aonde isso ia dar.

— O general recusou, dizendo que seria como se ele segurasse os chifres da vaca enquanto o outro a ordenhava. Aqui é assim. Os homens que bateram em Sami estavam segurando os chifres da vaca, mas eles foram enviados pelo cara que a ordenha.

O jipe deu um solavanco num buraco. Omar Yussef esticou as mãos contra o painel para se segurar.

— Não posso deixar esse caso ser abandonado — disse.

Khamis Zeydan olhou para ele com olhos firmes. Omar Yussef sabia que o chefe de polícia tinha percebido o tom de desespero em sua voz. Ele tinha de se explicar, embora quanto mais falasse, mais nervoso e mais miserável soasse.

— O que está em jogo é muito importante. Todo o dinheiro de ajuda ao nosso povo está prestes a ser cortado, e você parece não se importar.

— Você está surpreso porque vão foder de novo com os palestinos?

— Se Sami não vai cuidar disso, você devia cuidar.

— Eu não. — Khamis Zeydan agitou sua prótese. — Eu só tenho uma mão. Se eles quebrarem meu outro braço, estou fora.

— Bom, eu não posso fazer isso. Não posso. — A bochecha de Omar Yussef latejou onde o mascarado o esbofeteara. Seu estômago se agitou com vergonha e medo. Da palma de sua mão escorreu uma gota de suor para o painel preto sujo.

— Quanto a isso você está certo, meu irmão — disse Khamis Zeydan. Rapidamente, ele abriu o porta-luvas e tirou a garrafa antes que Omar Yussef pudesse reagir. Ele sorriu. — Mesmo alguém tão teimoso quanto você não pode salvar os palestinos. Todo mundo tem de descobrir como salvar a própria pele. Esse é o meu jeito. — Ele brandiu o uísque.

— Você fala como se nós dois não fôssemos palestinos.

— A Palestina? Está ali no alto daquele cume, dentro de todas aquelas mansões. Não passa de um negócio corrupto. Às vezes as relações públicas são boas e o mundo oferece dinheiro. Às vezes são ruins e os camponeses sofrem. Mas pessoas como Liana continuam visitando conferências na Europa sobre os direitos dos refugiados e ficam nos hotéis mais caros. Salvar a Palestina? Que vá para o inferno. — Ele bebeu da garrafa.

Lá embaixo, em Nablus, uma tênue fluorescência brilhava nas janelas estreitas em arco do bairro antigo. Omar Yussef estremeceu. Khamis Zeydan podia encontrar a realidade da luta de seu povo nas mansões acima deles, mas Omar Yussef sabia que estava abaixo, nas vielas ocultas da casbá.

CAPÍTULO 12

Há uns cem anos, na periferia da casbá, os turcos tinham construído uma torre afilada com um relógio erguendo-se 18 metros até uma janela em rosácea. Omar Yussef admirou a simplicidade de sua concepção, ao mesmo tempo lamentando a atmosfera indigna em torno da base da estrutura. As pedras descoradas estavam cobertas com bandeiras verdes do Hamas, e um par de alto-falantes no teto de uma kombi verde-oliva velha caindo aos pedaços emitia canções islâmicas num volume tão ensurdecedor que ele receou que a torre fosse desabar.

Ele franziu o nariz diante da quantidade de homens aglomerados na praça e encolheu os ombros contra os empurrões deles. Os homens na parte de trás da multidão esticavam os pescoços para ver o tablado na base da torre. Omar Yussef sentiu-se zonzo. Enfiou um dedo no ouvido, preocupado com que a música alta o tivesse prejudicado.

Sami deslizou a mão esquerda sob o braço de Omar Yussef e guiou-o para a beira da praça, de onde poderiam observar sem ser incomodados pelo empurra-empurra dos que chegavam. Sami vestia uma jaqueta de aviador de couro marrom, com o lado direito solto sobre o ombro, seu braço quebrado em um gesso volumoso numa tipoia perto do corpo. Khamis Zeydan se juntou a eles. Também não usava uniforme, mas um paletó esporte xadrez e gravata azul. Seus olhos estavam embaçados e a pele quase tão pálida quanto seu bigode branco.

— Isso não é lugar para um homem com uma ressaca fodida — disse.

— Talvez, em vez de afogar seus problemas num silêncio bêbado a noite toda, fosse melhor confiar mais nos amigos — retrucou Omar Yussef.

— Você já tem problemas o bastante. Não tente assumir os infortúnios dos outros, meu irmão. Aquele que acaricia escorpiões com compaixão acaba picado.

— Você vai me picar se eu disser que você devia ter tomado um café da manhã mais consistente para acalmar o estômago?

Khamis Zeydan beliscou a pele flácida, com manchas de senilidade, no dorso do punho de Omar Yussef.

— Ainda não estou pronto para picar, mas estou avisando.

Omar Yussef sorriu e esfregou a mão.

Sami pôs o braço bom sobre os ombros de Omar Yussef.

— Lá na frente, Abu Ramiz, é onde eles vão realizar o grande casamento. Naquele tablado perto da torre. Depois todo mundo irá para uma enorme festa no clube deste lado da praça.

— Onde é a comemoração das mulheres?

— Em algum lugar mais adiante nessa direção, bem mais no interior da casbá. As noivas já devem estar lá.

— Como Meisoun disse, em outro planeta.

Gritos de júbilo se elevaram em meio aos homens na entrada da mesquita. Jovens barbados se debruçavam das janelas, dando socos no ar com os punhos e cantando. Suas palavras competiam com a música dos alto-falantes, mas logo Omar Yussef distinguiu a declaração rítmica de que só havia um deus, Alá, e Maomé era o seu profeta.

O xeque Bader caminhou da mesquita até o tablado. Subiu na plataforma e assumiu seu lugar no centro, fechando sua túnica na frente do abdome e baixando o queixo barbado para o peito. Ele parecia ignorar a multidão, mas a comandava meramente pelo domínio que demonstrava sobre si mesmo.

A atenção de todos voltou-se para a viela atrás da torre do relógio. O volume dos alto-falantes aumentou. Um baixo retumbante e um tamborim sussurrado pulsavam em meio às vozes dos cantores. Nouri Awwadi apareceu no começo da fila de noivos, cavalgando Sharik. O garanhão branco sacudiu a cabeça e virou seu focinho comprido para os rostos barbados a sua volta. A fila de jovens noivos atravessou a multidão. Alguns cavaleiros olhavam em torno com sorrisos largos, acenando para amigos. Outros seguravam firme as rédeas, tão nervosos quanto suas tímidas montarias.

Os cavaleiros formaram uma fileira em frente ao tablado e a música foi interrompida no meio do refrão. Nouri Awwadi mantinha-se montado muito ereto em Sharik e contemplava a multidão com uma expressão orgulhosa e severa, como que transformado na estátua de algum antigo guerreiro vitorioso. *Uma estátua que ele destruiria, porque violaria a proibição islâmica de se criar ídolos*, pensou Omar Yussef.

O discurso ritmado do xeque Bader surgiu dos alto-falantes, começando o sermão de casamento. Ele leu os breves detalhes dos 15 contratos de casamento, os nomes das noivas e dos noivos, e exortou-os a uma vida de piedade e amor mútuo. Recitou versículos do Corão e repetiu o hadith, um dos ditos do Profeta, que urgia os crentes a temer Alá, orar, jejuar e casar com uma mulher.

Omar Yussef se lembrou de seu próprio casamento, mais de trinta anos antes. Ele recordou que, nesse momento da cerimônia, o xeque orara por Omar e Maryam, pelas famílias deles, pela cidade e pela comunidade muçulmana mais ampla. Ele sorriu. *Até que Omar e Maryam se saíram bem*, avaliou. *Por outro lado, a cidade e a comunidade deles não se deram nada bem.*

O xeque Bader orou pelos noivos e por suas famílias. Quando chegou à oração pelos muçulmanos, ele se deteve e ergueu um dedo acima da cabeça.

— Irmãos, a comunidade pela qual oramos aqui, a comunidade de todos os palestinos, está mergulhando numa era de ignorância.

Omar Yussef lançou um olhar para Khamis Zeydan. Seu amigo ergueu uma sobrancelha. A *era de ignorância* era a expressão que os muçulmanos usavam para se referir à época anterior ao islã.

— Há podridão entre os líderes de nosso povo — continuou o xeque. — Irmãos, você sabem das queixas: corrupção, violência e colaboração com as Forças de Ocupação. Nada disso é novidade para vocês. E vocês sabem quem são os homens por trás disso. O Hamas luta contra eles em seu nome. Eu os conclamo a redobrar o compromisso de vocês com essa luta em nome de Alá, o Senhor do Universo.

Embora os alto-falantes estivessem no volume máximo, o xeque soava rouco, sua voz falhando e seu punho pontuando a cadência balançada de seu discurso.

— De que outro incentivo um homem precisa além dos mandamentos do Profeta, abençoado seja? Vocês não precisam de mais nada para ser impelidos a se opor aos líderes atuais de nosso povo. No entanto, há homens que me questionam: mas o

Corão também não nos manda obedecer ao governo? É verdade. Mas que governo vergonhoso temos; ele deve ainda assim ser obedecido em toda a sua vergonha?

A multidão murmurou uma raivosa concordância.

— Ó muçulmanos, quão longe nossos líderes se desviaram do caminho dos califas virtuosamente guiados que eram os companheiros do Profeta, que o Alá o abençoe com paz? Hoje eu lhes ofereço novas provas de que os homens de um determinado partido político são os diabos e os macacos que vivem suas vidas em contravenção a todas as prescrições do Profeta, que a paz e as bênçãos de Alá estejam com ele.

Khamis Zeydan deu um assobio baixo.

— Ainda bem que Sami e eu não estamos de uniforme hoje. Esse discurso nos deixaria impopulares.

O xeque baixou a voz.

— O homem que liderou certo partido político, o homem que se dizia líder do povo palestino por décadas, o homem que atirou os fundadores do Hamas em suas prisões... esse homem morreu de uma doença vergonhosa.

— Por Alá — exclamou Khamis Zeydan.

Os homens na multidão se agitaram.

— Irmãos, vocês me dirão que ouviram esse boato e que é uma mentira espalhada pelos judeus, e que na verdade os israelenses o envenenaram. Embora nenhum mal esteja fora da capacidade dos judeus, eu vou lhes dizer que esse não é o caso. Nós conseguimos prova documentada da causa da morte desse homem. Ele, que foi nosso presidente e ousava chamar a si mesmo de símbolo de nosso sofrimento... esse homem foi submetido a uma autópsia num hospital estrangeiro, e os líderes de sua facção ocultaram os resultados. Mas o Hamas obteve o relatório da necropsia e ficamos sabendo que ele, de fato, morreu da vergonhosa doença cujo nome vocês todos conhecem, e que é resultado de imoralidade e de atos proibidos.

O murmúrio na multidão se intensificou. O cavalo de Nouri Awwadi bateu nos flancos do garanhão seguinte. Suas ferraduras ressoaram nas pedras da praça.

— O Hamas sabe o que fazer com essa informação — disse o xeque. — Ao orarmos agora por nossa comunidade, pelos muçulmanos e pela Palestina, pensem nesses homens cuja única crença é a imoralidade. Pensem no poder que eles exercem sobre nosso honrado povo palestino, e que nós arrancaremos deles. Alá é maior.

Os homens se juntaram ao xeque Bader proclamando a grandeza de Alá, agitando-se e colidindo na aglomeração. Omar Yussef foi pressionado contra as portas de metal de uma quitanda. Os cavaleiros manobraram suas montarias, dando pinotes em meio à multidão, em direção ao clube no fim da praça, e desmontaram. Enquanto entravam no prédio, aceitavam os beijos felizes dos homens em volta deles como vencedores de um evento esportivo.

Quando os homens seguiram os noivos para dentro do clube, a aglomeração na praça diminuiu.

Omar Yussef aproximou seu rosto do ouvido de Khamis Zeydan.

— Você ficou sabendo alguma coisa sobre uma necrópsia do Velho?

— Não. Nunca foi feita uma necrópsia, até onde eu saiba — respondeu Khamis Zeydan. — Mas, se o Velho morreu de Aids, como o xeque Bader insinuou, é concebível que os chefes do partido a ocultariam até de oficiais graduados como eu.

— Houve um boato de que foi disso que ele morreu.

— Se esse tipo de boato fossem verdade, então as pessoas famosas teriam de ser imortais até essa doença surgir em suas vidas e destruí-las.

Omar Yussef balançou a cabeça.

— Não estamos falando de um pop star ou de um ator. Trata-se do presidente. As pessoas esperam uma moral diferente de uma autoridade.

— Surpreende-me que você não tenha ficado satisfeito com essa notícia. Você odiava o Chefe, afinal.

— Eu não o odiava — disse Omar Yussef. — Achava que os métodos dele eram lamentáveis, mas os seus também são, e eu o considero meu melhor amigo.

— Graças a Alá. — Khamis Zeydan cutucou os dentes.

Sami passou seu braço bom pelo cotovelo de Khamis Zeydan.

— E aí, vamos para a festa, ou você está esperando para dar uma volta num dos cavalos?

Omar Yussef olhou em volta da praça. Os cartazes, os estandartes e a música tinham sido irresistíveis para a multidão que agora se apinhava no clube do Hamas. *É exatamente o que o xeque me disse*, refletiu. *Isso mostra que o Hamas está trabalhando para o povo. E a suposta morte por Aids do velho presidente é um perfeito contraste moral.*

Sami e Khamis Zeydan dirigiram-se para o clube. Omar Yussef caminhou vagarosamente para o tablado onde o xeque Bader estivera. Os cavalos tinham deixado pilhas de excrementos marrom-escuro numa fileira em frente à plataforma. Omar Yussef se perguntou se o xeque teria visto os cavalos defecando, suas caudas erguidas na direção dele enquanto discursava, ou se ele sentira o cheiro vindo do chão.

Ele atravessou a praça e seguiu seus amigos em direção ao clube.

CAPÍTULO 13

O xeque Bader ficou imóvel e silencioso no começo da fila de recepção. Ele respondia a cada aperto de mão com um lento piscar e a calma enganosa de um pai cruel desafiando os filhos a reagir a seu ultraje.

Omar Yussef abriu caminho em meio à aglomeração no clube. As sobrancelhas negras do xeque baixaram quando o viu.

— Mil congratulações, reverendíssimo xeque — disse Omar Yussef.

A mão do xeque Bader estava frouxa no aperto de Omar Yussef. Ele inclinou a cabeça e sussurrou suas boas-vindas.

— Foi mais do que a manifestação política que eu previra. — Omar Yussef manteve a mão do xeque na sua e o puxou para perto. — Foi algo muito perigoso.

— Está me ameaçando, *ustaz*?

— Não se preocupe. Sou apenas um professor de uma escola das Nações Unidas, e as punições corporais foram proibidas.

As narinas do xeque se contraíram.

— O perigo não está nas *minhas* declarações. O perigo são nossos líderes, que ignoram a corrupção e a imoralidade em suas fileiras.

— Não vou discutir isso. — Omar Yussef pôs a outra mão sobre os dedos do xeque. — Mas se estiver equivocado...

— Eu não estou equivocado.

— ... haverá um preço a ser pago em violência. Uma retaliação.

— Alá é designado no sagrado Corão como o Executor da Justiça. Ele irá me proteger nessa luta.

Omar Yussef respirou fundo. Ele sabia que Khamis Zeydan estava certo ao adverti-lo a sair do caso do samaritano morto, mas a certeza condescendente do xeque o irritou e ele tinha de devolver à altura.

— Talvez tenha sido em nome de Alá, o Executor da Justiça, que o senhor disse a Sami Jaffari para não prosseguir na investigação do assassinato de Ishaq, o samaritano?

O xeque retirou bruscamente a mão e a levou à barba.

— Alá lhe contou sobre os 300 milhões de dólares em posse do samaritano morto? — Omar Yussef projetou o queixo na direção do xeque, trêmulo de raiva. *Ó professor, você é incapaz de ficar com a boca fechada, não?*, pensou.

A arrogância desapareceu do rosto do xeque Bader.

— Não estou entendendo.

— Seu rapaz Nouri Awwadi conhecia Ishaq. Ishaq está morto. Você advertiu Sami a se afastar do caso. Então, onde estão os 300 milhões de dólares? — Omar Yussef repuxou o bigode com o lábio. — Veja se consegue resolver isso, reverendíssimo xeque. Sem a inspiração de Alá.

O xeque Bader engoliu em seco e estendeu o braço para outro convidado lhe cumprimentar, empurrando gentilmente Omar Yussef de lado.

O professor respirou fundo e tentou se acalmar. No fundo do clube lotado, ele encontrou Nouri Awwadi. O jovem abriu bem os braços robustos e beijou Omar Yussef cinco vezes no rosto. Sua larga camisa branca de casamento cheirava a suor por manter sua ansiosa montaria sob controle na praça, mas a barba ainda conservava o perfume do sândalo. Suas enormes mãos seguraram os ombros de Omar Yussef.

— Seja bem-vindo, caro *ustaz* Abu Ramiz. O que achou da cerimônia de casamento, meu amigo?

A risada de Omar Yussef foi rouca e cínica.

— Não a teria perdido por nada — ironizou. — Adoro uma fofoca.

Awwadi franziu o cenho.

— Você ouviu alguma?

— O xeque tornou-a pública.

— Não foi fofoca, *ustaz*. — Awwadi chegou mais perto de Omar Yussef. — Aquilo tem base em documentos, provas reais que o Hamas obteve.

— De onde? De quem?

Awwadi sorriu, mas ergueu um dedo em advertência.

— Você está investigando a morte do samaritano no topo da montanha? Ou está investigando o Hamas?

— Não sou um policial. Por Alá, a força policial não parece ter muita pressa em investigar, em todo caso. Mas sou naturalmente curioso.

— Aceite minha palavra, nós temos a prova.

— Se fosse para eu aceitar a palavra de alguém, a do xeque teria bastado. — Omar Yussef pôs a mão no peitoral de Awwadi.

— Nouri, no mundo árabe, você pode não precisar de provas

para acusar as pessoas de certas coisas, mas nesse caso é uma acusação tão escandalosa que vocês realmente vão ter de aparecer com alguma prova.

Awwadi fez um gesto com a mão para se esquecer o assunto.

— Todo mundo sabe o que matou o Velho.

— Não, todo mundo tem uma teoria da conspiração. Ninguém sabe o que realmente o matou.

Awwadi pegou a mão de Omar Yussef e o conduziu pela multidão. Ele sussurrou para um barbudo musculoso à porta, que Omar Yussef reconheceu como um dos milicianos que vira escoltando o xeque na mesquita. O homem entregou um M-16 para Awwadi e olhou sem expressão para Omar Yussef.

Do lado de fora, alguns meninos chutavam uma bola de futebol contra as portas da quitanda onde Omar Yussef ficara durante a cerimônia. O sol estava a pino, mas um vento ríspido rodopiava vindo da montanha e agitava as bandeiras verdes na torre do relógio. As portas de metal chacoalharam e rebateram a bola em direção aos excrementos de cavalo junto ao tablado, fazendo as crianças rirem. Um deles a trouxe de volta à praça e deu um chute forte. Seus companheiros de brincadeira se dobraram de tanto rir quando o estrume espirrou da bola para o rosto do menino. Omar Yussef seguiu Awwadi nos degraus do clube.

— Fui eu que consegui essa prova para o xeque — disse Awwadi, em voz baixa.

— Como?

— A serviço do Hamas, consegui documentos contendo as sujeiras de todos os principais homens do Fatah. — Awwadi deu uma olhada em volta e mudou a posição do M-16 em seu peito. — Você é amigo de Sami Jaffari. Ele é do Fatah, mas até agora muito honesto. O resto não passa de um bando de vigaristas. Você não devia confiar neles. Certamente, não ouça o que dizem sobre mim.

— De quem você comprou os documentos? Como sabe que são autênticos?

— Eu os obtive de um cara do Fatah. Ele me deu, porque era exatamente igual ao resto dessa gente: tudo o que lhe importava era conseguir o que queria para si mesmo, até seu partido podia ir para o inferno.

— Podia ser uma armação. — Omar Yussef cruzou os braços para se proteger do vento frio.

— Por que eles iriam plantar uma informação que daria uma imagem negativa *deles* e de seu ex-líder? — Awwadi pegou a mão de Omar Yussef e o levou a uma viela atrás do clube, ao abrigo do vento. — *Ustaz*, a maior parte das informações veio dos arquivos do próprio Velho. Ele guardava dossiês escandalosos sobre todos à sua volta, de modo a poder chantageá-los e mantê-los submissos sempre que ficassem populares demais ou tentassem confrontá-lo.

— Mas a informação sobre a doença do presidente... Essa não poderia ter vindo dele.

— Foi um pequeno bônus oferecido pelo homem com quem negociei.

A porta de metal do clube se abriu. O vento bateu nela fazendo com que se chocasse contra a parede e provocando um estrondo. Awwadi adentrou mais na escuridão da viela, puxando Omar Yussef atrás dele. Khamis Zeydan apareceu nos degraus, acendendo um cigarro. Ele coçou a cabeça e chamou alguém lá dentro. Sami apareceu e os dois saíram andando em direção à parte mais nova da cidade.

Omar Yussef observou Khamis Zeydan apressando-se pelas ruas, os ombros encolhidos contra o vento. O chefe de polícia mancava com o pé esquerdo. *A diabete o está afetando*, pensou.

— Brigadeiro Khamis Zeydan. Está com o seu amigo Sami. Zeydan é seu amigo também? — murmurou Awwadi.

Omar Yussef voltou-se para o jovem.

— Você tem um dossiê sobre as sujeiras dele?

Awwadi assentiu.

— Quer ler?

— Quero destruí-lo — disse Omar Yussef.

— Pensei que você fosse um historiador. Esses são os arquivos oficiosos da política palestina.

— Eles fedem.

— Assim como a política palestina.

— Existe um dossiê sobre Ishaq?

Qualquer coisa que esse homem revele sobre esses dossiês escandalosos dificilmente me surpreenderá, pensou Omar Yussef. *O que podem conter? Roubo, estupro, corrupção? Assassinato? Não me espantaria com qualquer injustiça por parte daqueles que governam o povo palestino. Eles são capazes de tudo.*

— Não são apenas documentos históricos — disse. — Eles também podem mudar o futuro. Podem torná-lo mais sangrento: causar uma guerra civil entre o Fatah e o Hamas.

— Já estamos numa guerra civil. Uma muito longa, com alguns intervalos para que todo mundo possa fingir que não tem culpa. Mas é uma guerra, de qualquer forma. — Awwadi chegou mais perto. — Você deveria querer saber sobre essa gente do Fatah que nos governou por tanto tempo. As coisas que fizeram, as coisas vergonhosas. Todos os bilhões de dólares de ajuda que nosso povo recebeu... desperdiçados. Veja nossa cidade. Não temos um teatro. Não temos um cinema. Mas a cidade inteira é um circo. Graças às pessoas cujos nomes estão nos documentos.

Até o conselho do Banco Mundial está chegando a essa conclusão. Mas por que todo mundo no Oriente Médio que deseja corrigir um erro precisa fazê-lo com violência?

— Quanto você pagou pelos documentos?

Awwadi balançou a cabeça.

— Um milhão de dinares? — Omar Yussef deu um passo na direção do homem corpulento. — O que você acha que vai acontecer com o dinheiro que você pagou? Você agora é parte da corrupção do Fatah, não percebe?

Os olhos de Awwadi mostraram raiva.

— Eu não paguei nada ao Fatah. Fiz uma troca. Dei a eles o Pergaminho de Abisha.

— Mas os samaritanos me mostraram o pergaminho ontem. Quem devolveu a *eles*?

— Eu entreguei o pergaminho para os samaritanos. Há samaritanos que estão no Fatah. Foi um deles que me deu os documentos sobre a sujeira.

— Ishaq — concluiu Omar Yussef.

Awwadi soltou a respiração. Omar Yussef sentiu cheiro de alho no hálito do homem.

— Você roubou o Pergaminho de Abisha da sinagoga. Então trocou o pergaminho pelos documentos — disse Omar Yussef.

— Se é o que você diz.

— Como Ishaq conseguiu esses documentos?

— Eram os arquivos do Velho. Depois que ele morreu, imaginei que Ishaq iria consegui-los para mim. Se ele não os tivesse, poderiam estar na posse de seu amigo Kanaan, que faria qualquer coisa que Ishaq pedisse. Então roubei o Pergaminho de Abisha e o forcei a me dar esses papéis em troca do documento sagrado de seu povo. Foi um bom negócio.

— Você acha mesmo? — Omar Yussef acariciou o bigode com o polegar e o indicador. — Ishaq também tinha os detalhes sobre as contas secretas do Velho. Imagino que ele temia que pessoas como você tentassem localizar o dinheiro. Então ofereceu esses documentos sobre a sujeira para despistá-lo.

— Essas informações são muito valiosas. Fiz um bom negócio.

— Elas valem 300 milhões de dólares?

Awwadi gemeu, como se tivesse levado um soco leve no estômago.

— Isso é o quanto Ishaq escondeu para o Velho. Ele conseguiu te enganar e agora outra pessoa vai ficar com o dinheiro. Talvez alguém do Fatah já o tenha. Uma quantia assim daria para comprar armas suficientes para aniquilar o Hamas.

O homem mais jovem coçou a cabeça com raiva.

Omar Yussef franziu os olhos.

— Há um dossiê sobre Amin Kanaan? Ou sobre sua mulher, Liana?

— Não, não há.

— Por que não?

— Talvez porque estejam limpos? — Awwadi escarneceu.

Como seria um dossiê sobre mim, se alguém se desse o trabalho de compilá-lo?, Omar Yussef se perguntou. Passei um tempo na cadeia quando era jovem. Posso explicar, é claro, mas no papel ficaria inflexível e incriminador e me faria parecer um criminoso. Haveria um registro da época em que eu bebia, com coisas de que nem posso lembrar, apagadas pela amnésia alcoólica. Documentos como esses não podem mostrar a essência de uma pessoa. Eles podem apenas desacreditar alguém com uma camada de imundície.

— Uma vez que um homem pecou, ele devia ter a chance de se redimir — falou Omar Yussef. — Um de nossos sábios árabes escreveu que aquele que quer purificar sua alma não pode fazê-lo em um dia só de oração, nem pode tornar isso impossível por um único ato de rebelião.

— Eu também li Ghazali, *ustaz*, e você está excluindo um trecho. Ele conclui que um dia de recusa da virtude leva a outro e, assim, a alma degenera aos poucos. — Awwadi ergueu o dedo indicador. — O dossiê sobre Khamis Zeydan não é volumoso por causa de apenas um dia de pecados.

— Pare com isso. Ele é meu amigo.

— Talvez você não saiba o bastante sobre ele para julgar se devia mesmo ser seu amigo. O verdadeiro Khamis Zeydan é o do dossiê, não o homem que você pensa ser seu amigo.

— Onde estão os documentos?

Awwadi ergueu o queixo e balançou a cabeça. Passou por Omar Yussef para voltar ao salão do casamento. O movimento lembrou Omar Yussef da maneira que Awwadi tinha bloqueado sua visão do porão atrás do estábulo no palácio Touqan. *Não são armas que você esconde nesse porão*, ele pensou. *Você guardou os documentos ali, não foi?*

Awwadi hesitou nos degraus do clube.

— Ainda pretendo vê-lo amanhã de manhã nos banhos turcos — gritou.

Omar Yussef viu que o jovem lamentava o confronto entre eles. Ele assentiu e acenou. Esperou Awwadi entrar no salão e foi para a casbá.

CAPÍTULO 14

Omar Yussef refez o caminho que percorreu com Awwadi pelas vielas com tetos em abóbada, até mais uma vez sentir o denso fedor de esgoto de Yasmina. O povo da casbá tinha sido atraído para o casamento do Hamas e as passagens pareciam mais vazias do que nunca. Omar Yussef reconheceu a pequena loja de especiarias da família Mareh, onde Awwadi tinha encarado o jovem hostil de macacão azul. Embora a entrada estivesse trancada, o ruído dos moedores elétricos vinha de uma janela do porão e o ar estava enevoado com o pó cinza das vagens de cardamomo moídas. Omar Yussef parou para saborear o aroma. Enquanto inalava, se lembrou de milhares de cafés aromatizados com essa especiaria que tinha compartilhado com bons amigos. E então se recordou do mesmo odor no hálito do facínora mascarado que o esbofeteara e olhou para a esquina seguinte, se perguntando se aqueles homens estariam esperando por ele ali.

Virou à direita e desceu na direção do palácio Touqan.

Ishaq estava com o Velho nos momentos finais, quando ele morreu na Europa, ele pensou. *Talvez Ishaq soubesse o que realmente matou o presidente. Será que o jovem foi assassinado por alguém do Fatah por ter passado essas informações para o Hamas?*

No fim da viela em declive, ele parou. Tinha certeza de que o palácio Touqan ficava ali embaixo, mas chegara a um beco sem saída e não tinha visto o portão alto da velha mansão. Voltou por onde viera e entrou à direita, supondo que a casa de Awwadi estivesse na paralela seguinte, mas a viela levou-o em diagonal para cima. Ele amaldiçoou seu senso de orientação. Precisava achar o palácio Touqan para examinar o porão antes que Awwadi saísse da festa. Isso lhe dava pouco mais de uma hora. Se ele estivesse certo quanto ao esconderijo de Awwadi, poderia haver muitos documentos para investigar. Omar Yussef pouco se importava com os líderes do Fatah e dificilmente poderia destruir todos os documentos, mesmo se conseguisse encontrá-los, sem despertar a fúria do Hamas. Mas queria proteger Khamis Zeydan, encontrar o dossiê sobre o amigo e dar um fim nele.

Aqui está você, correndo como um rato num labirinto, pensou, ao verificar o relógio. *O tempo está passando e você o desperdiça perambulando por essas velhas vielas.*

Ele tinha certeza de que o palácio era mais baixo na colina, por isso entrou numa viela menor e desceu alguns degraus. Farejou o ar. O cheiro do esgoto parecia menos forte ali. Teria ido na direção errada e deixado Yasmina para trás?

Chegou ao topo de um lance de degraus que descia sob um uma abóbada encardida e percebeu o capitel de uma coluna romana embutido na base de uma parede. Estava desgastado quase a ponto de ficar irreconhecível. Omar Yussef inclinou-se para tocar sua superfície áspera, enrugada.

Algo zuniu pelo ar acima dele e atingiu a parede com um súbito silvo. Com a mão ainda na antiga pedra, ele olhou para trás. *Isso foi uma bala. Onde fui me meter?*

Ele se ergueu, e outra bala arrancou um pedaço do capitel romano, espalhando pó em seus sapatos. Na viela atrás dele, ouviu passos se aproximando rapidamente. *Só um par de botas. Eu não me deparei com um tiroteio. Alguém está atrás de mim.*

Um tiro veio da viela. Omar Yussef viu a ponta do cano brilhar nas sombras e se jogou para a direita. Caiu nos degraus e rolou para a escuridão, protegendo a cabeça com uma das mãos e segurando seus óculos com a outra.

Ele se manteve rígido enquanto caía. Ia ficar com hematomas feios, mas, desde que não permitisse que seu corpo se dobrasse, nenhum osso se quebraria. Parou ao colidir com uma caixa de ossos de galinha apodrecendo, e um gato assustado fugiu do impacto. Ficou ali gemendo, até ouvir o atirador vindo pela viela até os degraus. Ele empurrou a caixa para o meio do caminho, arrastou-se rápido ao longo da parede e virou uma esquina. Viu luz através de um arco adiante e foi na direção dela.

Quando emergiu da escuridão, estava num *souk* vazio. Em qualquer outro dia estaria seguro em meio à multidão, mas todos fecharam as lojas para ir ao grande casamento. Atrás dele, ouviu alguém tropeçar na caixa de restos de galinha e xingar.

Do outro lado do *souk*, uma grade de ferro cercava algumas velhas sepulturas. Uma construção tinha sido erguida atrás e sobre as sepulturas, mas o muro ao lado da grade se desmoronara numa pilha de tijolos quebrados. Os israelenses devem ter entrado num de seus ataques noturnos, explodindo uma fenda para procurar armas escondidas atrás das sepulturas. Omar Yussef passou pelo buraco.

Tropeçando num tijolo solto, agarrou o túmulo mais próximo. A pedra era toda perfurada, como um queijo. Ele arrastou-se para trás dela e se agachou, apertando o rosto contra um retângulo decorativo com um versículo do Corão entalhado em imponente caligrafia *tuluth*. Ao passar os dedos sobre o texto, distinguiu o nome Touqan gravado no calcário. *É o túmulo do homem rico que outrora residia no palácio onde Awwadi mora,* ele pensou.

Omar Yussef olhou fixamente para a pedra até que o rosto do morto em seu interior parecesse brilhar através dela. *Por favor, fique quieto*, disse ele ao cadáver. *Perdoarei quaisquer pecados que tenha cometido séculos atrás, desde que não me entregue.*

Ele ouviu alguém correndo pelo *souk*. Mancando. *Provavelmente por causa do tropeço na caixa de ossos,* pensou. Ele tentou ficar imóvel, imitando os mortos sob as lápides, que o brindaram com seu silêncio.

Os passos pararam do lado de fora da grade de ferro. Omar Yussef ouviu um homem resfolegando. Julgou sentir o aroma de cardamomo e se lembrou mais uma vez da mesma especiaria no hálito do homem que batera nele. A grade rangeu. *Ele está entrando*, receou. Mas então ouviu os pés se movendo ao longo do *souk*.

Uma porta se abriu, batendo contra uma parede a alguma distância dali, e vozes alegres saíram pela rua. Omar Yussef ouviu seu perseguidor praguejar em voz baixa e então voltar à casbá.

Omar Yussef deixou-se cair no chão, as costas apoiadas no túmulo de Touqan, e respirou desesperadamente, como um nadador voltando à tona depois de um longo mergulho. Fechou os olhos e teve um calafrio. *Seja lá quem for, provavelmente me viu com Nouri Awwadi. Não importa o quanto eu saiba sobre os documentos ou o assassinato de Ishaq, aquele homem deve achar que sei ainda mais. Ele tentará me matar de novo.*

Um vento forte varreu a casbá e o sol do entardecer se pôs detrás do Jerizim. Um frio profundo emanava dos velhos túmulos. Era tarde demais para voltar ao palácio Touqan para procurar os documentos. Omar Yussef passou por cima do entulho, desceu nas pedras gastas do pavimento e apressou-se a ir embora.

CAPÍTULO 15

Omar Yussef não gostava de comida de restaurante. Suspeitava que os cozinheiros profissionais trapaceavam, colocando gordura a mais ou sal em excesso, em vez de perder tempo seguindo as receitas tradicionais. Prevendo uma comida de segunda no restaurante do hotel, ele esperava mal-humorado junto à janela de seu quarto, tamborilando o dedo num livro que estivera tentando ler, enquanto Maryam se arrumava para o jantar.

Luzes azuis isoladas se espalhavam ao longo da encosta da colina lá embaixo. O povo de Nablus tinha jantado cedo e ido para a cama, deixando as ruas para os milicianos e as patrulhas de Israel. *E para o homem que tentou me matar.*

A tranquilidade da vista da janela do hotel parecia ilusória para Omar Yussef, como a quietude de um cadáver. *Um corpo morto parece imóvel*, ele pensou, *mas a serenidade da morte é apenas uma máscara para a assídua decomposição da carne. Eu teria dito que o cadáver de Ishaq estava sem vida quando o inspecionei no topo da montanha. Na realidade, estava sendo comido por incontáveis micro-organismos horríveis. A paisagem tranquila da cidade não é menos assolada por forças ocultas e destrutivas do que uma carcaça em putrefação.* Ele apertou as mãos com ansiedade. *Talvez se eu apenas falasse com a americana de novo eu poderia ter uma ideia melhor de por que Ishaq morreu. Poderia ser capaz de guiá-la até o dinheiro, sem realmente me envolver.*

Sem correr mais nenhum risco.

— Espero que o hotel não cozinhe demais o *shish tawouk.* — Maryam saiu do banheiro, enfiando um pequeno brinco de ouro no lóbulo da orelha. — Esses restaurantes sempre estragam a galinha, e então você tem de encher a comida de limão para dar alguma graça.

Omar Yussef riu.

— Da próxima vez que viajarmos, vou providenciar um quarto de hotel com uma cozinha para você. Assim poderemos evitar restaurantes completamente.

Maryam pôs um casaco preto de lã.

— Omar, essa gente de restaurante faz as coisas mais terríveis com as receitas. Não amam a comida ou as pessoas que a comem.

Omar Yussef notou que Maryam tinha deixado a camisa de manga curta dele pendurada na cortina do banheiro, úmida no peito, onde ela esfregara a mancha de homus até sair. A comida da lanchonete de Abu Alam estava boa, mesmo que Maryam tivesse ficado ofendida por ele ter comido lá. Talvez ele não devesse ser tão precipitado em condenar refeições de restaurantes.

— Minha querida, os pratos dessa noite podem não estar tão ruins assim.

Sua mulher apontou-lhe o dedo em riste.

— Sim, talvez a comida seja tão boa quanto o homus na casbá.

A boca de Omar Yussef ficou seca, como a galinha cozida demais com que ele imaginara que logo iria se engasgar. *Ela consegue ler meus pensamentos*, ele se perguntou, *ou só a minha consciência culpada?*

— Vou provar as saladas — continuou Maryam —, e, se eu achar que eles não as fizeram direito, nem vou encostar no prato principal.

Ela franziu a testa, ergueu a mão dele e inspecionou um machucado esverdeado em seu pulso.

— Isso é de quando você tropeçou depois que aquela escória o esbofeteou?

Omar Yussef esperou que houvesse um limite para a capacidade da esposa de adivinhar o que ele pensava

— Deve ser daquela hora mesmo — respondeu, soltando a mão. Estava todo dolorido da queda nos degraus, mas não queria alarmar Maryam.

— Ainda não entendi por que eles agrediram Sami.

— Ele é um policial. Eles são criminosos.

— Fiquei orgulhosa de você ter tentado impedi-los.

Omar Yussef pôs seu livro na penteadeira. Tentara reler alguns poemas de um famoso escritor de Nablus, mas o livro o tinha frustrado. O poeta adotava um tom heroico que soava para Omar Yussef tão falso quanto o melodrama de um repórter ao transmitir a notícia. Os poemas elogiavam pessoas que, em vez disso, deviam ter sido chacoalhadas até recobrarem a razão, antes de se sacrificarem inutilmente. *Até nossos artistas não conseguem nos dizer a verdade*, ele pensou. *Não é à toa que nossos políticos achem mentir tão fácil.*

— Vou descer para um cafezinho rápido enquanto você termina de se aprontar, Maryam — disse ele. — Vai me deixar mais relaxado.

— Claro, querido. — Ela piscou, séria. — Só preciso ajeitar meu cabelo e então descerei.

Omar Yussef sorriu para a mulher. Junto às roupas pretas, a pele dela parecia cinza, embora fosse realmente de um marrom-amarelado como a polpa de uma berinjela. Ela piscava frequentemente quando falavam com ela, uma idiossincrasia que desenvolvera durante os anos da Intifada. Omar Yussef se preocupava que fosse o resultado de tensão excessiva, de preocupação reprimida com sua família em meio à violência de Belém. *Talvez ela fique apenas surpresa de ainda estar viva, depois de tudo pelo que a nossa cidade teve de passar*, ele pensou.

Maryam voltou ao pequeno banheiro.

— Eu me preocupo com Zuheir — disse ela em voz baixa, enquanto Omar Yussef abria a porta para sair do quarto.

Ele tirou a mão da maçaneta.

— Porque ele se tornou religioso?

Maryam virou o rosto na direção do marido.

— Porque ele está pele e ossos. Não está comendo direito.

— São só essas ridículas roupas folgadas que ele usa, como se fosse um pastor saudita — explicou Omar Yussef. — Ou talvez porque ele esteja jejuando duas vezes por semana como um bom muçulmano.

— Omar, não critique o menino. Ele é teimoso, igual a você. Se disser que ele está no caminho errado, só o deixará ainda mais determinado.

Ela se aproximou do espelho do banheiro e, com um dedo e o polegar, brincou com a pele flácida nos cantos da boca.

— Maryam, saia desse espelho — pediu Omar Yussef. — Quando você se olha desse jeito, me lembra o quão pior o meu reflexo aparece. Você quer ser cruel com o seu pobre marido?

Maryam ajeitou os botões de metal do blazer de Omar Yussef e escovou as lapelas.

— Não se preocupe — ela o tranquilizou. — Você está muito elegante, como sempre.

Não era verdade que, ao se olhar no espelho, Omar Yussef se examinasse criticamente. Ele via mais do que um traço do belo rapaz que tinha sido. Até imaginava que podia ser menos careca do que de fato era e que seu bigode grisalho lhe dava uma seriedade viril. Mas ele estava inseguro naquela noite. O espelho poderia apanhá-lo com pálpebras abatidas, pesadas, e novas rugas marcadas junto a sua boca como cicatrizes.

Ele beijou a testa da esposa e abriu a porta. Ela pegou a escova de cabelos enquanto ele saía.

No elevador, o espelho o desafiou. Ele vislumbrou um rosto amarelado, manchado com profundas sombras acinzentadas. Desviou os olhos rapidamente para as oscilantes luzes fluorescentes no teto e os manteve lá até as portas do elevador se abrirem no saguão, permitindo-o fugir de seu reflexo.

Jamie King estava parada no meio do saguão com as mãos juntas na frente. Seus olhos percorriam o salão como se estivesse esperando alguém. Os cabelos ruivos estavam soltos e Omar Yussef admirou o quanto eram cheios. Um ímpeto superou a sua melancolia. *Preciso falar com ela antes que Maryam chegue.* Quando ele se aproximou, a americana alisou o casaco e estendeu a mão firme para cumprimentá-lo.

— Espero não estar sendo inconveniente — disse ele.

— Não, na verdade eu...

— Jamie, eu preciso continuar nossa conversa sobre Ishaq, o samaritano — disse Omar Yussef, aproximando-se mais dela.

— Ishaq era muito jovem para ser o encarregado das finanças do Velho, não era?

— Não havia muitas pessoas em quem o presidente confiasse. — King passou a mãos nos cabelos finos junto à orelha. — Todas as primeiras pessoas que me falaram sobre Ishaq usaram a mesma frase: "Ishaq era como um filho para o Velho." Mas eu não excluiria a possibilidade de que o presidente tivesse alguma coisa na manga em relação a Ishaq.

— Algo comprometedor? — *A homossexualidade dele*, Omar Yussef pensou.

— Algo que dava a ele poder sobre Ishaq. De modo que, se Ishaq alguma vez tentasse surrupiar o dinheiro, o presidente poderia arruinar a família dele.

— Ele foi para Paris quando o Velho estava morrendo — afirmou Omar Yussef. — Assim que o presidente morreu, Ishaq poderia ter ficado com todo o dinheiro.

A americana inclinou a cabeça para mais perto de Omar Yussef.

— A menos que mais alguém soubesse de seu segredo e estivesse em condições de chantageá-lo.

— Se fosse esse o caso, por que ele voltaria à Palestina? Para cair direto nos braços de seus chantageadores. — Omar Yussef balançou a cabeça. — O que você acha que aconteceu com o dinheiro?

— Não rastreei nenhuma transação recente que sugerisse que o dinheiro tenha sido movimentado. Suponho que Ishaq ainda mantinha o controle das contas secretas quando foi assassinado.

— Onde é mais provável que o dinheiro esteja?

— O que encontramos até agora estava em contas nas Bahamas, no Belize, no Panamá, lugares assim. Também havia investimentos em companhias no mundo todo. Empresas de telecomunicações na Líbia, de distribuição de alimentos na Arábia Saudita, todos os tipos de indústria. Mas a maior parte estava em contas-correntes de fácil acesso, para os pagamentos urgentes do presidente. Vou continuar tentando localizar tudo; meus investigadores estão em Genebra neste momento, seguindo algumas pistas. Mas estou preocupada. Se alguém matou Ishaq pelas informações sobre as contas, elas poderão estar limpas quando eu alcançá-lo.

— O que quer que venha a descobrir, você poderia compartilhar comigo? — sussurrou Omar Yussef. — Quem sabe ajude consultar alguém que conhece a cultura local.

Jamie King deu um sorriso distante de polidez que Omar Yussef conhecia bem de seus anos de trabalho com estrangeiros das Nações Unidas. *Não é o caso de ficar esperando uma ligação dela*, ele pensou.

A campainha do elevador soou. Quando as portas se abriram, Maryam estava perto do espelho, cutucando as bolsas sob os olhos, e Nadia imitava a avó, rindo baixinho. A garota precipitou-se pelo saguão, com um sorriso radiante para Jamie King.

— Vovô, eu convidei a Srta. Jamie para jantar conosco — exclamou.

Omar Yussef tocou o bigode com os dedos, tentando esconder a sua surpresa.

— Você vai ficar falando sobre o seu livro com ela a noite toda, Nadia?

A menina balançou a cabeça.

— Eu não vou revelar mais nada sobre o livro. Primeiro você vai ter de adivinhar quem é o bandido.

Jamie King apertou a mão de Maryam.

— Nadia me disse que esse jantar vai ser uma experiência muito inferior comparada às refeições preparadas por você, Umm Ramiz.

Maryam beijou Nadia. Omar Yussef observou o prazer que invadiu o rosto cansado da mulher ao abraçar a neta. Ele não conseguia deixar de pensar nela como uma pessoa simples cujos prazeres estavam todos nas coisas domésticas e familiares de que se espera que as mulheres gostem. No entanto, ele tinha certeza de que havia outros elementos complicados na personalidade dela sobre os quais nada sabia. Ele gostaria de ler todos os segredos de Maryam se eles estivessem incluídos nos documentos comprometedores que Awwadi obtivera para o Hamas.

No salão de jantar, Nadia viu seu pai, Ramiz, e seu tio, Zuheir, perto da janela e foi até eles. Maryam parou para conversar com uma mulher na mesa ao lado, onde outros amigos da família de Sami vindos de Belém estavam saboreando espetinhos de carneiro e galinha.

Omar Yussef saudou as pessoas de Belém com algumas piadas sobre a raridade de se encontrar Maryam num restaurante e sentou ao lado da mulher. Ramiz acariciou os longos cabelos lisos de sua filha e cochichou algo para ela. Riram juntos, com o papo saudavelmente rechonchudo de Ramiz balançando. Zuheir tinha um copo de água nas mãos e os olhos fixos nas queimaduras de cigarro na toalha de mesa branca. O garçom veio com uma grande bandeja com pequenas saladas e pastas e as colocou na mesa.

Ishaq achou que estava livre quando o presidente morreu, Omar Yussef pensou. *Retornou da segurança da França para a aldeia no monte Jerizim para ficar com a mulher e o pai adotivo. Ele acreditava que o presidente levara o segredo para o túmulo. Mas alguém o conhecia e o usou contra Ishaq. Poderia ter sido Nouri Awwadi?* O homem do Hamas contara a Omar Yussef que Ishaq era gay. Ele também conseguira obter de Ishaq os dossiês dos membros do Fatah. Talvez ele o tivesse assassinado, afinal. Será que teria extorquido as contas secretas também, chantageando-o? *Awwadi talvez tenha me contado sobre os documentos escandalosos porque queria que eu acreditasse que era tudo o que recebera de Ishaq.* Omar Yussef brincou com um pequeno rasgo na toalha de mesa. *Mas quando eu disse a Awwadi que Ishaq tinha os milhões do presidente, ele ficou totalmente surpreso. A menos que ele seja um ator muito convincente, ele não está com o dinheiro. Ainda não.*

Sami e Meisoun atravessaram o salão de jantar. Ela estava com as mãos cruzadas numa posição de recato. Era permitido a eles estarem juntos em público antes do casamento, mas tinham que se comportar com reserva. Sami parou na mesa ao lado da de Omar Yussef para cumprimentar os amigos de sua família, sorrindo acanhado quando eles fizeram piadas sobre o gesso em seu braço. Ele cruzou o olhar com Omar Yussef e seu sorriso vacilou. O professor desviou os olhos. Meisoun beijou Maryam. Ao abraçar Nadia, ela rapidamente avaliou Jamie King e disse para Omar Yussef:

— Então, *ustaz*, parece que estou prestes a ser relegada à posição de sua terceira esposa.

O rosto de Omar Yussef ruborizou-se.

Sami curvou-se para beijar Ramiz e Zuheir, murmurando cumprimentos em voz baixa. Ele se sentou junto a eles, inclinado para a frente com os olhos na toalha de mesa e o braço quebrado escondido debaixo dela.

O coitado do garoto está envergonhado de não estar trabalhando no caso de Ishaq, pensou Omar Yussef.

Maryam deixou cair um pedaço crocante de pão sírio frito em seu prato, estalou a língua e cruzou os braços.

— O iogurte na *huwarna* está ralo demais — disse ela em inglês.

King se inclinou para as pequenas travessas espalhadas pela mesa.

— Qual dos pratos é esse?

Maryam apontou para uma tigela rasa de iogurte puro, pontilhada com minúsculos grãos escuros.

— Tudo o que é preciso fazer é lavar as sementes de mostarda e colocá-las no iogurte. Que dificuldade há nisso? Eles nem mesmo acrescentaram um pouquinho de hortelã. — Ela queria se mostrar indignada, mas não podia deixar de sorrir ao explicar a comida local para a estrangeira. — Eu sempre ponho hortelã fresca em minha *huwarna* na hora de servir, dá um sabor extra.

Omar Yussef catou com um pedaço de pão um pouco do iogurte e o comeu.

— Ignore-a, Jamie — disse ele. — Está realmente muito bom.

Maryam fuzilou-o com o olhar.

— Não tão bom quanto o seu, claro, querida — disse, em inglês. Então mudou para o árabe: — Nadia, diga para a sua avó que ela vai morrer de fome em Nablus se ficar se recusando a comer as porcarias desse restaurante.

Maryam ergueu uma pequena travessa de hortaliças e serviu com uma colher um pouco no prato de King.

— Jamie, prove isso. É *jarjeer*, uma parte muito tradicional das refeições palestinas. É uma folha que eu acho que vocês chamam de "rúcula". Para fazer a salada, adiciona-se suco de limão e essa especiaria roxa moída, que chamamos de sumagre. Não sei como é na sua língua.

King comeu com prazer.

— Tem um sabor bem pronunciado.

— O limão ressalta o sabor fresco das folhas — explicou Maryam.

— Jamie, dizem que essa salada deixa um homem vigoroso na cama — brincou Omar Yussef. — Por isso que Maryam não me serviu nem um pouco.

Maryam largou a travessa de *jarjeer* na mesa, na frente de Omar Yussef.

— Pode comer tudo; como se eu me importasse com isso — disse.

Nadia não conseguiu conter uma risada e expeliu um pouco de refrigerante pelo nariz, o que a fez cair sobre a mesa num ataque de riso. Omar Yussef olhou-a e riu. Ele acariciou o dorso da mão de Maryam e sorriu até ela rir também.

Zuheir serviu algumas colheradas de *baqdounsiyya* em seu prato. A deliberada intensidade com que ele evitava olhar para King parecia atrair a americana para ele.

— E que tipo de salada é essa? — ela perguntou a ele.

Zuheir mal ergueu os olhos quando King apontou para o prato dele.

— Salsa picada e pasta de gergelim — murmurou.

Maryam se inclinou na direção do filho.

— E o que mais?

Zuheir deu um sorriso relutante.

— Sal, azeite de oliva e suco de limão, mãe.

Maryam fez uma reverência, orgulhosa.

— Zuheir, quando conversamos mais cedo, tomando café, só falamos sobre política — disse King. — Esqueci de perguntar se você também mora em Belém.

Zuheir mordeu o lábio inferior e olhou de relance para o pai.

— Morei na Inglaterra por alguns anos, estudando e lecionando — disse ele. — Mas estou voltando ao Oriente Médio agora. Vou dar aulas em Beirute.

— Adoro Beirute. É uma cidade maravilhosa — disse King.

— Os ocidentais sempre amam Beirute. Esse é o problema dela. — Zuheir empurrou seu prato para a frente. — Na realidade, está repleta de todos os diferentes tipos de extremistas. Tenho a esperança de que, lecionando lá, eu possa fazer algo para diminuir o fanatismo deles.

— Por que não fazer a mesma coisa aqui?

— Meu pai é quem terá de lidar com os extremistas palestinos.

Sami lançou um olhar incisivo para Zuheir.

— O que você está querendo dizer, Zuheir? — perguntou Omar Yussef, com a boca cheia de *baqdounsiyya*.

Zuheir ergueu as sobrancelhas.

— Os palestinos se isolaram mais uma vez, e você é o único que quer deitar na sujeira para que eles possam subir em segurança nas suas costas.

— Se formos depender das costas fortes de nosso caro pai para salvar os palestinos, então que Alá nos proteja a todos — disse Ramiz. — Ele não é daqueles que frequenta academia. — Ramiz riu e estendeu a mão para pegar o homus.

Zuheir e Omar Yussef se entreolharam silenciosamente, enquanto o garçom retirava as saladas e trazia as carnes grelhadas do prato principal.

— Vocês têm alguma vaga para uma moça formada em administração no Banco Mundial? — Maryam tocou o braço de Jamie King e apontou para Meisoun.

Ramiz balançou a cabeça.

— Mamãe, não deixe o Banco Mundial roubar minha nova sócia.

— Eu vou abrir uma filial da empresa de telefones celulares de Ramiz em Nablus, depois do meu casamento — Meisoun contou a King.

— Que ótimo. Onde você estudou?

— No Cairo. Eu pretendia fazer pós-graduação, mas a fronteira entre o Egito e a casa da minha família, em Gaza, foi fechada por causa da Intifada. Tive de encontrar emprego num hotel na Cidade de Gaza.

— É uma pena.

Meisoun sorriu.

— Nem tanto. Foi assim que conheci meu futuro marido. Se não fosse por isso, eu poderia ter casado com um faraozinho metido do Cairo.

— Mas pelo menos o Cairo não é uma zona de guerra. — Ramiz deu um tapinha no ombro de Sami.

— Se uma mulher não escolhe o marido certo, ela cria a própria zona de guerra. — Meisoun ergueu um dedo para repreender Ramiz. — Sami e eu teremos paz, independentemente dos problemas que assolem Nablus.

— E quando é o grande dia? — perguntou King.

— Sexta-feira. Mas não é um grande dia como os casamentos americanos que já vi na televisão — disse Meisoun. — É uma grande festa.

— Mas sem cerimônia religiosa?

— Com alguma religiosidade, mas já fizemos nossos votos um para o outro.

— O principal era conseguir que o pai dela concordasse — disse Sami.

— Evidentemente o pai dela disse sim. — King ergueu seu copo de suco como se fosse um brinde.

— Bom, na verdade ele não *disse* sim. Ele serviu café adoçado a Sami.

Nadia pegou a mão de Meisoun para explicar o que ela queria dizer.

— Quando um homem vai pedir permissão para casar com uma mulher, o anfitrião serve café no fim da visita. Se o café estiver adoçado com açúcar, quer dizer que a família concordou. Se estiver amargo, a resposta é não.

— Imagino que seja um sinal eficaz.

— Todo mundo prefere café adoçado. Exceto o vovô. Ele sempre toma café amargo. — Nadia fez uma careta para Omar Yussef.

King pediu licença para se retirar depois do café no fim da refeição. Enquanto a americana saía do salão de jantar, Omar Yussef viu Khamis Zeydan atravessando o saguão. O chefe de polícia cambaleou e apoiou o ombro na porta do restaurante. Ele inspirou fundo e ruidosamente pelo nariz, tossiu catarro e cuspiu-o no chão. O garçom olhou para ele nervosamente.

Omar Yussef tocou o braço de Maryam.

— Vejo-a lá em cima, depois que você acabar a sobremesa — disse. Ergueu as sobrancelhas para Khamis Zeydan. Maryam seguiu seu gesto e os lábios dela se abriram com pena.

Sami levantou-se e deu a volta na mesa. Omar Yussef se pôs de pé.

— Fique aí com a sua noiva mais um pouco — murmurou ele. — Espero que você me permita cuidar dessa questão.

— Só dessa — disse Sami rigidamente.

Meisoun fez um sinal para o seu noivo sentar. A pele do rosto do jovem ficou tensa até parecer rígida e desumana.

CAPÍTULO 16

O garçom se dirigia relutantemente para o bêbado à porta, mas Omar Yussef balançou a cabeça e fez um gesto para que voltasse para perto da cozinha.

— Vamos para o seu quarto — disse, pegando Khamis Zeydan pelo braço.

— Faz anos que alguém não me faz uma proposta dessas, querido — disse Khamis Zeydan. A voz saiu pastosa e ele riu amargamente com um hálito de cinzeiro sujo encharcado de uísque escocês. Omar Yussef prendeu a respiração.

No elevador, Khamis Zeydan precisou das mãos para conseguir levar o isqueiro à ponta do cigarro e, no corredor até o quarto dele, apoiou-se tanto em Omar Yussef que os joelhos do professor quase cederam.

— Amin Kanaan é um canalha de merda — esbravejou Khamis Zeydan. E deixou cair as chaves na frente da sua porta.

Omar Yussef segurou o instável amigo contra o batente com uma das mãos e se curvou para pegar as chaves. Abriu a porta e guiou Khamis Zeydan para dentro.

O quarto cheirava a cigarros e urina. Khamis Zeydan tirou meio litro de uísque escocês de uma mala verde-oliva que estava sob a cama. Apoiou-se contra a cabeceira e bebeu. Omar Yussef deu descarga no vaso sanitário fedorento e olhou com repulsa para as guimbas de cigarro flutuando numa caneca junto à pia.

— Kanaan roubou a sua namorada há 25 anos — disse, sentando na desconfortável cadeira da escrivaninha ao pé da cama. Recostou-se nela. *Isso estala quase tanto quanto meus ossos*, ele pensou. — Já não está na hora de deixar isso tudo para trás?

— Deixei tudo para trás. Tudo o que era bom. — Khamis Zeydan limpou o bigode com as costas da mão e encarou com ódio a luva cobrindo sua prótese. — São todos uns canalhas de merda.

— Quem?

— Todos eles, o bando todo de canalhas de merda.

Quando se está sóbrio, não há ninguém mais chato do que um bêbado, Omar Yussef disse para si mesmo. Nunca vira Khamis Zeydan tão bêbado assim e queria sair o quanto antes daquele quarto.

— Minha mulher é uma canalha — disparou Khamis Zeydan. — Meus filhos, minhas filhas, todo mundo. Canalhas de merda. — Ele balançou a cabeça e bebeu. Observou a garrafa por um momento e seus olhos se encheram de lágrimas. — Não o Sami. Sami é como um filho para mim.

Omar Yussef se levantou.

— Para mim chega dessa idiotice. Recomponha-se. — Ele ouviu as próprias palavras, enraivecidas e ásperas, e se deteve.

Parecia que outro homem tinha entrado no quarto para ralhar com o bêbado na cama. No entanto, ninguém mais estava ali, apenas a garrafa e o ódio que ele sentia por desejá-la tanto, e então Omar Yussef reconheceu a voz como a sua.

Khamis Zeydan gesticulou com o uísque escocês para o professor.

— Ele é como um filho para mim. O filho que eu devia ter tido em vez daqueles merdinhas covardes na Jordânia. Uns filhinhos de mamãe de merda. Como eles ousam... Eles me chamaram de... Eu não sou um... — Em meio à raiva, ele perdeu o fio da meada, tomou outro trago de uísque e retomou a todo volume. — Como eles ousam?

— Meu irmão, não culpe seus filhos por terem ressentimentos. Você sempre esteve longe de casa enquanto eles cresciam.

— Lutando por nosso povo.

— E eles estão lutando pela mãe deles, que foi a única pessoa que parecia se importar com eles.

— Para você é fácil falar. Você é um homem bom e todo mundo lhe diz isso.

Omar Yussef suspirou. Sentiu lágrimas querendo vir e piscou com força.

— Você também é um bom homem, Abu Adel.

— As pessoas sempre parecem gostar de mim mais do que eu mesmo — disse Khamis Zeydan.

— Será que é porque elas não têm tanta informação sobre você?

Khamis Zeydan fez uma pausa com a garrafa a meio caminho dos lábios, examinando o professor.

Omar Yussef pensou no dossiê sobre as sujeiras do amigo que Awwadi escondera em algum lugar. Encarou os olhos pálidos do chefe de polícia. *Ele sabe o que estaria em seu dossiê*, pensou. *Não consegue imaginar que alguém possa amar um homem*

*que fez coisas tão terríveis, não importando por qual causa estivesse
lutando.*

Khamis Zeydan bebeu o uísque lentamente, como se de repente tivesse perdido o gosto por ele.

— Eu fui traído durante minha vida toda — disse. — Talvez
eu exagere nas reações às queixas de minha família sobre mim.
Sempre que sou criticado, acho que é o prelúdio de alguma traição maior. Foi assim no exílio com o Velho. Gente como Kanaan
conspirava às minhas costas, manchava meu nome, inventava
boatos para me desacreditar. Eu tinha de ficar no quartel-general
o tempo todo para deter as tramas antes que fossem longe demais. É por isso que eu nunca podia estar com a minha família,
nem viver o amor que todo mundo recebe de seus filhos.

— Mas isso acabou agora. Você não está mais no exílio. —
Omar Yussef sentou-se mais uma vez na desconfortável cadeira.

— Não acabou. Vi isso claramente no rosto de Kanaan quando encontrei com ele ontem no quartel-general da polícia. —
Khamis Zeydan pôs a garrafa no criado-mudo. — Nunca ficarei
livre disso. E agora está acontecendo com Sami também. As pessoas suspeitam que ele deve ter feito alguma coisa para os israelenses. Acham que se não fosse por isso ele não teria recebido
autorização para voltar de Gaza para a Cisjordânia.

Omar Yussef se lembrou das perguntas do sacerdote samaritano e do irritado constrangimento na resposta do jovem. Se
a história de Sami conseguiu chegar até a aldeia samaritana no
topo do monte Jerizim, quantas suspeitas devem cercá-lo lá embaixo na casbá?

— Não vai ser a mesma coisa para Sami — disse. — Ele está
apaixonado por Meisoun. Os dois terão um bom casamento. Ele
vai ser feliz.

Khamis Zeydan balançou a cabeça.

— Ele precisa que eu seja como um pai para ele.

— Ele tem um pai. Em Belém. Hassan é meu vizinho e posso lhe assegurar de que é um homem bom.

— Então Sami precisa que eu seja seu padrinho. Para que não acabe como eu.

— Você está bêbado, meu irmão.

— A mão dele. — Khamis Zeydan fitou sua prótese. — Até a mão de Sami é como a minha. Quebrada, inútil.

— Ele está apenas com o braço quebrado. Vai ficar bom. E, acredite em mim, você é um homem admirável. Sami teria orgulho de ser como você.

Khamis Zeydan enxugou uma lágrima com a ponta do dedo. Ele tentou ocultar o gesto passando as costas da mão no nariz, mas Omar Yussef o viu.

— Sami não devia correr riscos — disse o chefe de polícia.

— Você sabe o que eu quero dizer, não? O samaritano morto. Esqueça ele.

A voz de Khamis Zeydan ficara subitamente firme e intensa. Omar Yussef se perguntou se o amigo tinha fingido sua autopiedade de bêbado para amolecê-lo para esse momento. Ele se endireitou na cadeira que estalava.

— Se você tivesse visto o cadáver do samaritano, surrado e ensanguentado, você conseguiria esquecer? — perguntou.

— Sami tem chance de ter uma vida segura aqui em Nablus com sua nova esposa; com o tipo de família que eu nunca tive. Não tente fazer com que ele investigue esse caso. Vai forçá-lo a enfrentar gente poderosa. Vão acabar com ele. Na melhor das hipóteses, vão destruir a carreira dele e transferi-lo para morrer de calor numa delegacia vagabunda de aldeia de uma sala só, perseguindo ladrões de cabras para beduínos ignorantes lá no sul. Mas eles podem até mesmo matá-lo ou a Meisoun.

— Sami não está envolvido. Não se preocupe com ele.

— Devo então me preocupar com você?

— Eu também não estou envolvido. — Omar Yussef se levantou e esticou as costas. — Amanhã de manhã vou aos banhos turcos na casbá. Isso parece a atitude de alguém obcecado em rastrear um assassino? Por que você não vem?

— Suar a ressaca?

Omar Yussef apertou o ombro de Khamis Zeydan.

— Mais do que apenas a ressaca. Você poderia se purgar de toda a suspeita e solidão.

— Acabarei inundando toda a casbá, se começar a suar isso tudo.

— Por que não? Eu preciso me purificar também. Só espero que nossos poros sejam grandes o bastante para isso.

Os dois homens sorriram quando Omar Yussef saiu do quarto. Ele seguiu pelo corredor até seu quarto e encontrou Maryam com uma camisola azul-clara, espalhando creme frio sobre as bochechas e a testa.

— Tudo bem com ele? — perguntou.

Omar Yussef pendurou seu blazer atrás da porta e foi até a janela.

— Ele nunca vai ficar inteiramente bem.

Sua mulher passou uma camada final de creme em volta dos lábios e ergueu as sobrancelhas com ar interrogativo.

— O que foi?

— Por que você ficou comigo, Maryam?

— Omar?

— Não faz tantos anos que eu era igual ao nosso querido amigo Abu Adel.

— Você nunca foi exatamente igual.

— Eu era um bêbado. Ficava bravo por qualquer motivo. Não conseguia acreditar que alguém realmente gostasse de mim e suspeitava que todo mundo zombava de mim pelas costas.

— Mas eu nunca deixei você ficar sozinho como ele está. — Maryam juntou as mãos atrás do pescoço de Omar Yussef.

Ele sentiu o cheiro de água de rosas na loção dela e beijou-a. Quando ele recuou, havia creme gelado em seu bigode. Ela espalhou-o nos pelos brancos e girou as pontas para cima.

— Eu nunca o deixaria, Omar. — Ela riu. — Nem mesmo se você passasse óleo em seu bigode como um velho e pomposo paxá turco.

CAPÍTULO 17

Na viela em frente aos banhos, Khamis Zeydan soprou ruidosamente entre os lábios franzidos, esfregou a testa pálida e acin-
zentada e engoliu em seco.

— Não sei se estou em condições de fazer isso — disse com
voz rouca. — Se eu entrar na sala de vapor, é capaz que eu desmaie.

— E quanto a tudo o que você tinha que suar? — Omar
Yussef seguiu seu amigo subindo os degraus.

— Se eu suar todas essas coisas, vou deixar vestígios da minha história suja nos azulejos para as pessoas lerem.

Alguém já desenterrou esses segredos, meu amigo, Omar Yussef
pensou. Ele se perguntou se devia dizer a Khamis Zeydan
que estavam para encontrar com Awwadi na casa de banhos.
Apresentando-os, sua esperança era persuadir Awwadi de que

Khamis Zeydan era um homem bom e evitar que ele usasse o dossiê sobre o chefe de polícia. Mas, com seu amigo irritado e de ressaca, não tinha certeza se Awwadi iria simpatizar com ele.

— Deixe para lá — disse Khamis Zeydan. — O quanto antes eu despejar água quente na minha cabeça, mais rápido saberemos se essa é a ressaca que irá finalmente me matar. — Ele avançou penosamente para a entrada.

O salão principal do Hammam al-Sumara tinha como centro uma velha fonte de calcário esculpido. A água brotava suavemente de uma coluna de pedra no meio da fonte e caía numa piscina com azulejos turquesa. A janela no topo do teto alto em abóbada era seccionada em triângulos azuis, verdes e laranja. Longas trepadeiras cresciam em torno do vidro e um mofo cor de esmeralda manchava o gesso branco. O salão era iluminado, mas a umidade lhe conferia o cheiro de um velho porão.

Nouri Awwadi estava deitado num divã junto à entrada. Quando percebeu Khamis Zeydan, ergueu as sobrancelhas e fez um gesto com o queixo para a frente na direção de Omar Yussef, como que cumprimentando um anfitrião por um prato finamente preparado. Ele mexia com o polegar no teclado de seu celular e apontou o aparelho para o homem corpulento ao lado dele, que dirigiu o próprio telefone para Awwadi. Eles riram quando os aparelhos reproduziram o refrão de uma enjoativa canção de amor libanesa. Omar Yussef reconheceu a música do canal de videoclipes ao qual Nadia às vezes assistia e dançava pela sala de estar.

Awwadi deu um tapa no pesado ombro do companheiro. Ele se voltou para Omar Yussef.

— Estamos trocando ringtones.

Omar Yussef franziu o cenho. Ele ficou incomodado com a risada ruidosa e a intrusão da musiquinha idiota naquele lugar tradicional.

— Quando construíram esses banhos há quinhentos anos, telefones celulares eram um infortúnio que eles ainda não tinham de aguentar — disse.

O amigo de Awwadi sorriu. Seus grossos cabelos pretos estavam penteados para trás da testa estreita e sua barba brilhava de óleo.

— Esse sempre foi um lugar para se encontrar, *ustaz*. Se voltar mais tarde, esse salão estará cheio de homens fumando narguilé e jogando gamão.

— Se é assim, fico contente de ter vindo cedo.

— Você acha que no paraíso não há gente? — O homem de cabelos escuros ergueu os braços abertos. Sob a camisa de xadrez preto e branco, seu peito se expandiu e ele levantou o pescoço. — Gente é parte do paraíso.

— Se todo mundo fosse para o paraíso, você estaria certo. — Omar Yussef balançou um dedo para ele e sorriu. — Mas eu espero que Alá, o Rei do Dia do Julgamento, deixe de fora qualquer um que tente levar seu celular.

— Se for a vontade de Alá. — O homem corpulento riu, estendendo o braço para lhe dar um aperto de mão vigoroso. — Peço desculpas por qualquer bagunça que vocês possam encontrar por aqui nos banhos. Uma unidade das forças especiais israelenses veio na noite passada.

— Por quê?

— Procurar alguma coisa.

— O quê?

— Eu não me qualifiquei para entrar nas forças especiais israelenses, de modo que não tenho acesso a essa informação. Meu nome é Abdel Rahim Dadoush. Sou o gerente da casa de banhos.

— E o melhor massagista de Nablus também. — Nouri Awwadi levantou-se, cumprimentou Omar Yussef com três beijos e apertou a mão de Khamis Zeydan.

— Ótimo, preciso de uma massagem — disse Khamis Zeydan. — Meu corpo está tão duro quanto o pau de um burro no meio de uma mijada.

Awwadi bateu palmas e riu.

— Só a dor de uma massagem bruta pode libertá-lo dessa rigidez — falou Abdel Rahim. — Vou matá-lo com a minha massagem e fazer você se sentir vivo de novo. Mas antes, os banhos.

No estreito vestiário, Omar Yussef pôs uma leve toalha branca em torno de sua cintura flácida. Khamis Zeydan pegou uma toalha extra e pendurou-a casualmente sobre seu braço para disfarçar a mão protética.

Awwadi sorriu ao entrarem numa ampla sala cheia de vapor.

— Uma vez que um homem esteve nos banhos com outro homem, eles não têm mais necessidade de segredos — afirmou.

Khamis Zeydan olhou para a toalha sobre a mão perdida, mas Omar Yussef sabia que Awwadi não estava se referindo à prótese. *Ele está me dizendo que o dossiê sobre Khamis Zeydan não vai ser usado contra ele*, concluiu Omar Yussef.

Os três homens se deitaram no chão da sala. Luz colorida irradiava do teto em abóbada, passando por pequenas aberturas circulares com vitrais. Omar Yussef sentiu o aroma de amora do vapor abrindo seus pulmões.

— Quando você experimenta o calor desse ar, é como uma droga — disse Awwadi. — Você fica com a sensação de que nada pode lhe atingir.

— O vapor não pode protegê-lo de uma bala — murmurou Khamis Zeydan.

— O que pode fazer um homem à prova de balas?

— Dinheiro.

— Talvez em breve um venha a ter o bastante para desviar todas as balas dos arsenais de todas as facções palestinas, e dos israelenses também. — Awwadi piscou para Omar Yussef.

Ele está perto de achar os documentos das contas secretas, pensou Omar Yussef. *Ou talvez já os tenha. Como irei convencê-lo a não usar o dinheiro para as operações do Hamas? Ele precisa entregá-lo para Jamie King.*

Awwadi levantou-se e bateu com as palmas das mãos nos músculos peitorais sem pelos.

— Com licença por uns instantes, por favor. Gosto de fazer a minha massagem quando estou suando assim — disse.

— Nouri, há algo que você precisa saber — disse Omar Yussef. — Na sexta-feira, o Banco Mundial...

— Daqui a pouco, Abu Ramiz. Reencontrarei vocês para a água quente.

O vapor fechou-se atrás dele.

Omar Yussef e Khamis Zeydan foram para a câmara seguinte. As paredes eram divididas em cubículos do tamanho da altura de um homem. Em cada cubículo havia um bloco de concreto no chão de cada lado de uma bacia de pedra rasa. Khamis Zeydan sentou no bloco e abriu a água quente.

Omar Yussef observou o mofo preto ao redor da bacia que se infiltrava entre os azulejos cor de creme. Na parede mais acima, o revestimento estava estriado com um mofo verde-limão tão brilhante que inicialmente parecera pintado.

— Por que eles não limpam isso? É desagradável.

— Não seja tão fresco — disse Khamis Zeydan. — Sente-se e despeje água. — Ele pegou um copo grande de plástico vermelho, pegou água na bacia e o virou sobre a cabeça. Estremeceu e soltou um grito.

Omar Yussef sentou-se no outro bloco. Khamis Zeydan entregou-lhe um copo grande e ele o usou. Os fios compridos de cabelo branco que ele penteava sobre a careca escorreram sobre a testa e os óculos embaçaram. O calor lhe invadiu e Omar Yussef despejou mais e mais água quente, até se perguntar se iria conseguir parar.

Khamis Zeydan jogou água na bacia com seu copo para a frente e para trás para encobrir suas palavras.

— O que aquele canalha do Hamas quis dizer sobre segredos? — sussurrou.

— Você não pode relaxar nem um pouco? — Omar Yussef fechou os olhos e despejou mais água sobre a cabeça e os ombros caídos.

— Ele olhou para você como se soubesse exatamente o que ele queria dizer.

A torneira suja espirrou água na bacia. Omar Yussef verificou em volta, mas eles estavam sozinhos naquela parte dos banhos.

— Awwadi conseguiu alguns documentos para o Hamas — sussurrou. — Arquivos compilados pelo Velho. Com informações escandalosas.

— Sujeira?

— Sujeira. Não sei quem está incluído nos documentos, mas ficou claro, pelo que Awwadi me contou, que diz respeito a um monte de gente importante do Fatah.

Khamis Zeydan abriu a boca. Omar Yussef colocou a palma da mão em frente à face de seu amigo.

— Há um dossiê sobre você — informou. — Mas não se preocupe. Tenho certeza de que foi o que Awwadi quis dizer agora há pouco. Ele não vai usar aquele dossiê contra você depois de termos compartilhado um banho.

— Você ficou maluco, porra? — Khamis Zeydan espalhou água na bacia ruidosamente. — Ele está me avisando que tem algo contra mim. E que poderá usar a qualquer momento.

— Você está sendo muito desconfiado.

— Coloque-se no meu lugar. Você ficaria extremamente desconfiado.

Omar Yussef bateu seu copo na borda de pedra da bacia e sentiu a vontade de ser desagradável insinuando-se em seus lábios.

— Estou cansado do seu constante pessimismo — exclamou. — De qualquer forma, não estou em seu lugar. Eu não tenho uma vida suja. Não tenho que temer ser chantageado por causa de todos os segredos terríveis escondidos em meu passado.

— Você não tem segredos que o envergonham? — Khamis Zeydan olhou-o com desprezo. — Você foi despedido da Escola Frères, não foi? Sempre me disse que não teve motivo algum. Mas talvez haja algo aí. Não se esqueça de Damasco, tampouco, quando éramos estudantes e você era um ativista político na universidade. Você se envolveu em todo o tipo de coisas duvidosas na época, não negue. E quanto àquele seu filho em Nova York? Os israelenses o prenderam há uns dois anos. O que ele aprontou?

— Ala nunca foi acusado de nada.

— Você parece o advogado dele, não o pai — provocou Khamis Zeydan. — Vasculhe o passado de qualquer um e você descobrirá que somos todos mentirosos sujos que manipulam a verdade.

— Mentiras são uma coisa. Percorrer toda a Europa e o Oriente Médio cometendo assassinatos é bem diferente.

Khamis Zeydan conteve uma risada, como se Omar Yussef tivesse pensado que iria nocauteá-lo com apenas um golpe de toalha molhada.

— Não é nenhum segredo que eu fiz essas coisas, o que significa que não é nenhum escândalo. Mas, pelo que sei, você poderia ser um assassino.

— Como você ousa — exclamou Omar Yussef. Ele pensou no tempo que passou na cadeia em Belém, antes de ir para a universidade, por uma falsa acusação de assassinato. — E, se você ouvisse falar que eu era um assassino, você acreditaria?

— Eu nunca acredito em nada do que ouço falar — disse Khamis Zeydan. — Mas você não vê problemas em esperar o pior de mim.

Eles despejaram água quente nos ombros, mas o relaxamento se fora.

— Todos nós tentamos manter nosso passado em silêncio — prosseguiu Khamis Zeydan. — Todo silêncio é culpado. Eu fiz tanto serviço sujo que devia ficar preso para sempre. Mas, em vez disso, eu sou um agente da lei. Bem-vindo à Palestina.

Omar Yussef pôs a mão no joelho pálido e ossudo de Khamis Zeydan.

— Podemos tentar conseguir o dossiê sobre você com Awwadi.

— Esses documentos não são para uso pessoal dele, por Alá. Mesmo que Awwadi e eu tenhamos nos entendido em nossas toalhas, o xeque Bader não passou um tempo nu comigo. Não imagino que Awwadi tenha a permissão dele para renunciar a esse documento, ainda que estivesse disposto a fazê-lo. O xeque irá usá-lo contra mim se eu alguma vez tentar prender alguém do Hamas. Na Palestina, você nunca pode permitir que outro homem tenha poder sobre você.

— Chame um homem de seu senhor, e ele o venderá no mercado de escravos — recitou Omar Yussef.

Khamis Zeydan estalou os dedos.

— Foi daí que o xeque tirou a ideia de que o Velho morreu daquela doença, não foi? Dos documentos.

— Pode ser.

— Mas como? Eram os arquivos do Velho. Não seria possível conter detalhes de sua própria morte neles.

Omar Yussef respirou fundo. Estava quase contando a Khamis Zeydan como Ishaq estivera com o presidente no fim e também dera os documentos para o Hamas, mas um grito veio do interior da casa de banhos.

A toalha de Khamis Zeydan fez respingar água nos azulejos às suas costas quando ele desapareceu dentro da sala dos chuveiros. O grito poderia ter vindo de alguém sofrendo por seus músculos rígidos terem sido massageados com demasiada força, mas Khamis Zeydan devia ter reconhecido algo mais escabroso na voz. *Ele já ouviu homens sentindo dor e ouviu homens em desespero*, pensou Omar Yussef. *Não ficou esperando ouvir um segundo grito.*

Ouviu-se outra voz vinda da mesma direção. Dessa vez não foi um urro dolorido. Foi um grito de horror.

Omar Yussef levantou-se do chão molhado. Seu calcanhar escorregou numa poça, e ele agarrou a cortina do chuveiro para impedir a queda. Os anéis de plástico no trilho da cortina se romperam um após o outro e o deixaram cair desajeitadamente nos azulejos frios e úmidos. Ele xingou e esfregou o cóccix onde atingira o chão. A queda acelerara sua pulsação ainda mais do que o grito.

Ele encontrou Khamis Zeydan ajoelhado na frente de um banco de massagem. O gerente da casa de banhos estava encostado na parede com a expressão de alguém que acabara de levar um soco forte. No banco, alguém estava deitado de bruços, os pés pendendo da borda.

Omar Yussef cruzou cuidadosamente o chão cheio de poças. A sala de massagem parecia fria depois do banho de vapor e da água quente.

O banco era feito de grossas e desajeitadas tábuas de oliveira, escurecidas pelo suor de muitos homens, apesar da toalha cinza, manchada, em que estava envolto. Ao se aproximar, Omar Yussef viu que o corpo no banco era musculoso e sem pelos. Quando sentiu o cheiro de sândalo, ele soltou uma interjeição de espanto. Ajoelhou-se ao lado de Khamis Zeydan, enquanto o amigo erguia a mão de Nouri Awwadi, que pendia para o chão, e a deitava ao longo do pesado torso.

— O pescoço dele está quebrado — disse o chefe de polícia.

A cabeça de Awwadi formava um ângulo agudo em relação a seus ombros musculosos. Os olhos do jovem estavam abertos. Omar Yussef se lembrou da surpreendente familiaridade que sentira diante dos olhos azuis mortos de Ishaq. Encarando o olhar vazio de Awwadi, ele achou que pareciam não ter estado mais vivos do que o olho preto e brilhante de um peixe em uma travessa.

Omar Yussef ergueu a mão para tocar o homem morto, mas a desviou. Tinha certeza de que Awwadi, que ou possuía as informações bancárias secretas ou estava confiante de que logo iria obtê-las, tinha sido assassinado por causa delas. *Se eu não tivesse falado com ele sobre o dinheiro, ele estaria vivo. O homem que me perseguiu na casbá não estava tentando me assustar. Ele realmente irá matar para ser o primeiro a encontrar aqueles milhões.* Sentiu um calafrio e deixou escapar um discreto gemido de pavor.

— Feche os olhos dele — pediu.

O corpo era musculoso e estava untado de óleo, mas agora começaria o processo de decomposição que Omar Yussef considerara enquanto esperava pelo jantar na noite anterior. Ele se perguntou quantos corpos mais teria de contemplar caso continuasse a procurar o assassino de Ishaq e as informações sobre as contas. Olhou para Abdel Rahim.

— Que Alá tenha misericórdia dele.

— Que você tenha vida longa — murmurou o gerente da casa de banhos. — Eu estava me preparando para fazer massagem nele quando ouvi o grito. Corri de volta, mas encontrei apenas o corpo de Nouri.

— Você estava no salão de entrada? — Omar Yussef levantou-se com dificuldade e gemendo.

— Não, eu estava passando pano na sala de vapor depois que vocês a usaram. Voltei para o vestiário e de lá vim para cá.

— Foi você quem ouvi gritar de terror?

Abdel Rahim mordeu o lábio inferior e fechou os olhos.

— Alguém poderia ter passado por você, depois de ter matado Nouri?

O massagista balançou a cabeça em negativa. Ele fez uma careta para o corpo de Nouri Awwadi e se virou.

— Existe outra saída aqui? — perguntou Omar Yussef.

O gerente ficou com os olhos fixos na água pingando do chuveiro no cubículo mais próximo.

Omar Yussef aproximou-se dele

— Abdel Rahim?

— Os israelenses estiveram aqui na noite passada para encontrar nossos túneis — contou Abdel Rahim. — Foi por isso que vieram.

Omar Yussef inclinou a cabeça.

— Túneis?

— Há túneis por toda a casbá. Túneis e passagens entre casas. Ninguém sabe deles a não ser quem vive aqui.

Abdel Rahim levou-os para os fundos da sala de massagem e abriu uma porta para uma escuridão absoluta.

— Descendo esses degraus, temos nossos aquecedores, o gerador, o mecanismo do vapor. Há também uma entrada para uma longa passagem, que leva aos fundos de uma fábrica de *halvah*. O assassino poderia ter fugido por ela.

— Os israelenses a encontraram?

— Acho que não. Verifiquei esta manhã e a entrada não fora mexida.

Omar Yussef acendeu um interruptor e olhou para uma escada em espiral, os degraus de pedra gasta brilhando com a luz amarela. Encostou o pé no primeiro degrau para descer, mas a corrente de ar frio lembrou-o de que estava molhado e trajando apenas uma toalha.

— Abu Adel — disse. — Vista-se. Precisamos seguir esta passagem. Você vai ter que ficar sem a sua massagem.

Khamis Zeydan olhou para o cadáver de Nouri Awwadi e girou a cabeça.

— Prefiro um pescoço duro a um quebrado.

CAPÍTULO 18

Omar Yussef seguiu Abdel Rahim por três ruidosos aquecedores de água. O denso vapor de óleo no porão entupia suas narinas. Sua cabeça girava. Ele se firmou apoiando-se num pegajoso tambor plástico de xampu. Abdel Rahim parou diante de uma porta baixa de metal, cofiando a barba.

— Essa entrada geralmente fica disfarçada com caixas como essa — gritou Abdel Rahim sobre o ruído das máquinas. Ele bateu com a palma da mão num baú de chá, deitado em cima de um tanque de armazenagem de óleo. Outra meia dúzia de baús estava jogada atrás do tanque encardido.

— Talvez os israelenses tenham achado o túnel, no fim das contas — berrou Omar Yussef. Ele tirou a mão do tambor de xampu e limpou-a em seu lenço.

— Não, as caixas estavam na frente da porta quando eu vim ligar a caldeira hoje de manhã.

— Então alguém passou por aqui depois.

Abdel Rahim forçou a pesada porta a abrir. Ela se moveu não mais fluidamente que os joelhos gastos de Omar Yussef. O gerente procurou uma lanterna na poeira atrás de um gerador que vibrava e sacudiu as pilhas dentro dela até a lâmpada se acender.

— É arriscado seguir por essa passagem, *ustaz* — ponderou Abdel Rahim. — Você não é de Nablus e, se por acaso encontrar alguém, poderão suspeitar que é um israelense disfarçado.

— Sou eu que vou suspeitar *deles* — disse Omar Yussef — pelo assassinato de Nouri Awwadi.

— Talvez devêssemos esperar a polícia?

Khamis Zeydan abriu caminho em meio às máquinas barulhentas, abotoando a camisa azul do uniforme.

— A polícia já está aqui — retrucou Omar Yussef. Ele pegou a lanterna.

O teto do túnel era alto o bastante para ele ficar em pé, mas seu instinto era se encolher no espaço apertado e escuro. Alguns passos hesitantes na umidade do túnel e a parte de baixo de suas costas já doía com a tensão. Abdel Rahim empurrou a porta de metal fechando-a atrás deles e o barulho dos geradores diminuiu para um som baixo e surdo.

Omar Yussef moveu a lanterna pela escuridão. *Você conseguiu de novo, velho camarada*, pensou. *Se você se deparar com o assassino, vai bater nele com esta lanterna até que ele se renda? Talvez você possa distraí-lo com uma palestra sobre a construção desses túneis na época do califado Ayyubid, enquanto Khamis Zeydan se esgueira e o subjuga.*

As paredes da passagem eram de pedra bruta e o chão de terra batida, enlameado pela água que se infiltrava dos banhos. Ele se curvou para examinar a lama.

— Isso são pegadas?

Khamis Zeydan veio por trás e se inclinou sobre o ombro dele. Marcas de botas se imprimiam na terra úmida.

— Aponte a lanterna para a parede — disse.

A pedra estava respingada de lama. Omar Yussef tocou-a.

— Está úmida — concluiu. — Com respingos dessas poças.

— Ele passou por aqui não faz muito tempo.

Omar Yussef espiou adiante. Quanto mais se esforçava para enxergar, mais ameaçadora a escuridão parecia. Ele apontou a lanterna para a frente. O assassino tinha se movido rapidamente, de novo espirrando lama ao longo da parede que ainda não secara. *Eu sei que o assassino seguiu nesta direção, mas não sei quão longe ele foi*, raciocinou. *Ele pode estar bem à nossa frente, esperando.*

Esse pensamento o deteve subitamente e ele olhou mais uma vez para a escuridão. Khamis Zeydan não percebeu que o amigo parara e sua testa inclinada bateu dolorosamente na nuca de Omar Yussef. Os dois praguejaram. O ar na passagem era úmido e parado, e a respiração de Omar Yussef estava difícil. Ele seguiu adiante até chegarem a uma encruzilhada. Apontou a lanterna para cada direção. Os túneis se estendiam no escuro.

Omar Yussef virou para Khamis Zeydan.

— Abdel Rahim não nos avisou que a passagem se dividia — disse Omar Yussef.

— Com certeza não. Talvez não tenha sido a única coisa que ele não falou. Quer voltar e conversar com ele de novo? — Khamis Zeydan deu um soco na palma de sua mão.

— Obrigado pela demonstração. Mas o grito que ouvi dele ao descobrir o corpo de Awwadi soou verdadeiro para mim. Independentemente do que ele tenha deixado de nos dizer, não acho que seja o assassino. Vamos em frente.

Khamis Zeydan ergueu o nariz.

— Ele disse que a passagem terminava numa fábrica de *halvah*. Está sentindo o cheiro de gergelim?

Omar Yussef detectou um traço de doçura na corrente de ar tênue que vinha da direita.

— Por aqui — exclamou.

Khamis Zeydan começou a ir para a direita, porém mais uma vez colidiu com as costas de Omar Yussef.

— Vamos — disse ele. — Nunca chegaremos lá se esperarmos você recuperar o fôlego.

Omar Yussef lançou o facho da lanterna ao longo da parede da passagem à esquerda.

— Há respingos de lama nessa direção. — Mostrou. Inclinou-se para passar a mão na superfície da pedra. — Ainda úmida.

O chefe de polícia deu um tapa na coxa do amigo.

— Você é um detetive e tanto — disse. — Vamos. Minha camisa ficou suada na casa de banhos e está começando a me congelar nessa corrente de ar.

A passagem da esquerda era em aclive, pavimentada com pedras de calcário cobertas com mofo verde e água fedida. O ângulo da passagem e a drenagem insuficiente sugeriram a Omar Yussef que eles tinham chegado ao bairro de Awwadi, Yasmina, a parte mais alta da casbá, onde o ar era podre com o cheiro dos canos quebrados.

O túnel tornou-se mais frio. Omar Yussef tentou se aquecer pensando nos banhos, mas o cadáver de Awwadi assomava em meio ao vapor, brilhante e sem sangue. *Awwadi estava envolvido com a resistência, de modo que era um alvo natural para os israelenses*, ele pensou. *Mas é difícil de acreditar que ele tenha sido morto pelo Exército israelense na casbá em plena luz do dia. Ele deve ter sido assassinado por causa dos dossiês — talvez por alguém que esteja neles.*

Virando uma esquina, a passagem terminava numa estreita espiral de degraus de pedra. Omar Yussef trocou um olhar com Khamis Zeydan e subiu. Sua boca estava seca. Ele parou e ouviu o silêncio entre os passos de Khamis Zeydan. Deu mais uma volta na espiral e chegou a uma porta. Uma luz branca se infiltrava por baixo dela. Ele virou-se para Khamis Zeydan, que sorriu com resignação. Omar Yussef empurrou a porta de metal, que se abriu facilmente.

A entrada dava para um depósito vazio com chão de terra batida e um teto baixo em arco. O ar estava pungente com o cheiro forte de palha suja e de excremento de cabra. Omar Yussef foi na direção dos degraus do outro lado da sala. A luz parecia estranhamente dourada, até ele se dar conta de que estava quase do lado de fora e que não passava da radiação normal do dia. Sorriu. *Aqueles debaixo da terra esquecem a claridade da luz do sol muito rápido*, refletiu. Ele ouviu um leve som de cascos e o cheiro de cabra ficou mais forte. Mais alguns degraus e ele chegou a um cercado de tábuas sujo, com meia dúzia de cabras irrequietas. Omar Yussef protegeu os olhos do sol no pátio do palácio Touqan.

Passos correndo se aproximaram do alto portão do palácio. Khamis Zeydan puxou Omar Yussef de volta para a sombra da escada. As cabras assustadas colidiram com as tábuas toscas do cercado. Um grupo de jovens barbados entrou no pátio. Dois deles carregavam Kalashnikovs. Segurando os rifles com uma só mão, dispararam no ar.

No terraço acima do pátio, um homem corpulento se abaixou sob um varal.

— Abu Nouri, dê graças a Alá, seu filho foi martirizado — gritou um dos jovens. — Que Alá tenha misericórdia dele e conceda vida longa a você, até que ele o convide a se sentar a seu lado no paraíso.

O pai de Nouri Awwadi caiu para a frente e se amparou no muro de pedra na borda do terraço. Ele pôs a mão na testa. Os jovens gritaram que Alá era grande e dispararam mais algumas vezes, os tiros ecoando no pátio. As cabras bateram as cabeças e reviravam os olhos ausentes.

Khamis Zeydan puxou Omar Yussef pela camisa e o conduziu de volta ao depósito.

— Temos que sair daqui — disse.

Omar Yussef balançou a cabeça em negativa.

— Esses canalhas são do Hamas — disse Khamis Zeydan. Ele esfregou as insígnias do uniforme entre o polegar e o indicador. — Não quero ter que explicar para eles o que um de seus inimigos oficiais está fazendo aqui justamente quando acabaram de quebrar o pescoço do líder deles.

Omar Yussef entregou a lanterna para Khamis Zeydan.

— Entendo — disse. — Você volta. Eu vou esperar aqui.

— Com eles?

— Neste depósito. Logo eles irão para o funeral. Há algo aqui que preciso verificar.

— O quê?

— Era aqui que Awwadi morava.

— Percebi isso pelo que os rapazes do Hamas disseram.

— Acho que ele pode ter guardado aqueles documentos aqui. Do outro lado desta parede. — Omar Yussef passou a mão sobre a pedra úmida.

Khamis Zeydan acariciou o bigode. Manteve os olhos na porta. Eles se contraíam um pouco a cada tiro no pátio.

— Se você ficar aqui, talvez possa encontrar o dossiê a seu respeito — disse Omar Yussef. — E dar um fim nele.

Seu amigo deu um assobio baixinho e sentou no canto mais escuro do depósito.

— Vou esperar — Khamis Zeydan se convenceu.

Quando a família se inteirou da morte de Nouri, ouviu-se um coro de mulheres ululando no pátio.

Omar Yussef abaixou-se com um grunhido de dor e sentou encostado na parede. Ele se arrepiou com o chão frio e abraçou a si mesmo. Iria ficar naquele esconderijo subterrâneo até o funeral de Awwadi, quando o morto tomaria o seu lugar debaixo da terra. Lembrou que um poeta sírio do século XI escrevera que a superfície da terra nada mais era que os corpos de homens mortos há muito tempo. *Pise de leve*, o poeta escreveu, lembrando aos vivos que seus cadáveres iriam se tornar a poeira nas sandálias de seus netos.

Khamis Zeydan fechou os olhos. Omar Yussef o observou. *Ele não teria ficado comigo se eu não tivesse dito que o dossiê comprometedor sobre ele pode estar na sala ao lado*, avaliou. *Eu deveria perguntar às pessoas aqui se viram alguém surgir dessa passagem, mas não estarão dispostas a falar agora. E, de qualquer modo, não quero que se espalhe por aí que estou no encalço do assassino de Awwadi.*

— Fico grato por você ter vindo comigo pelo túnel — sussurrou. — Você não precisava ter feito isso.

Khamis Zeydan deu de ombros e engoliu em seco.

Ele está nervoso quanto a achar esses documentos, Omar Yussef pensou. *O que ele irá fazer se não estiverem na sala ao lado?*

Os tiros cessaram. As mulheres, lamentando-se, subiram para o terraço e entraram. Omar Yussef ergueu a cabeça.

— Os homens foram para o funeral — disse ele.

Khamis Zeydan esgueirou-se pelos degraus e olhou lá fora. Acenou com a mão para que Omar Yussef o seguisse. O pátio estava vazio. As cabras observaram Omar Yussef com um ar parvo. Ele pôs a mão por trás das orelhas de um cabrito marrom-escuro e coçou sua cabeça ossuda.

— Onde estão os documentos? — perguntou Khamis Zeydan.

Omar Yussef moveu-se ao longo da parede. Empurrou o portão do estábulo e a borda de baixo rangeu no chão de pedra. Ele deteve-se, temendo que alguém tivesse ouvido, mas as mulheres continuaram berrando lá em cima.

O garanhão branco e fantasmagórico estava no fundo do estábulo. Ele recuou quando o portão se abriu. *Sharik*, pensou Omar Yussef. *Parceiro. Um bom nome para um cavalo, até seu parceiro ser assassinado.* Omar Yussef sentiu-se inexplicavelmente culpado, como se tivesse de consolar o cavalo pela perda de seu dono. Eles se esgueiraram, passaram pelo cavalo e desceram os degraus nos fundos.

Entraram em outro depósito escuro e úmido. Omar Yussef iluminou-o com a lanterna. A sala estava vazia. Khamis Zeydan afundou o calcanhar no chão de terra e pareceu nauseado.

Omar Yussef subiu os degraus e acariciou os pelos secos da crina do cavalo. Ele espiou o pátio ensolarado. Talvez os documentos nunca tenham estado no palácio Touqan afinal. Awwadi pode tê-los escondido em outro lugar. Mas, se ele os tinha guardado aqui, alguém estava com eles agora. De qualquer modo, Omar Yussef teve a impressão de que Awwadi não seria a última pessoa a morrer por aqueles dossiês. Ninguém estava a salvo enquanto andasse sobre os cadáveres que constituem a superfície da terra. Não na casbá.

CAPÍTULO 19

Os homens na frente da procissão fúnebre cercavam o xeque Bader, empunhando seus M-16 acima da cabeça entoando louvores a Alá. Apesar da transpiração e frenesi à sua volta, o velho mantinha a cabeça imóvel, com um olhar furioso, como se ele liderasse os acompanhantes do enterro até o inferno para se defrontar com o próprio Satã. Quando saíram do *souk* em abóbada, dispararam os rifles no ar em honra do mártir Nouri Awwadi.

Omar Yussef tampou os ouvidos com as mãos enquanto o veículo que tocara canções islâmicas no casamento de Awwadi sacudia a rua com uma pesada batida de tambor. Outra tropa de milicianos seguia a Kombi, correndo em uniformes de combate pretos, seus rostos obscurecidos por bonés, com a faixa verde do Hamas em volta da cabeça. Eles marchavam em ordem militar, erguendo os joelhos e segurando firme as metralhadoras no peito. Alguns meninos corriam ao lado deles.

Os últimos dos acompanhantes passaram suando, berrando o desejo de sacrificar sua alma e seu sangue por Awwadi.

Omar Yussef pretendia conversar com o pai de Nouri Awwadi sobre a maneira como o filho tinha morrido. Ele tinha certeza de que Awwadi estava no encalço das contas bancárias secretas. Omar Yussef julgava que poderia usar o encontro com Awwadi pouco antes de sua morte para ganhar a confiança do pai e obter informações úteis para Jamie King. Ele teria de esperar até o enterro terminar, então ficou andando cautelosamente pela casbá, mantendo-se perto das ruas mais movimentadas, onde achava que estaria a salvo do homem que tentara o matar.

Ele passou pela mais famosa confeitaria de *qanafi*. A doçura soporífera da sobremesa perseverou em suas narinas enquanto ele seguia adiante. Tomou uma xícara de café amargo e ficou fazendo hora junto a um homem que vendia galinhas em caixas sujas de metal. Nenhum dos cheiros venceu o enjoativo aroma do *qanafi*, como se ele estivesse condenado a inalar o queijo e o xarope até o fim do funeral. Decidiu que só quando sentisse o cheiro de suor da camisa de um trabalhador ou da fumaça de um cigarro da boca de um passante é que ele saberia que Awwadi estava sob a terra.

Omar Yussef contornou as lojas de roupas baratas no *souk* e foi até a parte mais baixa da casbá. Sentiu como se estivesse explorando a cidade velha pela primeira vez. Quando Awwadi levou-o para dar uma volta, ele pensara que o lugar pertencia a seu guia e aos outros que moravam ali. Agora ele via que a casbá era dona de seus habitantes. Nouri Awwadi era forte e poderoso, mas a casbá o pegara. O palácio Touqan, atrofiado e decrépito, ainda estaria de pé quando todos que se lembrassem de Awwadi tivessem se juntado a ele debaixo da terra.

Omar Yussef detectou o cheiro acre de urina num canto escuro. O aroma doce finalmente o abandonara. *O funeral deve ter acabado*, pensou, enquanto cheirava a colônia no dorso de sua mão.

No palácio Touqan, ele atravessou uma multidão de homens mais velhos que retornara à casa de luto após o funeral, enquanto os mais jovens foram jogar pedras na barreira israelense. Omar Yussef subiu os degraus até o terraço na frente do apartamento da família de Awwadi com vista para os telhados irregulares da casbá. Uma fileira de arbustos de *kumquat* tremulava com a brisa quente. Ele catou um fruto laranja, inalou sua fragrância e sentiu a textura da casca movendo-o entre os dedos.

Uma lona preta fazia sombra para os enlutados. Um menino ofereceu a Omar Yussef um dedo de café ralo sem açúcar numa minúscula xícara azul de plástico. Ele bebeu e balançou a xícara de um lado para outro para indicar que não queria mais. Viu o pai de Nouri sob o toldo, passou entre as cadeiras de plástico onde os outros estavam sentados e apertou a mão do homem.

— Que Alá tenha misericórdia daquele que partiu — disse.

— Que a sua vida seja longa — murmurou o homem, soltando rapidamente a mão de Omar Yussef. Ele mexia com um fio de contas verdes igual ao que o filho usava. Omar Yussef se perguntou se tinha sido recuperado das roupas de Nouri nos banhos. Os dedos grossos dedilhavam as contas em sua mão marrom enrugada, como os pés maciços de um elefante chutando uma fileira de melancias.

Omar Yussef sentou-se numa cadeira ao lado do homem enlutado.

— Meu nome é Omar Yussef Sirhan, sou de Belém — apresentou-se. — Eu estava nos banhos quando o seu filho foi morto.

— Bem-vindo.

Omar Yussef pôs a palma da mão sobre o coração e se curvou levemente.

— Quem poderia ter matado o seu filho, Abu Nouri?

— Eu sei exatamente quem é o culpado. — O homem ergueu um dedo grosso. Omar Yussef lembrou-se do cadáver liso e perfumado nos banhos. Os pelos grisalhos do peito do pai se encaracolavam por cima da gola de uma camiseta branca suja, que cheirava a gordura e suor. Seu lábio inferior pendia pesadamente e os olhos castanhos sem vida lembraram a Omar Yussef as cabras tolas no pátio.

— Quem o matou?

— Ele vai pagar — sibilou o pai de Awwadi.

— Quem?

— Meu filho teve uma grande discussão sobre seu casamento com outro jovem da casbá.

— Sobre o que foi a discussão?

— O canalha queria se casar com a mesma moça.

— A moça com quem Nouri se casou ontem, na grande cerimônia do Hamas?

O pai de Awwadi piscou seus olhos sem brilho.

— Nouri foi morto porque o homem estava com ciúme. Vamos lutar com a família dele para nos vingar.

— Quem é?

— Halim Mareh, o filho da mãe.

Omar Yussef lembrou-se do jovem alto de macacão azul encostado nas sacas à entrada da loja de especiarias da família Mareh, e do olhar áspero que ele trocara com Nouri Awwadi.

— Como sabe que foi ele?

— Eu vi o assassino e seus amigos no pátio de minha própria casa.

A passagem, Omar Yussef pensou.

— Mas Nouri não foi morto aqui.

— Há um túnel entre a casa de banhos e este pátio. Eles o usaram para escapar dos banhos.

— O túnel vai a algum outro lugar?

— Para uma fábrica de *halvah*. Só que é um lugar muito movimentado, eles seriam vistos lá. Aqui eles esperavam que não fossem vistas. Mas eu os vi passando pelo pátio com suas armas. Quatro deles, incluindo o canalha ciumento. A princípio nem pensei no caso; muitas famílias moram neste velho palácio e todos usam o pátio. Depois os amigos de Nouri vieram me dizer que ele tinha sido assassinado nos banhos, e me dei conta imediatamente de quem era o culpado.

— O pai da moça não tinha decidido que ela se casaria com Nouri?

— Claro que sim. — O pai de Awwadi abriu bem as mãos desajeitadas. — Mas o canalha ciumento não aceitou. O pai da moça é partidário do Hamas, e eu também. O ciumento concluiu que tinha sido recusado por ser membro do Fatah. Foi por isso que ele matou o meu Nouri.

Omar Yussef sentiu a bile subir na parte de trás de sua língua.

— Quando a briga vai começar?

— Temos de dar uma oportunidade para eles se retratarem, pagarem com o sangue pela morte de Nouri — disse o pai de Awwadi. — Mas, se não fizerem isso, iremos atrás da família em dois dias. E os destruiremos. — Uma veia latejou na têmpora do homem, e ele socou a palma da mão com o punho grosso. As contas estalaram com o impacto. — Mesmo então, minha existência terá terminado. Sem Nouri, estou acabado.

Omar Yussef tocou o joelho do homem.

— Sei que a vingança é exigida pelas nossas tradições tribais, Abu Nouri. Mas, como muçulmano, o senhor deve também se lembrar do que aconteceu quando o terceiro califa, Uthman, pôs os laços de família antes da justiça. Resultou numa guerra civil, na divisão do islã em sunitas e xiitas.

— O que você é? Um professor de história? Acha que eu vou começar uma guerra civil aqui na casbá?

— Pode ser.

— Nesse caso, não há contradição entre laços de família e justiça. Pela vontade de Alá, a culpa recai sobre os homens que mataram meu filho. Quando fizeram isso, deixaram de ser muçulmanos. Não me venha falar de califas e história antiga.

— Quando conversei com Nouri nos banhos, ele me disse que estava para ficar muito rico — contou Omar Yussef. — Ele mencionou algo sobre ter achado alguma coisa? Algo valioso?

O pai de Awwadi fez um gesto com a mão descartando isso.

— Tudo o que Nouri tinha, ele deu ao Hamas. Pergunte ao xeque Bader.

— Ele deu ao xeque Bader os documentos?

O pescoço pesado ergueu um rosto desconfiado na direção de Omar Yussef.

— Documentos?

— Nouri me contou que obtivera alguns documentos comprometedores sobre os líderes do Fatah.

— Aquilo? Eles estão num depósito atrás do cavalo de Nouri. O xeque Bader irá mandar alguém buscá-los logo mais.

Não a tempo, Omar Yussef pensou. Ele apertou a mão enorme e frouxa e voltou por entre as cadeiras de plástico.

Omar Yussef saiu caminhando pela casbá, para longe do palácio Touqan. *O pai de Awwadi acredita que um homem do Fatah matou seu filho*, refletiu. *Poderia ter sido vingança pelo assassinato de Ishaq, que trabalhava para Kanaan, o chefe local do Fatah? Mas Awwadi ficou chocado quando contei da morte de Ishaq. Até pareceu que gostava dele.*

As vielas tranquilas se escureciam ao crepúsculo. O mundo do velho Awwadi estava acabando com a morte do filho. Omar Yussef se perguntou se alguém iria se sentir assim, caso ele morresse. Imaginou Zuheir orando sobre seu corpo no funeral, mas então se deu conta de que era o contrário. O velho Awwadi e Jibril, o sacerdote, eram pais que tinham perdido os filhos. Ele chocou-se com a cena invertida e viu a si mesmo chorando sobre o corpo de Zuheir, preparado para o enterro. Suas pernas tremeram e ele apoiou as costas contra uma parede para se firmar. A pedra estava quente do sol que batera durante o dia. Enquanto caía a noite, Omar Yussef sentiu o calor amainando.

CAPÍTULO 20

Jibril Ben-Tabia trazia o estojo de prata sem brilho do Pergaminho de Abisha aninhado no peito, como se este fosse um recémnascido coberto de fuligem, balançando seus calcanhares enquanto o ninava. O velho sacerdote vestia uma bata fina, justa ao redor da cintura ossuda, e um pano bordado com uma estampa floral dourada enrolado no fez vermelho. Ele contemplou a multidão de forasteiros que tinha ido ao cume do monte Jerizim para assistir a celebração da Páscoa de seu povo.

Ben-Tabia parecia estar agradavelmente surpreso, como um avô que imaginara que todo mundo ia esquecer o seu aniversário, só para se descobrir sendo parabenizado por pessoas cuja identidade ele não conseguia lembrar direito. Alguns dos espectadores usavam ternos escuros, distinguindo-os como diplomatas. Fotógrafos se acotovelavam na frente da multidão e um punhado de jornalistas estrangeiros conversava à margem dela.

— Onde estava o corpo? — Khamis Zeydan ergueu o pé a alguns centímetros das pedrinhas no estacionamento para turistas e o sacudiu.

— Seu pé está incomodando-o? — perguntou Omar Yussef.

— É a diabetes.

Khamis Zeydan pisou com força.

— Só está dormente por eu ter ficado tanto tempo em pé. O corpo, por favor?

Omar Yussef apontou para a pedra em declive onde se erguera o antigo templo samaritano.

— O lugar atrás do sacerdote estava coberto de sangue — disse ele —, mas o corpo na verdade foi encontrado ali na encosta, entre os pinheiros.

Khamis Zeydan abriu espaço através da multidão para ver melhor o lugar em que o cadáver de Ishaq estivera. Omar Yussef esforçou-se para acompanhá-lo.

— O corpo parou naquela árvore — sussurrou, apontando.

— Testemunhas?

Omar Yussef balançou a cabeça.

— O zelador confirmou que o corpo foi deixado aqui três noites atrás. Não havia nada à noite, quando ele fechou e então encontrou o corpo pela manhã.

— Não é muito para prosseguir.

— Mas não tão pouco. Temos o corpo e o local do assassinato, e falamos com a mulher da vítima, que nos disse que ele estava fazendo um negócio com Amin Kanaan.

— Então ele estava fazendo um negócio que não era necessariamente limpo. — Khamis Zeydan ergueu o queixo com impaciência. — Ele era palestino. Você acha incomum que ele agisse fora da lei?

— Sami não quer se envolver com essa investigação e você tampouco parece levá-la a sério — disse Omar Yussef. — Será que eu sou o único interessado na morte do pobre homem?

— Se você não quer ser o único interessado, talvez devesse deixar para lá. Assim não estaria mais sozinho.

Omar Yussef encarou o chefe de polícia. Ele recordou a maneira como Roween tocara com as pontas dos dedos a acne junto a seus lábios e a pena que sentira por ela em seu solitário luto.

— Eu me enganei. Não estou sozinho — falou.

Khamis Zeydan passou a língua na ponta do bigode.

— Não há muito que possamos fazer quanto à localização do corpo. Deve ser deserto aqui em cima na maioria das noites. Você poderia matar alguém sem que ouvissem. Mas há a possibilidade de Ishaq ter sido morto em outro lugar e o corpo jogado aqui depois. Assassinos gostam de mover suas vítimas. Deixam menos pistas dessa maneira.

— Ele morreu ali em cima, tenho certeza disso. Havia sangue por toda a pedra. — Omar Yussef voltou-se para os samaritanos em suas túnicas brancas ao lado do sacerdote. Estavam reunidos em volta da pedra cinza em declive, o centro do templo deles.

— Que pedra? — Khamis Zeydan seguiu o olhar dele.

— Essa é a pedra onde Abraão amarrou Isaac. É onde o antigo templo foi construído.

— Do que você está falando? Isso fica em Jerusalém.

— É aqui que os samaritanos acreditam que ficava. Ishaq devia estar vivo quando o trouxeram para a montanha, ou não teria perdido tanto sangue.

Khamis Zeydan coçou o queixo com a unha amarelada do polegar.

—Acho que Ishaq foi trazido até aqui e assassinado naquela pedra. Seu corpo foi então jogado da beira da encosta na escuridão e rolou até as árvores. — Omar Yussef olhou para os pinheiros.

— Ele sabia sobre o dinheiro do Velho. Será que alguém teria arrancado dele os segredos das contas e então o silenciou? Ou há algo mais? — Khamis Zeydan fez um rápido gesto com os dedos pedindo detalhes. — Diga.

O professor respirou fundo.

— Eu ia lhe contar quando ouvimos o grito de Nouri Awwadi nos banhos — disse. — Esses documentos com as sujeiras dos líderes do Fatah... Awwadi os conseguiu com Ishaq.

Os olhos de Khamis Zeydan ficaram surpresos.

— Isso é muito interessante. Awwadi os comprou de Ishaq?

— Awwadi roubou o pergaminho mais antigo dos samaritanos e o trocou pelos dossiês.

— Uma troca simples? O pergaminho pelos papéis? Sem relação com o conhecimento de Ishaq sobre o dinheiro do Velho?

— Awwadi parecia não saber nada sobre isso. Quando ele me contou dos documentos, falei sobre os 300 milhões de dólares que Ishaq escondera e fiquei com a impressão de que aquilo era novidade para ele.

— Se você estava ansioso para que o Banco Mundial pusesse as mãos nesse dinheiro primeiro, não foi lá muito esperto contar ao Hamas sobre ele.

— Você não acha que outra pessoa que estava atrás do dinheiro pode ter matado Awwadi? Depois que contei sobre os detalhes da conta secreta, ele deve ter começado a tentar encontrá-los. Alguém provavelmente o matou para acabar com a busca.

Khamis Zeydan fez um som sibilante e cuspiu por cima do guarda-corpo na direção dos pinheiros.

— Então dessa vez *você* armou para ele.

— O que você quer dizer?

— Vamos, meu irmão, foi um ótimo truque. Você sabia que havia pessoas cruéis que queriam ser as primeiras a chegar a esse dinheiro, e também sabia que eles estavam no seu rastro. Então pôs Awwadi no encalço das contas secretas, sabendo que ele seria um perigo maior do que você para os bandidos, quem quer que sejam. Eles tiveram que voltar a atenção para ele. Foi uma excelente distração.

Omar Yussef ficou pasmo.

— Você não pode realmente achar que eu faria algo tão perverso?

— Tem razão, estou lhe dando crédito demais. Estava com esperança de que você tivesse ficado mais esperto. — Khamis Zeydan cuspiu de novo, limpou o bigode com as costas da mão e olhou para a multidão. — Não é aquela americana do Banco Mundial?

Omar Yussef franziu os olhos na direção da multidão de estrangeiros. Ele demorou para reconhecer Jamie King, vestida de forma casual e com os cabelos ruivos sob um boné de beisebol. Ele deslocou-se em meio à aglomeração para ir cumprimentá-la.

— Oi — disse King. — Estava me perguntando se você estaria aqui.

— Não perderia por nada. Estou fazendo minhas apostas espirituais, caso os samaritanos estejam certos — disse Omar Yussef.

— Se o Messias vier ao Jerizim esta noite, você acha que os samaritanos vão dar boas referências suas para ele?

— Não gosto de mudanças, por isso não estou interessado no paraíso. Prefiro ser mandado direto para o inferno, antes que os piores castigos tenham sido designados. — Omar Yussef sorriu. — Eu quero arder por toda a eternidade num lugar que seja tão ruim quanto a Palestina.

— Boa-noite, cara senhora — Khamis Zeydan cumprimentou-a, e fez uma leve reverência com a mão no coração.

Um diplomata ali perto fez um gesto pedindo silêncio. King sussurrou para Omar Yussef:

— Estive aqui dando uma olhada alguns dias atrás, mas o zelador não explicou muito bem a história. Aquele é o templo samaritano? — Ela apontou para as paredes em ruínas e a pequena torre com um domo, brilhante ao luar, mais adiante do grupo de samaritanos.

— Aquela é uma fortaleza bizantina — explicou Omar Yussef. — O coração do templo deles é a pedra plana atrás de onde os samaritanos estão. O templo teria sido construído em torno dela, aqui no cume da montanha sagrada deles.

— Quem o destruiu?

— Rivais religiosos. E então os gregos construíram um templo para Zeus no lugar dele.

— Quando o Messias samaritano vier, ele irá reconstruí-lo?

— A ideia é essa. Embora o Messias deles seja apenas um profeta, não o filho de Deus, de modo que não sei até onde vão seus poderes. Talvez ele também precise de uma autorização dos israelenses.

— Virei aqui em cima de novo pela manhã. — Jamie King apontou para o pico. — Tenho uma reunião com o empresário Amin Kanaan às 10 horas. Uma dessas mansões pertence a ele.

A voz do sacerdote silenciou a multidão. Num tom de tenor nasalado, ele entoou o Êxodo, a história da primeira Páscoa. Na escuridão, o Abisha não parecia mais do que uma mancha oblonga sobre sua túnica branca. O sacerdote liderou os samaritanos descendo do pico do monte Jerizim. A multidão seguiu-os.

Omar Yussef deteve King com a mão em seu ombro.

— Jamie, eu poderia acompanhá-la em sua reunião com Kanaan?

King hesitou.

— São assuntos do Banco Mundial, *ustaz*. Não posso simplesmente aparecer com um indivíduo desconhecido.

— Kanaan trabalhava com Ishaq. Isso significa que ele pode fornecer pistas importantes para localizar o dinheiro.

— A minha conversa com o senhor Kanaan poderá incluir esse assunto. Mas há alguns projetos de desenvolvimento do Banco Mundial nos quais ele está envolvido. De qualquer modo, imagino que ele prefira ser questionado sobre o caso pela polícia.

Omar Yussef escondeu sua frustração com a mão sobre a boca.

— Acredito que eu seria capaz de extrair informações dele que talvez você não consiga. Quem sabe seria mais fácil questioná-lo em árabe.

King olhou detidamente Omar Yussef e cruzou os braços sobre o peito.

— Vou pensar no caso — disse.

— Vejo-a no saguão do hotel amanhã às 9h30. — Omar Yussef sorriu. Satisfeito, ele permitiu que a multidão o separasse da americana.

Ao longo do cume, as luzes nas janelas da aldeia samaritana eram de um azul gélido. As chamas fulguravam nas covas onde o carneiro destinado ao sacrifício seria assado.

Omar Yussef foi com Khamis Zeydan atrás da multidão, tossindo com a poeira que ela levantava e tropeçando no pavimento irregular. O chefe de polícia ficou em silêncio até eles chegarem à aldeia, onde o cheiro de carvão pairava no ar.

— Isso é muito interessante, de fato.

— Essas são as covas onde vão assar os carneiros — explicou Omar Yussef. — Eles os mataram de tarde, esfolaram com água fervente, evisceraram e salgaram. Agora irão grelhá-los e em algumas horas os comerão para marcar o banquete que Moussa ordenou aos israelitas antes que eles partissem do Egito.

Khamis Zeydan o encarou.

— O quê?

— Eles põem os carneiros na vertical em espetos nessas covas de fogo. — Apontou para o pequeno parque onde os samaritanos vestidos de branco encabeçando a procissão se espalhavam.

— Eu estou falando sobre o acordo que Awwadi fez com esse samaritano morto — disse Khamis Zeydan. — Você se esqueceu do assunto? Geralmente você não é guiado pelo estômago.

Constrangido, Omar Yussef passou os dedos no bigode.

— Eu pensei que você...

— Eu não vim aqui para comer. Vim para investigar uma cena de crime.

— Só aos samaritanos é permitido comer, de qualquer modo. A Bíblia deles diz que ninguém de fora da comunidade pode participar do banquete de Páscoa.

— Que Alá amaldiçoe o seu pai, professor. Não sou um de seus amigos turistas fazendo turismo aqui. Pare de dar aula e me deixe pensar.

A multidão empurrou Omar Yussef, e os estrangeiros se espremeram para ver os espetos descendo nas chamas, com quatro carneiros em cada. Seu ombro bateu em Khamis Zeydan, que o empurrou ressentidamente. Apesar dos perigos, Omar Yussef estava mais determinado a resolver os assassinatos de Ishaq e Awwadi do que qualquer outra pessoa. No entanto, ali estava uma tradição antiga que provavelmente só testemunharia uma vez na vida. *Não é minha culpa se há espaço em minha cabeça para mais do que assassinatos*, pensou.

Junto às covas de fogo, a porta da casa de Ishaq estava aberta. Omar Yussef virou-se para Khamis Zeydan, que estava com os lábios retesados e furioso.

— Você quer investigar? A mulher do homem assassinado parece estar em casa. Vamos falar com ela de novo.

— Sem pressa. Na verdade, não quero que você perca essa experiência cultural. — Khamis Zeydan desviou os olhos. Era provavelmente o mais perto de um pedido de desculpas que Omar Yussef receberia.

— Não estou dando aula, mas posso lhe dizer que demora quatro horas para os carneiros ficarem prontos. Temos tempo.

Os homens samaritanos inclinaram as cabeças para trás e cantaram um áspero cântico harmonizado, monótono e triste. Roween estava parada à sua porta, a luz da sala iluminando sua silhueta, ouvindo. Quando os cantores paravam para tomar fôlego, o silêncio era pontuado pelo crepitar da gordura das carcaças nas covas de chamas.

CAPÍTULO 21

Dentro da casa de Roween, Omar Yussef pediu para usar o banheiro. Ele bufou de aborrecimento ao abrir o cinto, frustrado pelos efeitos da idade em suas necessidades fisiológicas. Ele estava acostumado a acordar várias vezes de noite para urinar, mas ultimamente parecia estar sempre precisando de um vaso sanitário. Com o pênis na mão, ele olhou para o teto e esperou.

O banheiro estava limpo e era revestido de azulejos azul-celeste. Cada quinto azulejo era pintado à mão com um desenho azul-marinho realçado por verde-limão. Omar Yussef espremeu algumas gotas de urina com um grunhido e uma tosse seca, lavou as mãos com sabão líquido de um elegante frasco de cerâmica e voltou para a sala de estar, sentindo-se insatisfeito.

Khamis Zeydan estava de pé próximo à parede em frente da foto ampliada em o que o antigo presidente beijava Ishaq. Sua face torcia-se de desgosto, como se estivesse lembrando desses lábios pegajosos em sua própria testa, o bigode mal-aparado arranhando sua pele, oleoso e úmido. Ele focalizou o rosto de Ishaq, e Omar Yussef o viu franzir o cenho. *Será que ele sentiu o mesmo estranho reconhecimento que tive quando vi aqueles olhos?*, ele se perguntou.

O chefe de polícia limpou a garganta.

— Minha vez — disse, abrindo o zíper enquanto ia para o banheiro.

Na cozinha, Roween fazia café num pequeno bule de lata. Usava a mesma túnica azul de algodão da primeira vez que Omar Yussef a vira. A acne sob a boca e a sombra em volta de seus olhos davam a ela a aparência de uma adolescente desajeitada. *Ela não é muito mais velha do que isso*, calculou. Ele sentiu o queixo tremer com súbita emoção e ergueu um dedo para enxugar uma lágrima, disfarçando o gesto como uma coçada casual no nariz.

Omar Yussef estava acostumado a consolar meninas que iam para sua sala de aula perturbadas por um tiroteio no campo de refugiados onde ele lecionava ou pela morte de um vizinho num combate com soldados israelenses. Mas sentia em Roween emoções conflitantes em relação ao marido, talvez amor e ressentimento, o que o deixava inseguro quanto a como reconfortá-la.

— Meus cumprimentos pelos belos azulejos em seu banheiro — disse ele. *Não é o consolo mais sábio que já ofereci, mas vai ter de servir*, pensou. — Você tem muita sensibilidade para a arte e o design.

— Não fui eu que os escolhi, *ustaz*. Ishaq era quem tinha o olho para design nessa casa. Ele teria sido muito mais feliz num ramo criativo como arquitetura ou moda. Sempre se vestia muito bem. — Roween apreciou a impecável camisa francesa de Omar Yussef com o prendedor dourado de sua caneta Montblanc no bolso do peito, seu relógio pesado e seus sapatos engraxados. — O estilo dele era um pouco como o seu, clássico e elegante; embora mais jovem, se me desculpa, *ustaz*.

Omar Yussef fez um gesto com a mão indicando não se importar.

— Ele tinha uma aptidão para finanças, então entrou nesse ramo — disse ela. — Mas gente que lida com finanças aqui na Palestina não raro acaba se envolvendo com negócios sujos. Ele foi corrompido por eles, enquanto devia estar escolhendo belos azulejos armênios para senhoras decorarem seus banheiros.

— Eles?

Roween deu de ombros. Ela serviu café em pequenas xícaras, pegou a bandeja e foi até Omar Yussef na porta. Sorriu para ele, mas suas sobrancelhas grossas estavam baixas sobre os olhos escuros. Omar Yussef sentiu o abatimento dela como se fosse dele.

— Quem eram as conexões de Ishaq em Nablus? — perguntou ele. Forçou as palavras rapidamente, para que sua voz não soasse trêmula e traísse sua emoção.

A mulher recuou. Talvez o esforço de se controlar o tenha feito parecer agressivo.

— Primeiro beba o seu café, *ustaz*. Deixe-me recebê-lo em minha casa.

Omar Yussef escutou a descarga no banheiro.

— Desculpe-me — disse ele. — Há algumas coisas que preciso perguntar a você que não gostaria que outros ouvissem.

— Até mesmo o seu colega.

— Não até ter certeza de que essas questões são relevantes para o caso. Coisas pessoais sobre Ishaq. Por favor, suas conexões? Por que Ishaq voltou da França? Por sua causa?

Roween rompeu uma breve risada áspera. Ela fez parecer que não queria derrubar o café, mas Omar Yussef percebeu que ela ouvira a amargura no próprio riso.

— Não, ele não voltou por minha causa — respondeu. — Ele voltou por causa de Kanaan.

Omar Yussef pegou a bandeja das mãos dela. Suas mãos tremeram e ele a pôs na mesa da cozinha.

— Kanaan dominava Ishaq — contou Roween.

— Vocês não tiveram filhos — afirmou Omar Yussef. — Por quê?

— Eu já lhe disse. Porque Ishaq passava muito tempo fora, trabalhando para o Velho.

Omar Yussef ergueu uma sobrancelha, como fazia em sala quando uma aluna lhe contava uma mentira; desaprovador, mas sem ameaça.

Roween balançou a cabeça e seus olhos ficaram vidrados.

— *Ustaz*, você sabe o que está me perguntando.

— Estou tentando confirmar o que alguém me disse sobre Ishaq.

— Não posso confirmar nada, *ustaz*. Que diferença faz se eu achava que Kanaan era o amante de meu marido? — Roween tossiu como se suas palavras a engasgassem.

— Mas, quando você pediu que voltasse para Nablus, ele não veio? Ele retornou de Paris só quando Kanaan solicitou que viesse?

— Kanaan implorou a Ishaq que retornasse. Depois que voltou, ele passava o tempo todo na mansão de Kanaan, embora tenha estado menos lá nas últimas semanas. — Roween soluçou, tirou o cabelo seco de cima das sobrancelhas e pegou a bandeja de café.

Khamis Zeydan atravessou a sala de estar para sentar-se no sofá. Ele cruzou os olhos com os de Omar Yussef. Seu olhar era uma advertência, amigável mas desconfiada. Omar Yussef tocou a manga de Roween quando ela passou por ele com a bandeja.

— Minha filha, as coisas não eram perfeitas em seu casamento, mas tenho certeza de que Ishaq valorizava uma mulher como você. Sempre digo que os olhos de um homem casado podem se afastar, mas o coração dele não.

— Você acredita nisso? E, de qualquer modo, quem disse que algum dia tive o coração dele? — Roween levou o café para a mesa de centro na sala de estar e o colocou diante do chefe de polícia.

Khamis Zeydan repassou com Roween as mesmas perguntas que Omar Yussef fizera em sua primeira visita. *Ele não vai alcançar a verdade sobre Roween e Ishaq*, Omar Yussef pensou. *O casamento dele é um problema e ele se recusa a confrontá-lo. Jamais poderia entender o que acontece no relacionamento de outra pessoa.*

Omar Yussef pensou que, se Ishaq não tivesse sido assassinado, ele poderia estar satisfeito em viver esse casamento falso, porque encobria sua vida sexual secreta. Seria suficiente para Roween? *Com certeza as necessidades de uma mulher inteligente iam além de um marido que decorasse o banheiro com bom gosto*, concluiu.

Eles estavam lá fora em frente à porta de Roween, quando Omar Yussef disse de repente, por cima do barulho da multidão junto às covas de chamas no parque:

— Você acha que Sami quer realmente se casar?

Khamis Zeydan sorriu.

— Já falei para ele repetidas vezes que ter esposa e filhos é um pesadelo. Você sabe de algum outro segredo sórdido sobre o casamento que o faça recobrar a razão?

Omar Yussef olhou para trás, na direção da casa de Roween. Ele viu Khamis Zeydan perceber seu olhar.

— Meus segredos — ele disse — são de um tipo diferente.

CAPÍTULO **22**

Omar Yussef saiu do café da manhã no dia seguinte com uma promessa fervorosa a Nadia de que iria acompanhá-la para comer *qanafi* mais tarde, sem falta.

— Mesmo que tenha que atravessar uma rajada de tiros de rifle para lhe trazer um prato — disse.

No saguão do hotel, ele ligou para o quarto de Jamie King e não obteve resposta. Foi até a recepção e encontrou o gerente palitando os dentes com a capa de plástico verde de um cartão de identidade oficial.

— Você viu a senhora americana esta manhã? — perguntou Omar Yussef.

O gerente recuou e tentou enfiar o cartão de identidade num dos escaninhos atrás dele sem que Omar Yussef percebesse.

— Ela saiu há alguns minutos, *ustaz*.

Omar Yussef olhou seu relógio. Eram 9h30. *Se eu sair agora, consigo chegar à casa de Kanaan a tempo de me juntar a Jamie em sua reunião das 10 horas*, pensou, *quer ela goste ou não*.

Ele chamou um táxi em frente ao hotel e pediu ao motorista que o levasse à residência de Amin Kanaan. O motorista sacudiu a mão, com a palma para cima, para indicar que não entendera.

— Lá em cima — disse Omar Yussef, apontando pela janela para as mansões no cume.

— *Aquele* Amin Kanaan? — O motorista olhou Omar Yussef de cima a baixo, em dúvida.

— Você pode parar no caminho e me comprar um terno caro, se está tão ansioso assim para que eu o impressione. — Omar Yussef deu uma risada zombeteira. — Mas não vai lhe garantir uma gorjeta maior.

— Ainda assim, *ustaz*. Há uma base israelense lá em cima, e Kanaan tem seus próprios guardas também. Fica muito longe da cidade.

— Você está certo. Ele mora num bairro muito exclusivo. Então você não precisará se preocupar com o trânsito.

O motorista partiu com um olhar de relance mal-humorado para Omar Yussef pelo retrovisor.

Os guardas nos elaborados portões de ferro de Kanaan mandaram o motorista aguardar do lado de fora, atrás de uma fileira de pinheiros. Um deles lembrou que Omar Yussef tinha estado na mansão antes e o fez entrar.

Enquanto Omar Yussef ofegava ao longo da galeria de ciprestes até a casa, um criado uniformizado ficou aguardando-o na porta da frente com as mãos atrás das costas, sua túnica azul um pontinho na superfície bronzeada da enorme residência de Kanaan. O sol refletia em seus olhos as janelas de três jipes grandes no estacionamento de cascalho junto à casa. Ele supôs que o

Mercedes G500 preto era de Kanaan. Um Cherokee empoeirado com logos nos dois lados em que se liga "TV" estava estacionado ao lado do Suburban branco de Jamie King.

— Madame não está em casa esta manhã, *ustaz* — disse o criado, dando ao título de sua patroa uma pronúncia francesa.

— Não estou aqui para ver madame dessa vez. — Ele pegou um lenço no bolso da calça e enxugou o suor na testa. — Diga a seu patrão para pôr ar-condicionado no jardim. Imagino que ele possa se dar a esse luxo.

Ele foi para o hall. O sol da manhã ofuscava na extremidade oposta do salão. Um punhado de silhuetas movia-se do outro lado do vidro, mas Omar Yussef não conseguiu distinguir quem eram, mesmo ao fazer sombra sobre os olhos.

— Devo dizer ao meu patrão que o senhor está aqui para vender ar-condicionado?

— Estou com a senhora do Banco Mundial — anunciou Omar Yussef.

O criado sorriu e abriu a porta dourada para o salão onde Omar Yussef conhecera Liana.

— Seu colega está aqui, *ustaz.*

Jamie King estava sentada no sofá com seu tailleur de risca de giz. Ela olhou para Omar Yussef com um ar levemente reprovador.

— Em geral, quando marco um compromisso com palestinos, ou eles chegam atrasados ou esquecem completamente — disse ela. — Essa é a primeira vez que um palestino mantém um compromisso que eu nem mesmo marquei com ele.

— Prometo que essa não vai ser a última vez que a surpreenderei. — Omar Yussef sorriu.

— Não sei se gosto disso.

— Onde está o grande homem?

— O Sr. Kanaan está lá fora. Tem companhia.

Omar Yussef andou até a janela, sentindo o silencioso arcondicionado refrescá-lo. Da sombra das cortinas de brocado, espiou o grupo que tinha visto do hall. Um homem corpulento com cabelos grisalhos desgrenhados empunhava uma câmera de vídeo no ombro. Um adesivo na lateral do aparelho identificava os estrangeiros como uma equipe de jornalismo de um canal a cabo americano. Uma loura baixinha com um microfone num *boom* curto mexia nos botões do gravador preso à cintura.

Dois homens andaram na direção da câmera conversando. Ambos eram altos. Um deles usava um colete cáqui do tipo que os correspondentes da televisão adoram, por indicar um gosto viril pela ação. O outro homem era quem falava, enquanto o jornalista franzia o cenho com exagerada concentração. Omar Yussef reconheceu o segundo homem, de paletó esporte xadrez e uma camisa rosa aberta no colarinho, como sendo Amin Kanaan.

O repórter deu um passo para trás para que o câmera pudesse enquadrar Kanaan num *close*. Omar Yussef girou as ornamentadas maçanetas das portas e abriu-as o suficiente para ouvir o que estava sendo dito do lado de fora.

— Sr. Kanaan — perguntou o jornalista, num ressonante sotaque americano do Meio-Oeste —, qual a sua reação quanto às alegações sobre a morte do ex-presidente?

Kanaan pareceu grave.

— Essa é uma acusação desprezível e perigosa de agitadores do Hamas — respondeu ele. O inglês dele era instruído e distinto. Era evidente para Omar Yussef que as vogais cheias e os "t" destacados tinham sido aprendidos com um inglês, não com um americano, e ele imaginou que Kanaan consideraria isso um sinal de boa educação. — O presidente era um símbolo para os palestinos, bem como um pai e um irmão para todos nós. O Hamas caluniou a moral de todo o povo palestino com essa acusação, e eles precisam ser punidos.

— Punidos? Como?

— O Hamas precisa se retratar da calúnia ou então enfrentar as consequências.

— Isso significa uma guerra civil?

— Nós que amávamos o ex-presidente não podemos recuar. Mesmo assim, pode ter certeza de que não derramaremos sangue, a menos que eles o façam antes.

O criado que acompanhara Omar Yussef até o salão apareceu no pátio e ficou esperando alguns metros atrás do câmera.

— A mídia palestina informa que o povo está descontente. Eles acham que o Hamas não devia ter tornado pública essa alegação — disse o repórter. — Isso enfraquece o Hamas politicamente?

— O Hamas terá que pagar um preço por essa calúnia — afirmou Kanaan. — Espero que seja apenas nas eleições, uma vez que o povo palestino ama a democracia.

O repórter lançou um olhar para o técnico de som, que assentiu para ele.

— OK, está bom — falou, trocando um aperto de mão com Kanaan.

Não exatamente um interrogatório, Omar Yussef pensou. *O xeque cometeu um erro tático. As pessoas estão começando a ficar ressentidas com ele por fazer com que enfrentem essa possível causa do falecimento do presidente. Ninguém quer pensar mal de um homem morto, não importando o que achavam dele enquanto vivo. Como líder do partido do finado presidente em Nablus, Kanaan só precisa manter essa história fervendo para que o Hamas pareça cada vez pior.*

Kanaan despachou a equipe de jornalismo em torno da mansão na direção do jipe deles. O criado ficou na ponta dos pés e sussurrou no ouvido do patrão. Omar Yussef saiu para o pátio com piso de cerâmica vermelha. O empresário sorriu para ele.

Amin Kanaan tinha uma aparência ao mesmo tempo rude e cultivada, como um camponês que se deu bem. Seu nariz era largo e grosseiro, como se tivesse sido rapidamente modelado em argila entre dois polegares. Sua pele era uniformemente castanha, bronzeada por um tipo melhor de luz solar do que os raios intensos que torravam o povo de Nablus. Seus cabelos grisalhos pareciam simultaneamente mantidos no lugar com laquê e levados pela brisa formando uma onda jovial. Quando ele apertou a mão de Omar Yussef, Kanaan deixou um delicado resíduo de jasmim nela.

— Não conhecia essa colônia — disse Omar Yussef.

Kanaan alisou o cabelo para trás da testa.

— É *Le Vainqueur*. Napoleão costumava usá-la.

— No *boudoir* da imperatriz Josefina, talvez. Com certeza não durante sua campanha na Palestina.

— Imagino que aqui ele teria tido mais necessidade de encobrir todos os maus cheiros à sua volta.

— É por isso que você a usa?

Kanaan balançou a cabeça para trás, rindo. Jamie King foi para o pátio e apertou a mão do homem rico.

— É bom vê-la de novo, Jamie — disse Kanaan.

Ele os levou a um caramanchão sombreado na borda do gramado. Cachos de glicínia cor-de-rosa pendiam do telhado. O criado trouxe refrescos de alfarroba gelados em copos altos. Folhas de hortelã flutuavam em meio aos cubos de gelo.

— Você disse ao jornalista estrangeiro que o Hamas precisa ser punido — disparou Omar Yussef, em árabe.

— Jornalistas — Kanaan falou em inglês, acenando desdenhosamente. King sorriu obsequiosamente. O empresário fez um gesto para que os convidados sentassem nas poltronas baixas de vime dispostas de frente para a vista.

— Punidos como aconteceu com Nouri Awwadi? — Omar Yussef tomou um gole do suco de alfarroba e se sentiu imediatamente refrescado.

Kanaan ergueu seu copo e observou a luz vindo vermelhoborgonha através da bebida.

— Isso é muito bom para a digestão, Jamie — disse ele.

— Delicioso. — A americana tomou um golinho e lançou um olhar nervoso a Omar Yussef.

Ela está preocupada que eu esteja começando uma discussão com Kanaan, ele pensou. Tentou acalmá-la com um sorriso.

Kanaan recorreu ao árabe.

— Ouvi dizer que Awwadi foi morto por um namorado ciumento. — Seus lábios se curvaram, satisfeitos de entregar o segredo de outra pessoa.

— O pretendente recusado de sua nova esposa? Isso é o que diz o pai dele, mas eu não acredito.

Uma brisa quente agitou a glicínia.

— Eu não disse que o namorado era *da mulher* dele. — Kanaan piscou.

— Namorado de quem, então? — Omar Yussef ficou paralisado, a bebida a meio caminho da boca. — Você está dizendo que Awwadi era homossexual?

— Peço desculpas pela nossa conversa em árabe, Jamie, estamos apenas fofocando sobre conhecidos nossos daqui de Nablus — disse Kanaan em inglês.

King desfez seu sorriso fixo para tomar outro gole do refresco.

— Você se lembra do poema andaluz clássico de Walladah sobre um sujeito homossexual? — Kanaan voltou a falar em árabe. — Diz que "se ele vir um pênis no alto de uma palmeira, ele se transformará numa revoada de pássaros" em sua avidez por alcançá-lo. Assim era Awwadi, apesar do impressionante casamento com uma moça da casbá no dorso de um cavalo branco.

Awwadi poderia ter sido amante de Ishaq?, Omar Yussef se perguntou. *Ele pareceu perturbado quando contei da morte do samaritano.*

Kanaan sorriu.

— Não fique tão chocado. Por que você acha que um homem em Nablus vai aos banhos turcos?

— Imagino que você tenha sua própria casa de banhos particular aqui em cima — disse Omar Yussef. Ele tinha visto o cadáver de Awwadi. Não era algo para se rir.

O sorriso de Kanaan esmaeceu e ele olhou na direção do vale, onde Nablus se espalhava como uma quantidade de dentes brancos quebrados. Pigarreou e falou com Jamie King em seu inglês meticuloso.

— Estou encantado de recebê-la em minha casa, Jamie.

— Faz alguns dias que estou em Nablus e toda vez que olho para cima vejo essas casas enormes — disse King. — É incrível poder visitar uma delas.

— Sinta-se como se fosse o seu próprio lar, por favor. — Kanaan fez uma reverência. — Você foi ver o progresso da nova escola que estou financiando na casbá?

— Fui.

— Espero que lhe dê uma sensação boa quanto ao seu trabalho. Se não fosse pelo empréstimo do Banco Mundial que você conseguiu para a infraestrutura local, nem mesmo eu teria condições de construir uma escola como aquela.

— Trata-se de um projeto maravilhoso. É uma pena que o dinheiro possa estar em vias de se esgotar. — King tomou um gole do suco. — Se as contas secretas do ex-presidente não forem localizadas até sexta-feira, o banco planeja cortar toda ajuda aos palestinos.

Kanaan balançou a cabeça e passou a mão em seu amplo queixo.

— Até sexta-feira? Informaram-me dessa possibilidade em minha última estadia em Washington, mas eu não sabia de uma decisão tão iminente.

— Faltam apenas dois dias.

— Seria um desastre.

Omar Yussef pensou que o boicote do Banco Mundial seria uma catástrofe bem menor para os milionários do cume do que para os pobres moradores da casbá. Ele esfriou as palmas das mãos com a condensação em seu copo.

— Talvez você esteja perto de descobrir a localização das contas secretas, Jamie? — Kanaan falou num tom baixo, olhando para as unhas.

Omar Yussef observou a americana. *Será que ela enxerga além do jeito desinteressado de Kanaan?*, ele pensou.

— Estou esperando um informe de um de meus investigadores em Genebra a qualquer momento — disse Jamie. — Espero que ele nos traga novas ideias.

— Mas aqui na Palestina você conseguiu fazer algum progresso?

Jamie balançou a cabeça negativamente.

— Nenhuma pista. Para falar a verdade, parece-me que muitos funcionários do governo palestino não estão interessados em recuperar o dinheiro.

— E por que você acha isso?

— Eram eles que recebiam os pagamentos do ex-presidente por debaixo do pano. Quanto menos se fique sabendo sobre isso, melhor para eles.

Kanaan balançou a cabeça.

— Então as pessoas não estão ajudando?

— Aqueles que tentam cooperar — disse Omar Yussef, em inglês — acabam mortos.

Jamie lançou um olhar incisivo para Omar Yussef. O celular dela tocou em sua pasta. Ela o pegou e olhou para a tela.

— É de Genebra. Talvez haja novidades. Com licença. — Ela se retirou com o telefone para sair do campo de audição.

Kanaan passou o dedo sobre a borda do copo.

— Não é um pouco chato, *ustaz*, trabalhar com esses estrangeiros?

— As pessoas com quem trabalho são fascinantes — respondeu Omar Yussef.

Kanaan bufou entre os lábios.

— Se é o que você diz. Eu acho os americanos sérios e literais demais. Em todo caso, gosto da sua atitude, *ustaz*.

Omar Yussef chupou um cubo de gelo. *Lá vem o suborno*, ele pensou. *Ele sabe que Jamie não vai localizar as contas secretas sem ajuda local, e acha que isso quer dizer a minha pessoa. Será que ele me quer do lado dele para que possa ser o primeiro a chegar ao dinheiro?*

— Eu teria uma boa função para um homem como você. — Os olhos de Kanaan desviaram-se para a esquerda, como se tivesse acabado de ter uma ideia. — Realmente, trabalhar com esses projetos chatos de desenvolvimento, ano após ano, deve parecer ficar bebendo café na mesma xícara suja todos os dias. Eu poderia lhe oferecer um cargo em minha empresa no qual você teria oportunidades maravilhosas e cada dia seria diferente.

— Eu sempre bebo o meu café do mesmo jeito: amargo — retrucou Omar Yussef. — Não vim aqui para ser comprado. Vim para descobrir o que você sabe sobre a morte de Ishaq.

— Ishaq? — Kanaan franziu os olhos, como se quisesse focalizá-los no distante topo da montanha do outro lado do vale. Omar Yussef julgou que o queixo do homem rico tremeu ligeiramente. — O que isso tem a ver com o Banco Mundial?

— Ele estava para se encontrar com a Srta. King quando foi morto. Os negócios que tinha com você o colocavam em perigo?

— Ele era um sócio próximo, mas nossas transações nada tinham de perigosas.

— Ainda assim, ele foi assassinado. E então Awwadi, que era um partidário do xeque Bader, seu rival pelo poder em Nablus, foi morto; logo depois que o xeque caluniou o líder da sua facção. — A poltrona de vime estalou quando Omar Yussef se inclinou na direção de Kanaan. — É perigoso tanto estar do seu lado quanto contra você.

— Que se foda o xeque Bader.

Omar Yussef ficou espantado com a súbita veemência e vulgaridade de Kanaan.

Kanaan baixou a voz.

— Você entendeu tudo errado, Abu...

— Abu Ramiz.

— Irmão Abu Ramiz, não vou fingir que nunca estive envolvido em coisas duvidosas. Sou um homem de negócios, um palestino, e bem-sucedido. Você pode tirar as conclusões que quiser disso. Mas não sou assassino.

— Você tem uma moral acima disso?

Kanaan sacudiu a cabeça.

— Eu simplesmente não *preciso* matar. — Ele fez um gesto com a mão abarcando a mansão e a cidade lá embaixo. — Do topo dessa montanha, ouço os disparos lá de Nablus, mas nunca sei se eles estão se matando uns aos outros ou comemorando um casamento. Você acha que todos os meus ricos vizinhos ficam correndo por aí com armas em suas mãozinhas delicadas, acertando contas?

— Desde que haja dinheiro nessas mãos macias, há como encontrar outra pessoa para empunhar a arma para vocês. Isso não os deixa impunes — alegou Omar Yussef. — O assassinato de Ishaq de alguma forma está relacionado com seus negócios com ele, mesmo que não tenha sido você quem o surrou até a morte.

Kanaan estremeceu.

— Surrado até a morte, exatamente. — Omar Yussef brandiu seu copo. Os cubos de gelo tilintaram na mão trêmula. — Torturado e surrado.

O homem rico cobriu o rosto com seus dedos grossos, peludos. *Seria ele o amante do jovem, como Roween achava?*, Omar Yussef se perguntou. *Ele não aparenta conhecer exatamente como Ishaq morreu. E parece realmente horrorizado de saber sobre a tortura.*

— Vocês, do Fatah, pegaram um jovem com uma cabeça boa para números e fizeram dele um vilãozinho sujo que escondia o dinheiro de vocês mundo afora — disse Omar Yussef. — Ishaq pretendia entregar os detalhes das contas secretas para o Banco Mundial. Então decidiram impedi-lo.

— O que está dizendo? Que eu o matei?

— Você o matou?

— Isso não faz sentido. Eu o amava.

— Você o amava? Como?

— Eu o amava, só isso. — Kanaan levantou-se e ergueu os dois braços para a cobertura de botões cor-de-rosa acima dele. — Não vou fingir que as metas do Fatah sejam inteiramente puras. Mas tampouco Ishaq era. Ele era homossexual.

— A moralidade subitamente ficou importante para você?

— Ele me desapontou. Muita gente sabia das preferências dele.

— E portanto suspeitavam da sua sexualidade por ser próximo dele?

— Não seja ridículo. Eu tenho esposa.

— Ishaq também.

— Eu tenho uma esposa de verdade, uma mulher bonita e talentosa, não uma esposinha sem graça escolhida pelos anciões tribais.

— Você o amava — Omar Yussef zombou.

— Não desse jeito. — Kanaan catou um punhado de pétalas de glicínia e as girou entre os dedos. Ele baixou a voz. — Para o benefício da sociedade, precisamos ser liderados por homens de moral limpa.

Omar Yussef grunhiu uma risada desdenhosa.

— Esqueci de mencionar: Awwadi me contou que obtera alguns documentos sobre as sujeiras dos principais homens do seu partido. Ele os conseguiu com Ishaq. Então não me venha falar sobre liderança moral.

Kanaan olhou desconfiado para Omar Yussef.

— Eu vivo entre políticos, Abu Ramiz. Eu os suborno, pago jantares e compro carros para eles, financio uma educação decente no exterior para seus filhos. Como pode ver pela opulência de minha casa, é algo que se mostrou um investimento rentável. — Ele virou-se para o palácio pseudoclássico com um olhar ressentido em que Omar Yussef leu os traços de todas as patifarias que o homem rico cometeu para pagar por ele. — Mas, quando esses políticos ficam doentes, eu tenho de colocá-los em quarentena, para que não me infectem.

— Qual era a doença de Ishaq? Por que você o matou?

— Eu não matei Ishaq. Jamais faria algo assim. Eu acreditava que ele tinha um futuro brilhante.

— Quem você não sacrificaria se ficasse doente, como você diz? Sua esposa? Ou ela também é descartável em nome do interesse nacional?

— Eu sacrificaria tudo por Liana.

Liana inspirara a devoção de Amin Kanaan e de Khamis Zeydan. No entanto parecia que nenhum dos dois homens lhe dera exatamente o que ela queria. A impressão que Omar Yussef tivera era que o curso de sua vida tinha sido de alguma maneira tirado das mãos dela, deixando-a ressentida. Ele pensou que Ishaq sofria de uma amargura similar, impedido pelos constrangimentos sociais de encontrar um amor que lhe trouxesse felicidade e ligado a uma parceira cuja afeição ele não podia retribuir.

Jamie King desligou o celular e retornou para o caramanchão. Ela balançou a cabeça.

— Não sei se isso realmente é alguma coisa — falou. — Pode ser uma pista de Genebra, mas também pode facilmente não dar em nada.

— O que foi? — perguntou Omar Yussef.

— Logo terei os detalhes. Não posso dizer ainda.

— Há algo que eu possa fazer? — Kanaan perguntou.

— Eu realmente ficaria grata se pudesse tentar romper algumas das barreiras que encontrei nos níveis superiores do governo — disse Jamie. — Há algumas pessoas que foram próximas ao ex-presidente e que são tidas como corruptas. O senhor sabe de quem estou falando. Veja se consegue que eles me deem uma pista, anonimamente. Não serão feitas perguntas.

— Verei o que posso fazer.

— Se o dinheiro for de fato cortado na sexta-feira, vou tentar salvar os projetos que temos em andamento com o senhor, Sr. Kanaan.

— É claro.

— Melhor eu voltar para o hotel. O meu pessoal em Genebra está passando os documentos que descobriram por fax para mim. Preciso estar disponível..

Kanaan fez uma reverência enquanto Jamie se voltava para a casa.

Omar Yussef levantou-se da poltrona de vime. Antes de seguir a americana, olhou nos olhos de Kanaan.

— Sou um estudante de história, honrado Amin. Você poderia pensar que isso significa que só o passado me importa. Mas o futuro é mais importante para mim. Eu me lembro do futuro.

Kanaan abriu a palma da mão.

— Como?

— Eu me lembro do futuro que nossos líderes nos prometeram ao voltar do exílio — disse Omar Yussef. — O futuro que poderia ter sido.

— Ainda poderá ser, se for a vontade de Alá.

— Se fosse a vontade de Alá, ele teria mandado líderes diferentes aos palestinos. — Omar Yussef saiu do caramanchão e franziu os olhos com o sol sobre Nablus. — E Ishaq nunca o teria conhecido.

CAPÍTULO 23

O gerente do Grand Hotel mexeu nos mecanismos internos do fax. Fechou a tampa com força e esfregou o rosto cor de cinzeiro com as mãos.

Omar Yussef entrou no saguão vazio, enquanto Jamie King estacionava seu Suburban. Ele passou pela recepção e apertou o botão do elevador.

— Que a paz esteja convosco — disse.

O gerente largou as mãos sobre o balcão de pinho e respondeu ausente:

— Convosco, a paz.

Omar Yussef ficou esperando o elevador em silêncio. O gerente respirava raso, o queixo apoiado no peito.

Para um hotel que quase não tem hóspedes, esse elevador está demorando muito, Omar Yussef pensou.

O gerente esfregou o largo lábio superior e só então pareceu notar Omar Yussef.

— Não está funcionando, *ustaz* — avisou ele. — O elevador. Está em manutenção, quero dizer.

Omar Yussef olhou para a escada sem ânimo.

— E também há um recado para o senhor. — O gerente pegou o único envelope nos escaninhos atrás do balcão.

Era um bilhete de Maryam. Ela tinha ido para a casa de Sami com Nadia.

— Obrigado, querida — sussurrou Omar Yussef. — Você me salvou de subir as escadas. — Ele saiu e chamou um táxi.

Sami morava num apartamento no quarto andar de um prédio numa agulha de pedra sobre a casbá. Desde que tinham assinado o contrato de casamento, Meisoun tinha permissão de visitar Sami lá, contanto que na companhia de outros. Omar Yussef supôs que ela pedira a Maryam que a acompanhasse para garantir o decoro. Quando ele entrou, Meisoun cumprimentou-o calorosamente.

— Pensei que estivesse relutante em vir à nossa casa, *ustaz* — disse ela. — Estou esperando a sua visita desde que vocês chegaram em Nablus.

Omar Yussef olhou por cima do ombro de Meisoun. Sami sorriu para ele por trás de uma nuvem de fumaça de cigarro. Khamis Zeydan estava sentado do lado dele num sofá, com a cabeça para trás, os olhos fechados e a boca aberta, tirando uma soneca.

— Srta. Meisoun, eu estava esperando que você trouxesse algumas de suas irmãs para ficar no apartamento — disse Omar Yussef. — Você mencionou que elas estavam interessadas num marido inteligente. Acho que o xeque Bader ficou com uma má impressão de mim, de modo que eu gostaria de ganhar a confiança dele tomando outra esposa, como era o costume no tempo do Profeta.

Maryam veio da cozinha.

— Se você estiver disposto a orar cinco vezes por dia e jejuar durante o ramadã, seu infiel, você poderá ter quatro esposas, como o próprio Profeta, abençoado seja.

— Minha querida, o dote para Meisoun é um camelo. — Omar Yussef pôs as mãos na cabeça. — Isso eu posso arranjar. Mas de onde vou tirar dinheiro para *três* esposas?

Meisoun balançou a cabeça discordando.

— Infelizmente, *ustaz*, o dote para cada uma das minhas irmãs é de sete camelos. Elas são mulheres maiores que irão ter muitos filhos. Isso as torna mais desejáveis do que eu, por causa de minha constituição franzina. Se não fosse por isso, você acha que meu pai ia deixar eu me casar com um encrenqueiro da Cisjordânia que tem um emprego perigoso com um baixo salário?

Sami sorriu.

— Ela não é lá um grande partido, é verdade. Mas foi tudo o que pude conseguir.

— Dizem que "Uma mulher gorda é um cobertor para o inverno". Infelizmente, você vai ter despesas mais altas com o aquecimento, Sami. — Khamis Zeydan ergueu a cabeça e gesticulou com a mão para espalhar a fumaça em volta do sofá.

— Abu Ramiz, se você quer uma segunda esposa, fique com a minha. Ela vai torná-lo religioso. Acaba-se desenvolvendo uma crença no paraíso, quando se vive no inferno. Você ficará de joelhos cinco vezes por dia, implorando a Alá para fazê-la calar a boca e deixá-lo em paz.

— Abu Adel, você deveria se envergonhar do que diz. — Maryam riu.

Omar Yussef tossiu e enxugou seus olhos ardendo.

— Vocês estavam fumando cigarros ou pondo fogo no sofá?

Khamis Zeydan fez um gesto para Omar Yussef ir para o sofá e apontou a televisão.

— Alguém andou pondo fogo por aí, com certeza.

A estação local mostrava a entrevista que Amin Kanaan dera para a equipe de jornalismo estrangeira, com legendas em árabe. Quando terminou, o âncora anunciou que ele estava com Kanaan no telefone e o empresário confirmou as ameaças que fizera contra o Hamas, dessa vez em sua própria língua.

— Isso vai acabar mal — disse Khamis Zeydan. — Kanaan está estabelecendo um confronto com o Hamas. Imagino que ele mandará alguns milicianos assustá-los.

Omar Yussef moveu-se com ansiedade.

Sami deu a última tragada em seu cigarro.

— Vai ser bastante difícil assustar esse pessoal do Hamas — falou. — Especialmente agora. Estão enfurecidos com o assassinato de Awwadi. Ele era o principal líder militar deles em Nablus e estão prontos para lutar por vingança.

— Kanaan deve estar contando que a opinião pública o apoie por causa da declaração desagradável do xeque Bader sobre o velho Chefe — disse Khamis Zeydan. — Ele parecerá agir em nome da opinião pública ultrajada, mas na realidade ele se aproveitará do erro estratégico do xeque para aumentar seu poder em Nablus com um combate rápido.

— Por que é preciso haver algum combate, afinal? — Omar Yussef balançou a cabeça.

Sami e Khamis Zeydan olharam para ele surpresos.

— Volte para a sua sala de aula, *ustaz* Abu Ramiz, antes que o mundo real o contamine — falou o chefe de polícia. — Que raio de pergunta é essa? *Por quê?* Quando um palestino pergunta "por que", ele precisa cuspir antes, porque a resposta com certeza será suja.

— Estou com vontade de cuspir de desgosto desde que cheguei em Nablus. Tenho certeza de que esse combate iminente está ligado às mortes de Ishaq e Awwadi — disse Omar Yussef.

Ele baixou a voz para que as mulheres na cozinha não o ouvissem. — Ishaq foi morto depois de entregar aqueles documentos sobre as sujeiras dos políticos para Awwadi. O xeque Bader fez uma declaração sobre a morte do antigo presidente que aparentemente veio desses dossiês. Então Awwadi foi assassinado e os documentos desapareceram. — Ele fez um gesto na direção da televisão. — Essa jogada nova do Kanaan é apenas mais um round nessa sequência suja.

— Se o Hamas não recuar quando Kanaan atacá-lo — afirmou Khamis Zeydan —, poderemos ter mais do que apenas dois mortos em nossas mãos.

Você poderia ter meu cadáver para enterrar também, se eu não tivesse tido sorte, Omar Yussef pensou. Khamis Zeydan o advertira para ficar longe do mistério da morte de Ishaq, de modo que mantivera silêncio sobre o homem que tentara matá-lo na casbá, porque detestaria admitir que seu amigo estava certo. Agora ele queria contar sobre a perseguição e se sentir protegido pela presença do chefe de polícia. Queria que novamente lhe dissessem para abandonar o caso de assassinato — tão enfaticamente dessa vez que ele se sentiria compelido a ficar no apartamento, a salvo com a família e os amigos, até o casamento de Sami.

— Estive com Kanaan esta manhã — disse ele.

Khamis Zeydan voltou os olhos arregalados e desaprovadores para seu amigo.

— Eu acho que ele também está atrás das contas secretas — disse Omar Yussef. — Ele deu um show de disposição para ajudar a mulher do Banco Mundial a localizar os fundos, mas vocês sabem o quanto é fácil enganar um americano.

O chefe de polícia abriu a boca para falar, mas parou quando Nadia surgiu da cozinha com uma xicrinha de café para seu avô.

— Que Alá abençoe as suas mãos — disse Omar Yussef, ao erguer a xícara pela borda.

— Que Ele abençoe — respondeu Nadia. Ela pôs as mãos em sua cintura fina. — Eu o fiz amargo, como você gosta. Estou começando a me perguntar se é por isso que você não me leva para comer *qanafi*: porque você se recusa a provar qualquer coisa doce.

— Dê-me uma chance de descansar, minha querida, e então a levarei para comer *qanafi*.

— A vovó me contou o segredo que faz o *qanafi* de Nablus ser tão bom. Eles misturam queijo feito com o leite das cabras pretas daqui com o queijo doce das cabras brancas sírias, que é muito caro. Em Belém e todos os outros lugares, eles usam queijo israelense produzido industrialmente.

— Muito interessante. Eu não sabia disso. — Omar Yussef sorriu, fragilmente. Sentia-se confuso. *Terá Awwadi usado os documentos sobre a sujeira para chantagear Kanaan? Ele disse que não havia documentos sobre Kanaan. Estará mentindo? Será que Kanaan e Ishaq tiveram alguma espécie de briga de amantes?*

Ele se deu conta de que não podia analisar as diferentes possibilidades. Estava tomado demais pelo medo em relação aos perigos do caso. Ele mordeu o nó do dedo indicador. *Awwadi, Kanaan e Ishaq não são problema meu*, pensou. *Não posso enfrentar essa maldade toda sozinho. Não é tarefa minha. Sou um professor e um avô. Está na hora de me concentrar nessas responsabilidades.*

Ele respirou fundo para se firmar.

— Nadia, você instigou o meu interesse com suas fascinantes informações sobre as cabras sírias. Vamos sair e resolver esse assunto do *qanafi*. — Ele terminou seu café. Queimou-lhe a língua, mas ele queria sair rapidamente e deixar para trás todo o episódio da morte do samaritano.

Omar Yussef pegou a mão de sua neta quando eles saíram na viela abaixo do apartamento de Sami, que escurecia. Energia e expectativa pareciam pulsar através do braço de Nadia para o corpo de Omar Yussef, como se ela já tivesse consumido o dulcíssimo *qanafi*. Ele receou que seu tremor quanto à batalha entre o Fatah e o Hamas pudesse ser transmitida para ela do mesmo modo, e assim largou a mão da menina e pôs os dedos nos bolsos, fingindo que o ar do crepúsculo os tinha gelado.

— Você fez algum progresso no livro que está escrevendo, minha querida? — perguntou.

— Não escrevi muito. Eu fiquei mesmo lendo o Sr. Chandler.

A brisa noturna carregava o aroma do gergelim pela casbá, mas as portas das fábricas de *halvah* estavam fechadas. Omar Yussef começou a suspeitar das lojas fechadas e do silêncio.

— O tio Sami me contou sobre o assassinato do samaritano, que Alá tenha misericórdia dele — disse Nadia.

A pele pálida dela estava fantasmagórica com o crepúsculo. Omar Yussef pensou na mãe dele, que parecia tanto com essa menina. Ele se perguntou se os entusiasmos juvenis de Nadia iriam acabar na mesma depressão que se apoderara da mãe depois que a família fugira de sua aldeia durante a primeira guerra com Israel. Ele tirou a mão do bolso e segurou os dedos dela, sentindo o quanto era frágil, temendo que ele não poderia protegê-la do mundo horrível em que tinha nascido.

— O tio Sami diz que você não contou a ele tudo o que sabe sobre o assassinato do samaritano. Ele fala que os bons detetives sempre mantêm algum segredo só para si, mesmo das pessoas que os estão ajudando. — Nadia sorriu com astúcia. — Mas a mim você pode contar.

Nadia passou os dedos sobre os lábios cerrados e balançou a cabeça.

Omar Yussef pôs a mão no ombro dela.

— O assassinato do pobre samaritano está ligado a informações sobre coisas sujas feitas por pessoas importantes; informações que podem ser usadas para chantageá-las. — Ele olhou para uma viela transversal e a reconheceu como a entrada da casa de banhos onde Awwadi tinha sido morto. Ele acelerou o passo.

Nadia assentiu gravemente.

— Para pôr as mãos neles.

— As mãos?

— "Pôr as mãos neles." É como o Sr. Chandler escreve quando quer dizer que alguma pessoa chantageou outra.

— Vamos pôr as mãos em algum *qanafi*. O lugar mais famoso onde servem a sobremesa é virando a próxima esquina.

A viela larga onde a Aksa Sweets vendia seu admirado doce estava vazia. Nas grades verde-acobreadas fechando a loja, um velho pôster celebrando a morte de um miliciano num combate com soldados israelenses tremulava com a brisa.

— Vovô, por que está tudo fechado?

Omar Yussef se lembrou do que Khamis Zeydan dissera sobre cuspir antes de perguntar *por quê*. Ele engoliu em seco.

— Disseram-me que o melhor *qanafi* na realidade não é mais feito na casbá hoje em dia — disse. — Há alguns restaurantes logo ao sul da cidade velha. Vamos lá para o nosso doce, minha querida.

Os passos de Nadia tornaram-se silenciosos e cautelosos.

— Vovô, talvez devêssemos voltar. Eu sei que você disse que atravessaria rajadas de tiros para conseguir o *qanafi* para mim hoje, mas espero que não tenha realmente falado sério. Parece que alguma coisa ruim vai acontecer.

— A autora de *A maldição da casbá* não pode aceitar voltar assim tão fácil, pode? Você não está mais com fome? — perguntou Omar Yussef.

— Eu não quero comer *qanafi* por fome. Graças à vovó, comida é o que não me falta. Eu quero experimentar o *qanafi* porque o que eles fazem em Nablus é melhor do que o lá de Belém. Mas não temos que fazer isso agora.

— Vai dar tudo certo — disse ele. Soltou a mão de Nadia, para que ela não sentisse o suor em sua palma.

Omar e Nadia emergiram da casbá numa larga praça que geralmente era barulhenta, com beligerantes táxis amarelos. Agora estava vazia, exceto por três dúzias de figuras em uniformes camuflados com Kalashnikovs penduradas ao peito. Os homens estavam aglomerados ao redor de alguns jipes na base de uma estátua de 6 metros de um bule de café, símbolo da hospitalidade da cidade. Omar Yussef se deu conta de que as lojas tinham fechado porque esses milicianos estavam se agrupando para entrar na casbá.

Os homens fumavam intensamente e mudavam o peso de um pé para outro, como atletas antes de uma corrida. *Isso é o que Khamis Zeydan previu*, Omar Yussef pensou. *E vim parar bem no meio de tudo com a minha neta favorita.*

Um homem alto com calça camuflada e uma jaqueta de couro preta subiu na traseira de um dos jipes. Ele ergueu os braços para pedir silêncio.

— Irmãos, vocês ouviram as calúnias contra nosso chefe e nosso símbolo, o Velho — bradou. — Agora é a hora de cortar línguas falaciosas e punir os mentirosos. Alá é grande.

Os milicianos partiram para a casbá. Omar Yussef olhava fixamente para o homem alto no jipe; ele o conhecia de algum lugar.

Nadia puxou a manga dele.

— Não estou com fome — disse ela. O rosto da menina estava mais pálido que nunca e Omar Yussef se xingou por não ter decidido voltar antes.

Ele pôs o braço nos ombros dela para se apressarem a deixar a praça, bem quando o homem no jipe o notou. Quando o olhar duro do miliciano se voltou para ele, Omar Yussef reconheceu Halim Mareh, cuja expressão hostil ele vira dirigida a

Nouri Awwadi em frente à loja de especiarias na casbá. Mareh arreganhou os dentes e pulou de seu jipe, correndo na direção de Omar Yussef.

Mareh devia conhecer bem aquelas ruas. Omar Yussef não poderia correr mais do que ele, mas tinha de despistá-lo de algum jeito. Ao passar pela Aksa Sweets, o pôster do martírio parecia tremular com mais urgência no vento. A respiração de Omar Yussef estava rápida. Ele apertou o ombro ossudo de Nadia.

— Não se preocupe, minha querida — disse. — Tenho andado por essas vielas faz dias. Sei aonde estamos indo. Vou levá-la para casa sem problemas.

Os olhos de Nadia percorreram rapidamente a viela de cima a baixo. As botas pesadas do miliciano ecoavam pela casbá.

Eles devem ir para o palácio Touqan no centro da casbá, refletiu Omar Yussef, *para encurralar o pessoal do Hamas que provavelmente está reunido com o pai de Awwadi para sua batalha contra a família de Mareh.*

— Vamos por aqui, Nadia — disse Omar Yussef. Ele iria dar a volta pelo norte e chegar ao apartamento de Sami por esse caminho.

Conduziu a neta ao longo da principal viela comercial, passando pelas velhas sepulturas onde tinha se escondido do homem que tentara matá-lo e atravessando a praça onde Nouri Awwadi montara seu cavalo para o casamento. Ele fez uma curva no alto e mergulhou numa passagem coberta tão escura que ele não podia ver Nadia, embora segurasse a mão dela. Sua pulsação latejou em seu ouvido quando ouviu os primeiros tiros. Ele acertara: os milicianos estavam ao sul, aproximando-se do palácio Touqan.

Ele vislumbrou uma faixa de luz à sua direita, animada por uma nuvem de mosquitos. Moveu-se na direção da claridade e tropeçou numa garrafa, que rolou ruidosamente pelas pedras. Ele cambaleou, sem equilíbrio, e se dobrou ao meio na escuridão.

Alcançou a parede para se firmar e sentiu a pedra fria contra suas mãos. Ambas as mãos. *Nadia*, pensou. *Eu soltei a mão dela quando tropecei.*

Ele chamou o nome dela, mas sua voz soou abafada e fraca na viela escura, e não houve resposta.

Botas pesadas chegaram mais perto, correndo num grupo. Alguém gritou alguma coisa que Omar Yussef não conseguiu entender, um grito ríspido que poderia ter sido uma ordem a um subordinado ou um aviso para um inimigo se render.

Omar Yussef recuou na escuridão. Virar à direita tinha sido uma decisão errada, levando-o na direção dos milicianos e do palácio Touqan. Nadia deve ter continuado em frente depois que ele largou a mão dela. Sua boca se encheu de mosquitos. Ele tentou cuspi-los, mas a língua estava seca, e ele tateou pela escuridão, ofegando e tossindo.

Nadia o chamou. Ela parecia bem distante. Ele respondeu com um sussurro, para o caso de os milicianos poderem ouvi-lo, e tentando acelerar o passo. Ele chegou a um lance curto de degraus dando num pequeno pátio. Estava vazio.

— Não, Nadia não — disse. — Nadia não. — Ele pôs a mão na testa.

Ouviu passos leves e se virou. Nadia espiou de um batente fundo de pedra. Ela reconheceu Omar Yussef quando ele saiu da escada escura e correu na direção do avô. Ele ficou surpreso que os braços finos dela pudessem abraçá-lo com tanta força.

— Isso não é um livro, vovô — murmurou ela no ombro dele. — É real.

— Não se preocupe. É uma boa pesquisa para *A maldição da casbá*, minha querida — disse ele, acariciando os cabelos pretos compridos da neta.

Ela balançou a cabeça e se aninhou junto ao pescoço suado dele. Então ele sentiu os ombros da neta ficarem tensos. Seguiu o olhar dela e viu Halim Mareh enquadrado por um arco baixo, sua Kalashnikov no peito.

Os olhos preguiçosos e sem expressão do miliciano provocaram arrepios em Omar Yussef. Ele deu um passo na direção de Mareh, empurrando delicadamente Nadia para a borda do pátio.

— Eu não li nenhum daqueles documentos — disse ele.

Mareh inclinou a cabeça para a esquerda e se manteve em silêncio.

— Os documentos no depósito de Awwadi. Quando fui atrás deles, tinham sumido.

Mareh deu de ombros.

— Quero dizer, se alguém quer me silenciar para que eu não revele o conteúdo daqueles documentos, não é necessário. Eu não sei de nada.

O miliciano passou a língua pelos lábios.

— Não posso discutir com isso.

— Deixe-me levar minha neta para casa e ficarei feliz em voltar para vê-lo depois. Podemos conversar sobre isso.

— Devemos agradecer a Alá, porque isso realmente deixa minha cabeça descansada — disse Mareh, zombeteiro e desdenhoso. Ele ergueu a arma. — Mas você irá compreender que preciso lhe fazer descansar também.

Os músculos do pescoço de Omar Yussef tremeram de medo, mas ele deu outro passo na direção do rifle.

— Como essa guerra civil entre o Fatah e o Hamas irá beneficiar você ou sua gente na casbá?

— A família de Awwadi está se preparando para atacar a minha. Estou apenas atacando primeiro.

— Você está fazendo o que Kanaan quer, só isso. Não se trata realmente de uma briga de família. Você é um escravo daquele canalha rico.

Mareh nada disse, mas algo se endureceu em seus profundos olhos castanhos,o que revelou seu chefe para Omar Yussef.

— Estou certo, não estou?

Mareh praguejou.

— Olhe a boca na frente da criança — disse Omar Yussef.

— Palavras feias não vão ser a pior coisa que ela vai aprender hoje. — Mareh se aproximou e sorriu.

Omar Yussef sentiu o cheiro de cardamomo no hálito do homem.

— Kanaan mandou você dar uma surra em Sami Jaffari também.

— Fui eu que bati em você. — Mareh deu um largo sorriso. — Vovozinho.

Omar Yussef tremeu de raiva. Ele ouviu os pés de Nadia se mexendo, nervosamente. Os joelhos de Omar Yussef moveram-se para a frente e para trás e seu queixo tremeu. Ele ergueu a mão e deu uma bofetada no rosto de Mareh.

Foi um golpe fraco, mas o miliciano o encarou, atônito e ultrajado. Os lábios de Mareh se contraíram. Ele apoiou o rifle no quadril e enfiou o cano na barriga do professor.

Omar Yussef fechou os olhos. Ele ouviu um tiro. Nadia gritou. Então ele olhou.

Mareh se contorcia no chão com um ferimento de bala no pescoço. O miliciano apertava as mãos na garganta, mas o sangue escorria entre os dedos.

Khamis Zeydan surgiu sem fôlego ao lado de Omar Yussef. Nadia correu para abraçar apertado o avô mais uma vez.

— Você atirou nele? — perguntou Omar Yussef.

O chefe de polícia grunhiu e apontou sobre o ombro.

— Não sou tão bom com a mão esquerda, Abu Ramiz. — Sami pôs a arma no coldre. — É por isso que o canalha ainda está lutando.

As pernas de Omar Yussef estavam bambas.

— Sami, Nadia não deve...

O jovem policial fez um sinal para que o seguissem. Quando Omar Yussef virou a esquina, Khamis Zeydan ficou de pé junto a Mareh. Nadia estremeceu quando ouviu o tiro.

Khamis Zeydan juntou-se a eles na viela.

— Você o liquidou? — sussurrou Omar Yussef, com os olhos arregalados.

— Porque esbofeteá-lo no rosto como uma moça não ia impedi-lo de tentar matar você de novo. — Khamis Zeydan pegou o ombro de Omar Yussef. — Ele viu Sami atirando e me viu também. Se sobrevivesse, viria atrás de todos nós. Eu prefiro compartilhar meus segredos apenas com os mortos.

— O que vocês estavam fazendo aqui?

— Sami e eu ficamos com vontade de comer *qanafi*, então resolvemos nos juntar a vocês.

Omar Yussef recuou quando Khamis Zeydan voltou os olhos para ele. A habitual confiança jubilosa do olhar do chefe de polícia, sua capacidade de ser ao mesmo tempo tão duro quanto uma rocha e ainda assim não levar nada a sério, tinha se esvaído. Em seu lugar, uma selvageria crua tremeluzia. Ele conduziu Omar Yussef ao longo da passagem.

Nadia estava pálida e gemia a cada disparo que ecoava pela casbá.

Sami tinha razão quanto ao assassinato de Ishaq, Omar Yussef pensou. *A quantidade de dinheiro envolvida é tão grande que seria impossível não interessar gente poderosa, que pagaria a alguém como Mareh para me silenciar sem hesitação. Eu ignorei Sami e expus a minha doce Nadia à morte de um homem. E ainda assim não estou em segurança, só por Mareh estar fora da jogada. Eles mandarão outro.*

Eu preciso pegá-los primeiro.

Ao pé da escadaria do prédio de Sami, Omar Yussef se apoiou no corrimão de metal, exausto e sem fôlego. Nadia subiu rapidamente o primeiro lance de degraus.

— Venha, vovô, depressa. — Ele acenou para que a neta fosse sozinha, mas ela ficou onde estava, até ele segui-la.

No apartamento de Sami, Maryam abraçou Nadia e deu um olhar de reprovação e preocupação a Omar Yussef. Ele bufou, abriu a porta do banheiro e se deixou cair nos joelhos doloridos. Agarrou a borda fria e vomitou.

CAPÍTULO 24

Embora as armas do assalto na casbá estilhaçassem o silêncio, as mulheres adormeceram no quarto, onde foram reconfortar Nadia. Omar Yussef caiu no sono no sofá de couro preto. A perseguição pela velha cidade com a neta perturbou seus sonhos. Ele mergulhou de volta no pânico em que sentira quando soltara a mão de Nadia. Arrepiando-se de desespero, ele acordou, sem fôlego, detectando cardamomo no ar e temendo que Mareh não estivesse morto no fim das contas.

Khamis Zeydan o observava de uma poltrona, batendo o dedo mindinho no couro.

A respiração de Omar Yussef estava acelerada. Um tiro soou perto do prédio e ele deixou escapar um grunhido assustado.

— Sami devia ter comprado um apartamento menos barulhento — disse Khamis Zeydan. — Depois do casamento, ele vai descobrir que a vida noturna na casbá é muito agitada para um responsável homem de família.

Na cozinha, Sami fazia café. *Ao menos essa é a origem do cardamomo*, pensou Omar Yussef. *Devo ter sentido o cheiro enquanto dormia.* Ele estremeceu ao recordar o hálito quente e doce do miliciano, em seu rosto.

— Eu não tinha dinheiro para comprar no bairro de Amin Kanaan — retrucou Sami. — Não com um salário de policial.

— Bem feito, quem manda ser um policial honesto? — perguntou Khamis Zeydan. — Você devia aceitar uns subornos.

— Como policial, eu tenho um bom modelo a seguir. — Sami sorriu para Khamis Zeydan. O chefe de polícia fez um gesto de negação para ele.

Os filhos de Omar Yussef tinham chegado enquanto ele dormia.

Ramiz estava sentado na borda do sofá, mordendo o nó do dedo e sugando a boquilha de um narguilé, os olhos nervosos. A água borbulhou na câmara de vidro no fundo do narguilé.

Zuheir se mantinha tenso e ereto numa cadeira da mesa de jantar, os cotovelos próximos aos flancos, as mãos cruzadas no colo, observando seu irmão.

Outra rajada de tiros ressoou pela casbá.

Ramiz exalou uma nuvenzinha de fumaça azul do narguilé. Ele ofereceu ao irmão o cachimbo listrado com cores vistosas.

— O que você está fumando? — Zuheir cheirou a fumaça e fez uma careta com o odor frutado. — Isso é tabaco com maçã bahraini. Não vou tocar nessa porcaria barata. Por que você não arranja alguma coisa boa?

Ramiz deu de ombros.

— Eu estive em Amã no mês passado e encontrei um tabaco de narguilé aromatizado com algo chamado "Frappuccino". Seja lá o que for.

— Bobagem estrangeira, é o que é. A tradição mais antiga é aromatizar o tabaco com rosas, e é assim que devia continuar. Não é o certo, pai?

Omar Yussef encarou os filhos.

— Sonhei que tinha perdido Nadia.

Ramiz sugou o narguilé. A água borbulhou no cachimbo.

Um estrondo grave ecoou pela casbá.

— Granada — murmurou Khamis Zeydan.

— Não sei por que você não pode simplesmente ficar no hotel conversando com os outros convidados do casamento, pai — disse Ramiz, irritado. — Por que você precisa sempre correr esses riscos?

— Seu pai está atrás de uma dinheirama — zombou Khamis Zeydan. — Por alguma razão ele parece não ter entendido que com certeza há alguns sujeitos desagradáveis tentando encontrá-la antes dele. — Ele olhou com dureza para Omar Yussef. — Seu amigo Amin Kanaan queria tirá-lo do caminho antes que você pudesse ajudar a mulher do Banco Mundial a encontrar o dinheiro.

— Kanaan não deve ser o único no encalço das contas bancárias — disse Omar Yussef. — Posso ter ficado no caminho de outras pessoas poderosas que querem essa fortuna para elas.

— Sami, o professor finalmente está entendendo nossa maneira de pensar — gritou Khamis Zeydan na direção da cozinha. — Finalmente concorda que isso é grande e perigoso demais para ele.

— Eu só quis dizer que um monte de gente poderia ter mandado Mareh me matar.

— Mas Kanaan foi o único que criou uma pequena guerra civil na casbá tendo Mareh como comandante de campo.

— Esse pessoal do Fatah me dá nojo — exclamou Zuheir. Ramiz fez um gesto para seu irmão baixar a voz, apontando com os olhos a porta do quarto onde as mulheres dormiam. Zuheir deu um grunhido exasperado.

— E qual é o seu problema com o Fatah afinal? O Hamas que começou isso, ao afirmar que o presidente morreu daquela doença — disse Ramiz.

— O que importa se disserem que ele era o filho bastardo do primeiro-ministro de Israel com uma mula manca? — Zuheir bateu em sua coxa com raiva. — Eles podem dizer o que quiserem. São só palavras. Por que sempre tem de acabar em tiroteio e morte?

Sami falou da porta da cozinha.

— Você iria dizer isso se o caluniado tivesse sido um dos famosos mártires do Hamas?

— Você acha que sou partidário do Hamas? Só porque uso barba e oro cinco vezes ao dia? Às vezes eu me pergunto se nós, palestinos, somos gente de verdade, com nossas próprias identidades individuais, ou apenas caricaturas.

Khamis Zeydan serviu-se de uma dose de Johnnie Walker. Zuheir resmungou, mas o chefe de polícia ignorou a desaprovação do jovem.

Omar Yussef foi até o banheiro urinar. Ele se sentiu febril ao lutar com sua bexiga recalcitrante. Quando voltou à sala de estar, se deu conta do ar denso com a fumaça dos cigarros e do narguilé. Ele precisava de ar fresco. Tentou abrir a janela, que não se moveu.

Sami inclinou-se sobre o ombro dele, soltou o trinco e abriu a janela deslizando-a com facilidade. Entregou uma xícara para Omar Yussef.

— Eis um pouco de café para você, Abu Ramiz.

— Que Alá abençoe as suas mãos. — Omar Yussef pôs a cabeça para fora da janela e inspirou profundamente. Era uma noite fria e sem lua, e os telhados em domo da casbá estavam pretos e indistintos. Ao respirar o ar puro, ele sentiu o pesadelo recuar.

Ele pôs a cabeça de volta para dentro da sala.

— Kanaan diz que não matou Ishaq — afirmou.

Voltou-se para ficar de frente para Khamis Zeydan. Os olhos do chefe de polícia estavam fixos em Omar Yussef.

— Eu acredito nele — falou Omar Yussef. — Ele pareceu realmente chocado quando contei que Ishaq tinha sido torturado. Disse que amava Ishaq, mas negou que fossem amantes.

— Amantes? — Khamis Zeydan expectorou e moveu o queixo. — De onde você tirou essa ideia?

— Nouri Awwadi disse que Ishaq era homossexual, e a esposa desse suspeitava que Kanaan era seu rival pelo amor do marido.

— Por que você não me contou isso antes que eu a interrogasse? — Khamis Zeydan grunhiu e deu um tapa na coxa um pouco acima do joelho. — Perna cretina.

Sami dobrou um cobertor xadrez barato em volta das pernas e dos pés de Khamis Zeydan.

— Antes que você me passe um sermão, sim, eu sei que é a diabete — o chefe de polícia disse a Omar Yussef. Ele pôs a mão na cabeça de Sami, quando o jovem enfiou as pontas do cobertor na poltrona. — Você vai ter de adiar o casamento por alguns dias se o tiroteio continuar, Sami. Os convidados não poderão se deslocar em segurança.

Sami enfiou sua mão boa no bolso.

— Meu visto expira um dia depois da data marcada do casamento — disse Omar Yussef. — E os de Maryam, Nadia, Zuheir e Ramiz, também. Se o casamento for adiado, teremos de voltar para Belém e perder a grande festa. Os israelenses jamais nos permitirão uma extensão.

— Por que você não pede ao seu amigo Kanaan para intervir? — Khamis Zeydan cuspiu num lenço de papel.

Uma desconjuntada rajada de tiros soou, perto e alta. Omar Yussef saiu da janela e sentou no sofá.

— Quando o combate amainar, talvez devêssemos ir confrontar Kanaan, dizer a ele que já se vingou o bastante do Hamas, e pedir que pare.

Khamis Zeydan o encarou.

— Você está falando sério, professor? Puta que pariu, você é doido.

— Então você vai comigo?

— Se for a única maneira de acabar com esse combate e garantir que o casamento de Sami aconteça, claro que irei com você.

Omar Yussef sorriu com um canto da boca.

— Ramiz, me dê o seu celular, por favor.

O filho lhe entregou um Nokia prateado. Uma foto de Ramiz com sua mulher e seus filhos iluminou a tela quando Omar Yussef tocou no teclado. Ele pegou o cartão de visita de Jamie King do bolso e digitou desajeitadamente o número do celular dela.

— Como faço para que ele disque?

Ramiz suspirou.

— Aperte o botão com o telefonezinho verde, pai.

Omar Yussef pôs o aparelho na altura do ouvido.

— Tem algo de errado com ele. Não está acontecendo nada.

Quando Ramiz ia pegar o telefone, ouviu-se uma voz.

— Jamie? — disse Omar Yussef. Ele segurava o telefone a alguns centímetros da cabeça e o olhava de esguelha.

— É ela. — A voz de Jamie King soou clara.

— Aqui é Omar Yussef Sirhan. O avô de Nadia, sua parceira no crime.

— Como você foi à casa de Kanaan comigo, acho que agora você é meu colega de conspiração também. Como vai, *ustaz*?

— Bem, com a graça de Alá.

Khamis Zeydan e Ramiz, que sabiam das suspeitas de Omar Yussef quanto aos riscos dos telefones celulares para a saúde e de sua inépcia com a tecnologia, riam abafado da desconfiança com que ele olhava para o aparelho em sua mão.

— Desligue logo, antes que a radiação lhe faça mal — disse Ramiz.

Omar Yussef fez uma cara feia e virou-se para a janela.

— Desculpe ligar tão tarde da noite.

Jamie King riu.

— Não se preocupe com isso. Não é fácil dormir nessa cidade, de qualquer modo. — Outro tiro reverberou na escuridão lá fora.

— Você tem razão. — Omar Yussef baixou a voz. — Eu queria saber se o seu fax de Genebra continha algo de útil.

— Demorou um bom tempo para eu receber tudo — disse King. — O fax do hotel não é lá muito confiável.

— É, eu percebi.

— Os meus investigadores na Suíça conseguiram descobrir algumas contas pequenas. Nada tão grande quanto esperávamos.

— Decepcionante.

— Em um dos bancos, foi a minha equipe quem avisou à instituição que Ishaq estava morto. Acontece que ele deixou instruções para que esse banco em particular, no caso de sua morte, transferisse meio milhão de dólares para uma conta de Nablus em nome de Suleiman al-Teef.

— Quem é ele?

— Não faço ideia. O gerente se recusa a me dizer qualquer coisa sobre a conta sem permissão de seu chefe em Amã. Isso não vai ocorrer pelo menos até a próxima semana, e então será tarde demais para impedir o boicote ao auxílio financeiro. Em todo caso, é só meio milhão de dólares. Faltam mais de 299 milhões para o nosso total.

Omar Yussef assentiu para o telefone, até King quebrar o silêncio e perguntar se ele ainda estava na linha.

— Sim, estou aqui. Então, o Banco Mundial vai realmente cortar a transferência de fundos?

— Sexta-feira à tarde o conselho fecha a torneira do dinheiro.

— Que horas são agora? — Ele olhou para seu relógio de pulso. Antes de ver a hora, percebeu que estava arranhado. *Deve ter sido quando tropecei na casbá, antes de Mareh tentar me matar*, ele pensou. Estalou a língua e esfregou o polegar no mostrador. *Um relógio tão bonito.*

— São 3 horas da manhã. Já é quinta-feira — disse King.

— Temos menos de dois dias.

— Não é muito tempo, *ustaz*.

Omar Yussef pôs o relógio junto ao ouvido. Ainda estava funcionando.

— Farei o melhor que puder, não se preocupe.

— Ei, continue tentando.

Ele já ia entregar o telefone para o filho, quando lembrou o que queria perguntar à americana.

— Jamie, quando nos conhecemos, você disse que Ishaq falara que ele podia ter os documentos bancários em mãos em uma hora.

— Isso mesmo. Eu falei com ele por telefone para marcar uma reunião. Conversamos apenas brevemente antes de ele ser assassinado.

— Os documentos devem estar em Nablus se era tão fácil tê-los em mãos. Ele falou mais alguma coisa sobre onde estavam?

— Nada de significativo. — King ficou em silêncio por um instante. — Estou tentando lembrar as palavras exatas dele. Ele disse algo como: "Eu os coloquei num lugar óbvio, onde qualquer um poderia vê-los. Mas ninguém a não ser Deus jamais saberá que eles estão lá."

Num lugar óbvio. Omar Yussef lembrou-se de Roween lhe contando que Ishaq dissera que estava envolvido em algo tão perigoso que queria enterrar atrás do templo. *Será que isso significa o altar no topo do monte Jerizim? É lá que se deixam as oferendas, onde o Deus samaritano as veria, e lá que o templo deles ficava.*

— Você não achou isso estranho? Não pediu a ele que explicasse o que queria dizer?

— Todo mundo no Oriente Médio está sempre fazendo referência a Deus, *ustaz*. Em minha limitada experiência, em geral não quer dizer nada. E eu achava que pouco depois ele me contaria exatamente onde estavam os documentos.

— Obrigado, Jamie. — Em seu cansaço, Omar Yussef se esqueceu de falar em inglês. — Que você tenha uma manhã de bondade.

— E que você seja da família da bondade — respondeu King em árabe. — Esse tanto da sua língua eu consegui aprender, *ustaz*.

Omar Yussef sorriu e deu o telefone para Ramiz.

— Terminei.

— Você não desligou. Veja, tem de apertar o botão vermelho.

— Sami, há algum fulano do Fatah em Nablus chamado Suleiman al-Teef? — perguntou Omar Yussef.

Sami tamborilou pensativo com a mão boa no gesso em seu antebraço direito.

— Não me soa familiar, Abu Ramiz.

Omar Yussef apoiou-se no batente da janela. Ouviu rajadas de tiros esporádicos e esperou o sol aparecer no outro lado do vale. Quando surgir, os milicianos irão dormir e aguardar a cobertura da noite seguinte para retomar sua batalha. Ele não tinha muito mais do que isto — 36 horas — para achar 300 milhões de dólares. Parecia um tempo curto demais. Em Nablus, havia séculos de maldade para se descobrir debaixo de cada pedra antiga.

CAPÍTULO 25

Khamis Zeydan mancou até seu jipe e jogou as chaves no ar. Omar Yussef teve de fazer malabarismo para agarrá-las junto ao peito, franzino o cenho para o amigo.

— Você quer que eu dirija? — perguntou.

— Meu pé está completamente entorpecido — disse Khamis Zeydan. — Não consigo usar a embreagem.

— Não é automático? Eu não consigo dirigir esse carro.

— Não é um carro. É um jipe.

— Eu sou um péssimo motorista, mesmo com transmissão automática e estradas boas. Você acha que sou capaz de subir aquela montanha numa estradinha sinuosa nesse raio de jipe enorme... e ainda mudar de marcha?

Khamis Zeydan deu um tapa no capô turquesa do veículo da polícia.

— Mais tarde vou passar na garagem da polícia para trocar esse daqui por um confortável Audi sedã; de preferência um cuja única dona tenha sido uma mulher, se for melhor para você. Por enquanto, esse vai ter de servir — disse ele. — E lamento não ter descanso de copo, CD player e ar-condicionado. Também lamento que o cinzeiro esteja cheio. Mas, acima de tudo, lamento ter de ficar aqui ouvindo você reclamar. Simplesmente trate de dirigir.

Omar Yussef se ergueu para o banco do motorista com um resmungo. Seus ombros fraquejaram e ele apoiou de novo o pé no chão.

— Por que fazem esses veículos tão altos?

— Para que os pedestres possam se esconder debaixo do chassi quando *você* passar por cima deles. — Khamis Zeydan inclinou-se do banco do passageiro, agarrou os ombros de Omar Yussef e o pôs para dentro.

O jipe foi aos trancos pela rua. Omar Yussef cerrou os dentes, tentando desviar dos pedestres que perambulavam pela casbá. Um táxi apareceu atrás dele e começou a buzinar impacientemente.

— Cale a boca, seu filho da mãe! — resmungou Omar Yussef

Khamis Zeydan riu baixinho e acendeu um cigarro.

— Cuidado com a carroça de tomates — murmurou, com o Rothmans entre os lábios.

Uma gota de suor ardeu no canto do olho de Omar Yussef.

— Cuidado com o quê? — perguntou, piscando para se livrar do suor. Ouviu um som como o súbito esmagar de uma caixa de papelão e então um grito.

Ele parou o jipe. Do lado da janela do passageiro, um homem ossudo com um *keffiyeh* enrolado como turbante berrava que eles tinham virado a carroça dele. Khamis Zeydan deu uma breve olhada nos tomates espalhados como papoulas sobre a terra no lado da estrada e sorriu para o vendedor.

— Mostre-me sua licença de ambulante — ordenou — ou suma da minha frente.

O homem tirou seu *keffiyeh* e correu para os tomates, praguejando.

— Devíamos ajudá-lo a recolher — ponderou Omar Yussef.

— Vamos embora. E sem mais paradas para legumes — Khamis Zeydan disse.

— Tomates são frutos. — Omar Yussef forçou o câmbio.

— O quê?

— Não é um legume. É o fruto do tomateiro.

Khamis Zeydan olhou-o, pasmo.

— Trate de deixar as compras na quitanda para a sua mulher, professor.

— Estou ansioso para chegarmos na estrada vazia acima da cidade. — Omar Yussef suspirou. — Não consigo prestar atenção em todas essas coisas vindas de tantas direções.

O motor roncava quando eles começaram a subir a encosta. Khamis Zeydan aconselhou Omar Yussef a manter o jipe em segunda. Quando os prédios na beira de Nablus passaram a rarear, eles viraram na estrada estreita e sinuosa para o pico do monte Jerizim.

Khamis Zeydan jogou seu cigarro pela janela e olhou para o pé direito de Omar Yussef.

— Nunca vamos chegar lá a essa velocidade. Você pode pisar mais, sabia? O motor é barulhento, mas não vai explodir.

Na entrada da mansão de Kanaan, Omar Yussef tentou estacionar, mas o motor morreu e ele deixou o jipe parar no meio da estrada. Escancarou a porta e pulou para fora.

Khamis Zeydan se inclinou e puxou o freio de mão com a mão boa, bem quando o jipe começava a andar para trás.

— Você estava planejando voltar a pé para a cidade depois de destruir o meu jipe?

Omar Yussef jogou as chaves no colo do amigo e fechou a porta.

O criado na entrada principal da mansão cumprimentou Omar Yussef, repuxando o bigode.

— Desculpe. Ainda nada de ar-condicionado no jardim, *ustaz* — disse ele.

— Viemos aqui para falar com o honrado Kanaan.

— O patrão não está, mas a madame poderá recebê-los.

Omar Yussef sentiu uma pontada de frustração. Ele queria confrontar Kanaan a respeito do homem que mandara para matá-lo e da guerra que começara na casbá. Não precisava de nada de Liana, mas seria uma grosseria partir agora e Khamis Zeydan iria querer vê-la de novo, de qualquer modo.

O criado os conduziu pelo lustroso corredor, abriu a porta para o salão, e deu uma olhada na perna manca de Khamis Zeydan. O policial percebeu e deu uma cotovelada nas costelas dele ao passar. O criado pegou o braço de Khamis Zeydan e o conduziu até a sala.

— Cuidado com onde pisa — ele advertiu. — Não vá cair nos tapetes. Pode sujá-los, e eles são muito caros.

— Tanto quanto você é barato — disse Khamis Zeydan.

O criado sorriu, endireitou a bainha em brocado dourado da túnica e fechou a porta atrás dele, deixando-os sozinhos.

— Que bicho o mordeu? — perguntou Omar Yussef.

— Você viu o jeito que o canalha olhou para o meu pé?

Ele vai encontrar a mulher que amou quando era jovem e vigoroso, e estará mancando com seu pé de diabético, Omar Yussef pensou. *Devia ficar feliz que estou por perto para fazê-lo parecer viril em comparação.*

— Não consigo tolerar a falta de respeito — desabafou Khamis Zeydan. — Já é ruim o bastante ter de lidar com os jovens policiais insubordinados na minha divisão. Eles participaram de alguma ação como milicianos durante a Intifada, e agora acham que são heróis e não precisam aceitar ordens minhas.

— É o mesmo problema com todos os nossos jovens — disse Omar Yussef. — A geração mais velha fracassou em libertar a Palestina, então aos olhos deles não merecemos respeito algum. Você precisava ouvir como as meninas falam com minha equipe na escola.

— Deviam levar uma surra.

— É isso o que você faz com os policiais?

— É o que eu gostaria de fazer com aquele criado, o canalha arrogante. Eu o penduraria pelo seu bigode de mulherzinha.

O criado abriu a porta e se encostou nos adornos dourados em alto-relevo, olhando de cima para Khamis Zeydan.

Liana entrou rapidamente na sala e os cumprimentou. Usava um vestido sem manga de seda vermelha que formava um pequeno pneu devido à flacidez de sua cintura. A maquiagem dos olhos era mais pesada do que da outra vez que Omar Yussef a vira, e o rosto dela estava rígido e sem alegria.

Um segundo criado trouxe uma bandeja de café para a mesa de centro.

Liana convidou suas visitas a sentar.

— Receio que vocês tenham se desencontrado de meu marido. Ele saiu para Nablus esta manhã para tratar de negócios.

— Um tipo fatal de negócios — disse Khamis Zeydan.

Liana olhou atentamente para ele.

— Caro Abu Adel, não entenda errado o que eu disse sobre meu marido na última vez que nos vimos. Ele pode não ser puro, mas o que quer que faça nunca é contra os interesses do povo palestino.

Khamis Zeydan bebeu seu café de um jeito ruidoso, uma ofensa dissimulada ao marido de Liana.

Omar Yussef sentou na borda de uma poltrona.

— Cara senhora, seu marido começou uma espécie de pequena guerra com o Hamas na cidade.

— Como eu disse, ele nunca age contra os interesses do povo palestino. — Ela ergueu o queixo.

Ela parece forte e desafiadora quando assume essa postura, Omar Yussef pensou. *Tenho de admitir que é atraente.*

— Esses combates não podem beneficiar o povo palestino de maneira alguma.

— Ele está combatendo por uma boa razão, não à toa. — Liana continuou seu escrutínio de Khamis Zeydan. — Ele não é esse tipo de homem.

O chefe de polícia resmungou mais uma vez e pôs sua xícara na mesa, batendo no pires.

— Então qual é a razão dele para atacar o Hamas? — perguntou Omar Yussef.

— Ele teve que conseguir algo de volta deles, algo importante — ela disse —, e agora o Hamas está retaliando.

De repente Liana está mais interessante do que eu esperava, refletiu Omar Yussef.

— Algo importante? O quê, exatamente?

Liana passou a língua pelos lábios pintados.

— Documentos que foram roubados dele.

Os dossiês sobre a sujeira.

— Foi Suleiman al-Teef quem os roubou?

— Quem?

— O que esses documentos contêm?

— Informações sobre homens importantes do Fatah — respondeu Liana. — Ele teve que recuperá-los. Se permanecessem nas mãos do Hamas, eles os usariam para provocar uma verdadeira guerra civil. Vocês ouviram como caluniaram o Velho.

— Como o Hamas obteve os documentos?

— Foram roubados de meu marido.

— Por quem?

Liana deu de ombros.

— Como seu marido obteve a posse desses documentos? — perguntou Omar Yussef. — Eles pertenciam originalmente ao Velho. Quem os deu para Amin?

Liana encarou Omar Yussef.

— Eu não disse que eles pertenciam ao antigo presidente. O que lhe faz achar isso?

Khamis Zeydan encolheu seu lábio superior como um camelo protestando contra o chicote.

Estraguei tudo, pensou Omar Yussef.

— Devo ter confundido esses papéis com outra coisa. Desculpe-me — disse ele. — Eu esbarrei com dois cadáveres em quatro dias. É muito desconcertante para um velho professor.

Liana ergueu uma de suas sobrancelhas pintadas.

— Os documentos foram reunidos pelo meu marido, não pelo Velho. Eles contêm as sujeiras do alto escalão do partido. Eram como uma apólice de seguro, caso Amin alguma vez fosse ameaçado.

— Ou chantageado?

Os olhos de Liana estavam meio fechados, mas alertas.

— Chantageado em relação a quê?

Khamis Zeydan tomou fôlego.

— O meu amigo Abu Ramiz ouviu alguns boatos desagradáveis sobre o apetite sexual de seu marido, Liana — disse ele.

Os olhos da mulher se abriram e ela ergueu a voz pela primeira vez. Omar Yussef detectou uma acidez maligna que não combinava com a seda e os dourados que a envolviam.

— Você está completamente enganado sobre o meu marido — afirmou ela. A pele em sua garganta balançou e ela se virou para Khamis Zeydan. — Qualquer que seja o rancor que você tenha de Amin por causa dos velhos tempos em Beirute, Abu Adel, espero que você defenda a reputação de um homem que batalhou e se sacrificou por seu povo.

O chefe de polícia olhou para estátua de porcelana de uma ninfa saltando que ficava numa mesinha ao lado de sua poltrona. Apertou um botão ao pé da ninfa e uma lâmpada instalada em sua mão estendida se acendeu.

— Sim, ele é um grande lutador pelo nosso povo.

O rosto de Liana ficou rígido. Ela se inclinou e apertou o botão para apagar a luz que a ninfa segurava. Sua mão ficou na mesa junto à figura. Em contraste com os dedos, bronzeados e sardentos, o ouro de sua aliança parecia insolitamente brilhante. Khamis Zeydan agarrou o braço da poltrona, até os nós dos dedos ficarem brancos. Omar Yussef sentiu a tensão e sabia que os ex-amantes teriam se tocado caso ele não estivesse presente.

— Talvez *você* pudesse me falar sobre o relacionamento entre Amin e Ishaq? — disse Omar Yussef. — Assim não terei de ouvir o que outras pessoas dizem sobre isso.

Liana respirou fundo e fitou sua mão na mesa. Ela a ergueu e tocou a testa.

— Amin teve uma discussão séria com Ishaq antes da morte dele.

— Ele morreu há quatro dias. Quando eles discutiram?

— Há algumas semanas.

— A briga teve alguma coisa a ver com esses documentos sobre os líderes do Fatah?

Liana balançou a cabeça.

— Amin contou a você sobre a discussão? — perguntou Omar Yussef.

— Ele não precisou. Eu estava presente.

Omar Yussef umedeceu os lábios.

— O que aconteceu?

— Ishaq irrompeu nesta sala enfurecido. — Liana cobriu os olhos. — Fez acusações, tanto contra mim quanto contra Amin. Não eram verdadeiras. Eu respondi isso, mas ele se recusou a acreditar. Saiu daqui correndo e nunca mais o vi.

— Foi a última vez que Amin o viu?

— Amin falou com ele por telefone depois. Não sei o que conversaram. Eu não suportava pensar na raiva do jovem. Ele era tão próximo de nós.

— Qual foi a acusação?

Liana balançou a cabeça, a mão sobre o rosto.

Khamis Zeydan estendeu a mão e acariciou o braço dela. Os olhos azuis do policial estavam sem brilho.

— Por ora chega, Abu Ramiz. — Ele se levantou e tocou a cabeça de Liana, os dedos roçando o penteado dela, pressionando de leve os cabelos com laquê. Quando ele tirou a mão, o penteado lentamente voltou a sua altura original.

Omar Yussef seguiu Khamis Zeydan até a saída. O criado cruzou o hall, a face impassível e insolente, para abrir a porta da frente. Quando saíram ao sol, Omar Yussef ouviu um som como o uivo de um chacal. Veio da sala onde tinham deixado Liana.

CAPÍTULO 26

Omar Yussef girou a chave na ignição e agarrou o volante quando o jipe deu um tranco e morreu. Khamis Zeydan pôs a marcha em ponto morto com a mão esquerda protética.

— Você descobriu alguns cadáveres essa semana — disse ele. — Está tentando transformar meu jipe num deles também?

— Eu disse que sou um péssimo motorista. — Omar Yussef deu a partida e pisou fundo no acelerador. O motor rugiu como um forno *taboun* quando suas chamas consumiam uma nova acha de lenha.

— Você precisa engatar a marcha, meu irmão.

Os guardas no portão de Kanaan tossiram com a fumaça densa do escapamento. Omar Yussef enrubesceu e mexeu no câmbio, até o veículo se pôr em movimento com um solavanco. Quando ele passou para a segunda, parou de prender a respiração.

— Não consigo me concentrar em dirigir. Fico pensando no que Liana acabou de nos contar — disse. — Kanaan e Ishaq tiveram uma briga.

— Eu ouvi.

— Você não vê o que isso pode significar?

— Pode? — Khamis Zeydan desdenhou.

Omar Yussef virou o jipe, deu marcha a ré e fez um retorno. Khamis Zeydan olhou com ar desconfiado sobre o ombro para a encosta íngreme na direção de Nablus.

— Sair numa subida? Isso não é um exame para carteira de motorista.

Omar Yussef acelerou ruidosamente e soltou o freio de mão, de modo que o jipe ecoou ao subir o aclive. Um dos guardas no portão de Kanaan pôs os dedos nos ouvidos.

— Estou dando a volta porque não iremos direto para Nablus — explicou Omar Yussef.

— Qual é o plano?

— Vamos para a aldeia samaritana. Eu quero falar com o sacerdote.

— Para quê? Você quer ver se o Messias dele veio, afinal?

— Amin Kanaan tinha os documentos comprometedores, segundo Liana. Depois o Hamas ficou com eles, porque Ishaq os entregou. Liana disse que eles tinham sido roubados de seu marido. Ishaq os roubou de Amin?

— Awwadi roubou o antigo pergaminho samaritano e o deu para Ishaq em troca dos arquivos. E Ishaq devolveu o pergaminho para o sacerdote. — Khamis Zeydan olhou fixamente para o para-brisas empoeirado do jipe.

— Não vejo por que Kanaan iria concordar com isso. Eram documentos importantes e ele não ganhou nada com o acordo.

A menos que ele *quisesse* que os samaritanos tivessem o pergaminho de volta.

— Parece que isso só é importante para os seiscentos samaritanos, não para Kanaan.

Omar Yussef coçou o queixo.

A aldeia samaritana apareceu toda branca além dos pinheiros ao longo do cume.

— Ishaq queria que o pergaminho voltasse, para os samaritanos. É a relíquia mais sagrada deles — disse Omar Yussef. — Talvez fosse dar algo a Kanaan em troca dos documentos.

Khamis Zeydan fez uma expressão maliciosa.

— Um pouco de companhia junto à fogueira em noites solitárias?

Omar Yussef balançou a cabeça lenta e hesitantemente.

— Deve ter alguma coisa a ver com os detalhes das contas secretas.

A expressão maliciosa do chefe de polícia se transformou numa careta.

— Trezentos milhões de dólares.

— Essa quantidade de dinheiro faz a sua diabetes ficar mais ou menos incômoda? — Omar Yussef riu.

— Faz com que eu queira vomitar. Esse dinheiro era nosso. — Khamis Zeydan apontou para as casa de Nablus, no vale. — Dinheiro deles.

— O que você faria por ele?

Khamis Zeydan fez uma careta.

— Você quer saber se eu mataria por ele, professor? Matar nem sempre é tão difícil quando a causa é justa.

— Existem coisas mais vergonhosas do que matar? — perguntou Omar Yussef. O que o dossiê sobre o amigo poderia conter que ainda envergonhasse esse assassino assumido? *Algo pior do que assassinato*, concluiu.

Khamis Zeydan observou a aldeia samaritana se aproximando.

— Você pretende percorrer todo o caminho em segunda? — falou, virando-se com uma expressão hostil para Omar Yussef. — Ou só está tentando me aborrecer?

Omar Yussef desajeitadamente engatou a terceira e o jipe ganhou velocidade. Ele contraiu os ombros, se esforçando para fazer a curva seguinte, então freou e deixou o jipe avançar lentamente ao longo do cume.

— Os números e as senhas das contas; deve ter sido isso que Kanaan recebeu de Ishaq — exclamou Omar Yussef. — O Hamas ficou com os documentos. Ishaq ficou com o pergaminho. Kanaan ficou com o dinheiro, ou pelo menos com as informações para pôr as mãos nele.

— Muito organizado. Todo mundo ficou feliz.

— Então por que Ishaq está morto? — Omar Yussef bateu com o punho no volante. — *Era* para Kanaan ficar com o dinheiro. Mas ele não ficou. A mulher do Banco Mundial disse que não rastreara nenhuma transação indicando que tanto dinheiro tivesse sido transferido. Ishaq deve ter voltado atrás, e então Kanaan o matou.

— Ele assassinou o próprio namorado? — Khamis Zeydan balançou a cabeça. — Estou acreditando em quase tudo sobre o canalha, mas ele mataria um garoto que amava?

— Por 300 milhões de dólares? Isso é muito dinheiro, até mesmo para um dos homens mais ricos da Palestina.

Khamis Zeydan ergueu as sobrancelhas.

— Ishaq disse para sua mulher algo sobre enterrar os detalhes financeiros atrás do templo, e contou à americana do Banco Mundial que colocara os documentos onde qualquer um podia achá-los — disse Omar Yussef. — Talvez eles estejam escondidos no monte Jerizim. Lá em cima. Onde o corpo de Ishaq foi descoberto. — Ele apontou paras as pedras cinzentas quadradas da fortaleza bizantina sobre a Colina Eterna, a rocha no centro do antigo templo samaritano.

Quando o jipe adentrou a aldeia, um adolescente coçou suas orelhas tortas e encarou Omar Yussef, a boca aberta e sonsa, uma bola de basquete presa entre o cotovelo e as costelas.

— Temos um dia para resolver isso — falou Omar Yussef. — Ou o Banco Mundial fará dessa confusão um problema para todos os palestinos.

Eles chegaram ao pequeno parque junto à casa de Roween. Carvão enegrecia as filas dos buracos de concreto, ainda fumegando da festa de Páscoa. A grama seca tinha sido pisoteada pelos samaritanos que participaram.

Omar Yussef deixou o motor morrer e desceu à calçada da aldeia silenciosa. Quando engoliu em seco, o movimento de seu pomo de adão soou alto em sua garganta.

Um barulho ressonante cortou o silêncio. O menino com as orelhas estranhas descia a rua gingando. A cada meia dúzia de passos ele fazia a bola de basquete quicar, agarrava-a com as duas mãos e a colocava do lado da cabeça. Omar Yussef escutou: a bola fazia um zunido metálico espectral depois do impacto mais forte. O menino gemeu, frustrado por não conseguir pegar a bola rápido o bastante para levar essa nota aguda até o ouvido. *Ele tem a sensação de que o som seria bonito*, Omar Yussef pensou.

Ele ergueu a mão e chamou o menino.

— Por favor.

O menino segurou a bola de basquete em frente às coxas. Deu de ombros e olhou fixo para Omar Yussef, virando a cabeça e deixando o queixo caído.

— Onde fica a casa de Jibril, o sacerdote, meu menino? — Omar Yussef aproximou-se.

O menino girou os olhos para cima e fez um som engasgado.

— Abu Ramiz, lembre-me de não deixar meus netos se casarem com as minhas netas — Khamis Zeydan disse, apontando o dedo para o menino.

A cabeça do adolescente moveu-se bruscamente para o lado. Omar Yussef sentiu um ímpeto de pena do garoto, brincando sozinho nesse topo de montanha silencioso. Ficou com raiva de Khamis Zeydan.

— Se o que você diz sobre as suas relações familiares é verdade, ninguém pedirá a sua opinião sobre casamentos — disparou ele. Pôs a mão no ombro do menino, inclinou-se mais perto de seu rosto e disse delicadamente: — Menino esperto, a casa do sacerdote Jibril?

O menino jogou a bola e se moveu na direção de uma casa branca com esquadrias cor-de-rosa na esquina da rua. Omar Yussef o seguiu, sentindo o cheiro de urina e suor. Na porta de cerejeira laqueada, o menino pôs a bola debaixo do braço e empurrou a maçaneta. Ele entrou, deixando a porta entreaberta.

Omar Yussef ficou esperando na rua sem sombra. Ele enxugou a nuca com o seu lenço e olhou para Khamis Zeydan.

— Desculpe pelo meu mau humor, Abu Adel. Se eu não fosse professor, talvez não me importasse. Mas estive com tantas crianças em minha vida, que detesto vê-las sendo caçoadas. Sei o quanto sofrem.

— Eu vivi num mundo de homens — disse Khamis Zeydan.

— Não tínhamos nossos filhos conosco quando estávamos em operações na Europa ou durante a guerra no Líbano. Nunca aprendi nem o básico sobre crianças. Talvez seja por isso que meus filhos me odeiem.

— Mas era um mundo de mulheres também não? Liana estava lá, afinal.

— Não, nunca entendi as mulheres. E Liana menos ainda.

O menino saiu a passos largos da casa para a calçada, com a cabeça baixa. Ele quicou a bola e a pegou, e então correu entre Omar Yussef e Khamis Zeydan, desaparecendo nas árvores atrás do parque. Omar Yussef olhou para cima, para a casa de Roween. Uma cortina no segundo andar tremulou, como se alguém que olhasse pela janela a tivesse acabado de soltar. Ele manteve os olhos na cortina, até ela ficar imóvel.

Uma mulher robusta num vestido vermelho bordado apareceu na porta da casa do sacerdote. A pele do rosto gordo e enrugado era da cor de areia úmida. Ela estendeu o braço para que entrassem.

O sol filtrava-se através de leves cortinas cor-de-rosa na recepção. Ao longo da parede, fotografias em preto e branco de homens de barbas brancas usando o tarbuche do sacerdócio os encaravam. Os retratos mais antigos se distinguiam pela ausência de óculos nos sacerdotes, mas fora isso todos se pareciam muito: testas altas, narizes compridos, olhos inocentes.

Omar Yussef ouviu Jibril se aproximar, as abas soltas de sua longa túnica roçando nas pernas.

O sacerdote pegou a mão de Omar Yussef em ambas as dele.

— Saudações, paxá.

— Saudações em dobro.

— Esteja com sua família e como se em seu lar — disse Jibril. A parte de cima de sua túnica de algodão leve estava rasgada do pescoço ao esterno, um sinal de luto por seu filho. Ele deu um sorriso contido e estendeu o mesmo cumprimento a Khamis Zeydan.

— O senhor também é policial?

Os olhos de Khamis Zeydan viraram-se para Omar Yussef, que pigarreou, sem graça.

— Sou o chefe da polícia de Belém — respondeu Khamis Zeydan.

— Seja bem-vindo. — O sacerdote fez um gesto com a mão sobre o sofá, como que estendendo uma seda sobre o móvel. Ele sentou-se numa poltrona que dominava a sala. — Bem-vindo à nossa aldeia.

— Sinto muito pela perda de seu filho — disse Khamis Zeydan. — Que Alá tenha misericórdia dele. Se é isso o que vocês dizem como condolência. Quero dizer, vocês, samaritanos. Desculpe.

— É um voto aceitável. Que sua vida seja longa. — O sacerdote passou os dedos por seu traje. — Foi uma semana exaustiva. Devemos velar meu filho Ishaq por sete dias, como é nossa tradição. Mas também tivemos de celebrar a festa da Páscoa.

— Nós vimos os rituais — disse Omar Yussef. — Foi muito interessante.

O sacerdote cofiou a barba.

— Confesso que foi uma festa difícil para o nosso povo, por causa do assassinato — falou, em tom baixo —, mas fico satisfeito que tenham achado do seu interesse.

A mulher volumosa entrou com duas xícaras minúsculas de café, respirando ruidosamente pelas narinas como alguém dormindo profundamente. Omar Yussef e Khamis Zeydan tomaram um gole amargo. A mulher olhou para o sacerdote, que fechou os olhos brevemente e balançou a cabeça. Ela fechou a porta a suas costas.

— Os senhores têm progressos para me informar? — perguntou Jibril.

Omar Yussef franziu o cenho.

— Na investigação da morte de Ishaq? — continuou o sacerdote. — Não vieram aqui para me dizer que encontraram o assassino?

— Lamento dizer que estamos longe desse estágio, reverendo — respondeu Omar Yussef. — Temos questões adicionais que acreditamos ser importantes para o desenvolvimento da investigação.

Jibril assentiu lentamente.

Omar Yussef chegou mais para a frente no sofá.

— O pergaminho que foi devolvido na mesma noite da morte de Ishaq...

— O Pergaminho de Abisha.

— Sim. Conte-me exatamente como ele foi restituído.

— Eu o encontrei nos degraus da sinagoga.

— Havia alguma mensagem junto com ele?

— Nenhuma.

— Não é estranho que um objeto tão valioso tenha sido colocado ali, onde qualquer um poderia pegá-lo?

— Mas ninguém mais poderia tê-lo encontrado. O senhor viu que as portas ficam a certa distância da rua. Ninguém sobe os degraus, a menos que seja um de nós a caminho da sinagoga, e quase sempre acompanhado por mim, o único que tem a chave.

— Mesmo assim, parece um jeito estranho de se devolver o pergaminho.

O sacerdote empurrou a língua por dentro de uma bochecha e a passou para o outro lado da boca.

— Houve algum dano ao Abisha? — perguntou Omar Yussef.

— Graças a Alá, não. Eu o examinei meticulosamente.

— Onde está o pergaminho agora?

— Após a celebração da Páscoa aqui em Jerizim, eu o levei de volta para o cofre em nossa sinagoga.

— Quando estivemos juntos no templo, acho que o senhor me disse que a maior parte dos documentos históricos importantes do seu povo é guardada aqui na sua casa.

— Um dos principais sacerdotes tradicionalmente salvaguarda esses documentos em casa.

— Posso vê-los?

O sacerdote se apoiou nos braços da poltrona, pondo-se de pé. Omar Yussef e Khamis Zeydan o seguiram até um escritório espartano, escurecido por persianas baixadas pela metade para bloquear o sol brilhante da manhã. Encostada na parede mais próxima havia uma escrivaninha, com a superfície coberta por um couro marrom com leves arranhões. Do outro lado do aposento, um armário alto de madeira expunha uma série de estojos tubulares por trás de portas de vidro.

Omar Yussef pôs o rosto perto do vidro. A respiração o embaçou.

— São incríveis — exclamou.

— Nós guardamos 26 cópias dos Livros de Moisés aqui — disse Jibril. — Esta é uma das mais antigas, do século XV.

Omar Yussef seguiu o gesto do sacerdote. A Torá estava guardada num tubo de pele de bezerro com 45 centímetros de comprimento. As alças no topo eram de prata sem brilho e a frente do estojo era decorada com um painel de prata que acompanhava sua curvatura. Omar Yussef olhou mais de perto e bateu no vidro com o dedo.

— Esta prata está gravada com a mesma imagem do templo antigo que o Pergaminho de Abisha — disse.

— Os pergaminhos propriamente são de diferentes períodos históricos, mas é possível que os estojos tenham sido feitos e ornamentados na mesma época — explicou o sacerdote.

— Já houve alguma tentativa de roubar esses pergaminhos? Jibril balançou a cabeça.

— O Abisha é muito mais valioso. É por isso que o guardamos no cofre da sinagoga, em vez de aqui em minha casa.

Omar Yussef bateu com o dedo no vidro mais uma vez.

— Antes de morrer, Ishaq disse uma coisa para a esposa que acho que pode ser importante.

O sacerdote encarou Omar Yussef em expectativa.

— Ele falou que estava envolvido em algo muito perigoso. Tão perigoso que ele queria enterrá-lo atrás do templo e esquecer o assunto. — Omar Yussef olhou para a imagem das torres monumentais do templo no painel gasto no estojo do pergaminho. — Foram precisamente essas as palavras dele, segundo a mulher.

Jibril soltou o ar, esvaziando as bochechas.

— O que isso quer dizer? — perguntou, lentamente.

— Eu esperava que o senhor tivesse alguma ideia. — Omar Yussef observou o sacerdote passar a mão pela barba curta e balançar a cabeça. — Roween contou que o senhor discutiu com Ishaq pouco antes da morte dele. Sobre o que foi a discussão?

— Não é apropriado que eu diga coisas ruins sobre meu filho após a morte dele.

— Por que a discussão daria uma imagem negativa de Ishaq?

— Xingar o pai é uma coisa vergonhosa.

— Ele o xingou? Por quê?

O sacerdote moveu-se até a janela. Puxou a corda, abrindo a persiana. Omar Yussef piscou com a luz forte.

— Eu o aconselhei a se divorciar de Roween — disse Jibril.

— Eles eram infelizes?

— Eu queria um neto.

— Ishaq era o seu único filho. Mas o senhor me disse que tinha duas filhas. Elas não têm filhos?

O sacerdote balançou a cabeça.

— Vocês, árabes, têm um ditado interessante: "O filho de um filho é querido. O filho de uma filha é um estranho." A linhagem masculina é a mais importante. Creio que compreenderão.

— Compreendo que isso é o que a convenção diz, Vossa Reverendíssima, mas não posso concordar com o senhor — disse ele.

— Para você é fácil falar — argumentou Khamis Zeydan. — Você só tem filhos.

Omar Yussef olhou com irritação para o seu amigo. Ele voltou-se para o sacerdote.

— O senhor discutiu com Ishaq. Ele se recusou a terminar o casamento dele?

— Ele se recusou. — Jibril encostou o rosto na vidraça, franzindo os olhos com a luz do sol.

— Porque ele amava Roween? — Omar Yussef aproximou-se de Jibril no canto. — Ou porque sabia que uma mudança de esposa não aumentaria a probabilidade de que ele tivesse um filho?

O sacerdote endireitou-se rapidamente, esticando toda a sua estatura de 1,82 metro, e ergueu o queixo. Olhou furioso para Omar Yussef.

— O senhor sabe o que eu quero dizer, não sabe? — perguntou Omar Yussef.

Jibril abriu os dedos e deixou a persiana cair. Na súbita escuridão, a voz do sacerdote saiu rouca e seca.

— Roween é uma menina muito sem graça. Se Ishaq tivesse uma esposa mais bonita, poderia não ter se tornado um *Louti,* um sodomita.

— Quão duramente o senhor criticou o seu filho? — Omar Yussef chegou mais perto do sacerdote. Sentiu o cheiro de cebola crua no hálito do homem. — Falou que odiava o que ele era? Ele o culpou pela infelicidade dele? Por fazê-lo viver nesse topo de montanha com uma mulher para a qual ele nunca poderia ser um marido de verdade?

— Sou um sacerdote de nosso povo. — A voz de Jibril soou contida. — Sou um símbolo. Minha família tem de estar acima de recriminações.

— Então o senhor o fez voltar de Paris. Não acha que ele podia ter sido feliz lá? No Ocidente liberal, ele poderia encontrar o amor.

— Que tipo de amor? Um imundo, pecaminoso.

— O senhor o fez pagar uma multa para retornar à comunidade. O senhor o fez voltar para este lugar remoto e conservador, onde ele ficaria isolado. Onde ele se renderia ao encanto da única outra personalidade cosmopolita por perto.

— Do que você está falando? De quem?

— Amin Kanaan.

— O que isso tem a ver com Kanaan? Ishaq fez alguns serviços para ele, só isso.

Khamis Zeydan fungou.

— Um serviço duro para você ou para mim, talvez. Mas bem ao gosto de Ishaq, aparentemente.

O sacerdote balançou a cabeça, olhando para o alto.

— Se fosse culpa de Roween que eles não tivessem filhos, todo mundo esperaria que Ishaq se divorciasse dela. Mas ele se recusava a acabar com o casamento. Nada de divórcio, e nada de filhos: o povo da aldeia teria percebido que Roween não era o motivo da ausência de filhos. — Omar Yussef levantou a voz. — Ishaq lhe contou sobre a vida secreta dele? Você o matou por causa disso? Por causa do escândalo que haveria se as pessoas descobrissem que o filho do sacerdote era gay, que ele estava tendo um caso com um empresário poderoso?

Os ombros esguios de Jibril estremeceram.

— Não foi assim — disse ele. — Eu o amava. — Suas palavras tornaram-se um gemido e as pernas cederam. Ele escorregou pela parede e se agachou com a mão na testa. A outra mão uniu as pontas de sua túnica e as torceu.

CAPÍTULO 27

O adolescente solitário estava quicando sua bola de basquete em algum lugar atrás da casa de Roween. Omar Yussef encostou no jipe da polícia. Khamis Zeydan mancou até o lado do amigo.

— Você parece estar deixando muitas cenas lacrimosas por onde passa hoje.

— Essas conversas foram dolorosas — disse Omar Yussef. — Minha cabeça está me matando.

Ele se espreguiçou na frente do jipe e encostou a testa no capô. O metal estava quente com o sol do começo da tarde. *Quando o sol estiver a esta altura amanhã, preciso ter as informações sobre contas em minhas mãos, ou não serei o único palestino com dor de cabeça*, refletiu.

Ele olhou para o sol.

— Até mesmo pessoas tomadas pelo desespero suicida têm as ideias claras o bastante para subir ao quarto andar antes de pular e terminar com tudo — ele disse. — Eu me sinto como se estivesse me jogando repetidamente de uma janela do térreo. Fico machucado, mas não consigo fazer algo relevante.

— Eu sempre o adverti que um detetive precisa ser duro — comentou Khamis Zeydan. — Você tem de ser capaz de manipular as pessoas, fazer com que gostem de você, o odeiem, tenham medo. Mas precisa ser frio. Não sentir o que elas sentem.

— Como posso deixar de sentir a angústia de Liana e desse sacerdote? — Omar Yussef inclinou a cabeça na direção da casa com esquadrias rosa. — Isso seria desumano.

— Assassinatos são desumanos. — O chefe de polícia tirou um fiapo de tabaco do lábio. — Você precisa sentir a desumanidade, de modo a poder ficar por trás do assassino e ler a mente dele.

Omar Yussef balançou a cabeça.

— Você está esquecendo que a paixão e o amor podem estar incluídos nisso. Eu prefiro entrar na cabeça do assassino por meio dessas emoções, em vez do ódio e da violência.

O menino com a bola de basquete veio a passos largos de uma esquina. Quando viu Omar Yussef, parou com a bola no ouvido e os pés plantados bem abertos no meio da rua.

Omar Yussef aproximou-se e fez um sinal para ele. O menino não se moveu. Omar Yussef suou ao avançar penosamente pela rua vazia. Com o canto do olho, ele viu outro movimento na cortina da janela de Roween.

— Menino esperto — ele chamou —, onde fica a casa do homem que cuida do centro de visitantes no topo da montanha?

O menino o encarou e desviou os olhos.

— Um homem gordo. — Omar Yussef estendeu as mãos à frente de sua barriga, encheu as bochechas e balançou de um lado para outro. O menino repuxou o queixo e sacudiu a cabeça. *Ele está rindo*, percebeu Omar Yussef. — Um homem gordo que usa um boné com o nome dos cigarros que ele fuma.

O menino andou pela rua, com a bola sob o braço. Khamis Zeydan mancou ao lado de Omar Yussef.

— Se você pretende jogar basquete com esse garoto, aviso logo que a minha perna não me deixa pular — disse.

— Imagino que você irá compensar essa deficiência jogando sujo — provocou Omar Yussef.

O menino chegou até uma viela entre dois prédios e apontou na escuridão.

— Obrigado, menino esperto — disse Omar Yussef.

O menino foi na direção do parque, jogando a bola desajeitadamente para o alto e fazendo um movimento brusco com a cintura para pegá-la, seus braços afundando a cada vez como se fosse um peso tremendo.

Omar Yussef entrou na viela escura. A brisa refrescou-o agora que saíra do sol. Atrás de um dos prédios, um toldo verde vistoso oscilava levemente acima de um pátio cheio de ferro-velho. Encostada na parede de concreto aparente de um barracão, estava uma velha motocicleta japonesa desmontada como uma carcaça no deserto, as molas rasgando o assento empoeirado. Um tambor de óleo enegrecido, perfurado para ventilar um fogo nos meses mais frios, ficava ao lado de uma pia de porcelana e um colchão apodrecido com mofo. Numa poltrona rota de couro, o zelador que encontrara o corpo de Ishaq tirava uma soneca com o boné sobre os olhos. Sua camiseta branca suja tinha escorregado para cima da barriga e o suor brilhava na pança peluda.

Khamis Zeydan jogou seu cigarro nele. A guimba aterrissou acesa na camiseta. O zelador endireitou-se com um susto, jogando o cigarro fora. Quando viu o uniforme do policial, ele agarrou os braços de sua poltrona e ficou boquiaberto.

— Tarde de alegria — cumprimentou Omar Yussef.

— Tarde de luz, *ustaz* — balbuciou o homem.

— Eu trouxe comigo um colega de patente mais alta. — Apontou para Khamis Zeydan. — Ele é um brigadeiro.

O zelador engoliu em seco e saudou o policial.

— Bem-vindo, paxá — ele disse.

Khamis Zeydan o encarou sem expressão.

Omar Yussef deu um passo rápido para a frente e olhou de cima para o zelador. Os olhos do homem se arregalaram de surpresa.

— Você tranca aquele lugar todas as noites? — Ele ergueu o dedo na direção do topo do monte Jerizim, visível por cima do teto de zinco do barracão.

— Isso mesmo — respondeu o zelador.

— Você tranca o portão no estacionamento?

— Essa é a única entrada, *ustaz*.

— Quem tem a chave?

— Só eu.

— O corpo de Ishaq não estava lá quando você trancou de noite, mas você o encontrou na manhã seguinte.

O zelador assentiu em silêncio. Khamis Zeydan deu um pequeno passo na direção dele e o homem gordo afundou-se no couro rachado da poltrona.

— Então como o corpo foi parar lá?

— Não sei, *ustaz*.

— Quem quer que tenha levado o corpo para a montanha teria de estar com a chave.

— Não, isso não é possível.

— A menos que tenha tido a sua ajuda.

O zelador tirou seu boné e enxugou a careca com o braço. Olhou a frente do boné. Estava encharcado de suor. Ele passou um dedo peludo sobre o logotipo da marca barata de cigarros israelenses.

— Há uma trilha por entre os pinheiros atrás da aldeia. Passa por um buraco na cerca atrás da fortaleza.

— De que adianta trancar o portão se há um buraco na cerca?

— Ninguém sabe sobre o buraco, a não ser nós. De todo modo, não há nada lá em cima para se roubar.

— Quem é *nós*?

O zelador mordeu o lábio inferior.

— O povo da aldeia.

— Os samaritanos?

O vigia mantinha os olhos em Khamis Zeydan. O chefe de polícia aproximou-se e acariciou a luva de couro da mão protética.

Omar Yussef aproximou-se também.

— Ishaq foi levado para o topo da montanha depois de morto ou foi assassinado lá. Mas com certeza não passou pelo portão, já que estava trancado. Deve ter entrado pelo buraco na cerca; um buraco que só os samaritanos conhecem.

— Então o corpo foi levado para lá por um samaritano. — Khamis Zeydan sorriu. — Isso restringe as possibilidades.

— Um samaritano jamais iria profanar nosso lugar sagrado dessa maneira.

Omar Yussef pensou por um momento.

— A menos que estivesse fazendo isso pelo bem do povo samaritano — disse.

— Como um assassinato poderia ser para o nosso bem? — O zelador ergueu os braços. Os pelos escuros nas axilas rebrilhavam de suor.

Omar Yussef observou o homem atentamente.

— Quem está lá em cima agora?

— Ninguém. — O vigia abriu as palmas das mãos. — Eu tenho que fazer um intervalo alguma hora, não?

— Poderemos voltar a conversar com você.

O homem gordo inclinou a cabeça.

— Bem-vindo, *ustaz*. Bem-vindo, paxá. — Eles o deixaram examinando a queimadura de cigarro em sua camiseta.

Quando eles voltaram à rua, o chefe de polícia contraiu o lábio superior. Ergueu o polegar e fez um gesto na direção da viela.

— Meu estimado pai costumava dizer, "quando o lobo vem, o cão de guarda desaparece para ir cagar". — Ele se voltou para Omar Yussef. — Muito conveniente que ele não estivesse por perto quando o assassinato ocorreu, não?

Omar Yussef coçou a bochecha pensativo. Conduziu Khamis Zeydan para o jipe.

— Ishaq disse à sua mulher que queria enterrar a coisa perigosa com a qual estava lidando atrás do templo. Devem ter sido os detalhes das contas. Eu acho que ele quis dizer que os escondeu lá em cima, no monte Jerizim.

— Atrás do templo? O que isso quer dizer?

— O templo dos samaritanos outrora se erguia no cume dessa montanha. Temos de olhar lá.

— Você queria subir alto o suficiente para que a queda fosse fatal. Talvez tenha achado o lugar certo. O único lugar mais alto do que aquele templo é o céu.

O som distante de um rifle perturbou o silêncio da aldeia.

— A brincadeira começou cedo hoje — disse Khamis Zeydan.

Omar Yussef piscou olhando para o azul vívido do céu. Os tiros soavam horríveis e incongruentes com a tranquilidade do topo da montanha.

Um som mais profundo pontuou os disparos dos rifles. Omar Yussef baixou os olhos para a rua. O menino com as orelhas tortas pegou sua bola de basquete que quicara na lateral da casa de Roween. Ele parou, olhou para Omar Yussef, e então a jogou mais uma vez contra a parede. Pegou a bola e passou pelas covas de fogo da celebração da Páscoa, detendo-se para encarar Omar Yussef antes de continuar.

Omar Yussef olhou para Khamis Zeydan, ergueu o queixo para o menino e o seguiu. O chefe de polícia suspirou e foi atrás.

Uma fumaça fina saía dos carvões no fundo das covas onde os samaritanos tinham feito seu sacrifício. O ar estava denso com o aroma de gordura de carneiro. Alimentado por ela, poderia levar dias para os fogos se apagarem.

O menino os levou até uma fileira de árvores na fronteira do parque. O cheiro do sacrifício mesclava-se com o aroma de sauna dos pinheiros ao sol. Os passos deles esmagavam o tapete de agulhas caídas.

Uma silhueta num vestido azul os observava de uma pequena clareira. Quando chegaram lá, Roween acariciou o rosto do menino e ajeitou seu cabelo. O suor rebrilhava na pele mais escura na borda dos lábios da mulher e nos cabelos castanho-avermelhados finos que caíam sobre o seu rosto. Ela recuou para um canto à sombra e se sentou numa pedra.

— Ele é meu irmão — disse para Omar Yussef, com a mão no braço do menino. — Ishaq era muito afeiçoado a ele. — Ela sussurrou no ouvido do menino e ele saiu a passos largos por entre as árvores, voltando para aldeia.

Omar Yussef observou-o indo e se perguntou sobre os elos entre o homossexual, seu cunhado retardado e sua esposa sem graça. Os desajustados tinham compartilhado alguma espécie de ternura numa comunidade unida por uma convenção rígida.

Khamis Zeydan se posicionou numa pedra, de costas para a clareira, guardando a entrada.

Roween deu um leve sorriso conspiratório para Omar Yussef. *Essa mulher tem os seus segredos*, ele pensou. *Ishaq pode não ter sido o marido que ela queria, mas eles estavam unidos por algum tipo de amor e compartilhavam coisas que ninguém mais sabia*

— Esse é o caminho para a abertura na cerca? Para chegar ao topo da montanha quando o portão está fechado? — perguntou ele.

— A trilha começa aqui. Mas pode-se pegar a estrada para a extremidade mais alta da aldeia e entrar por lá, para encurtar a caminhada. — Roween olhou rapidamente na direção das casas samaritanas e esfregou o suor em seus lábios. — O senhor esteve na casa do sacerdote Jibril.

Omar Yussef lembrou-se do movimento na cortina dela quando ele entrara na casa do sacerdote.

— Falamos sobre Ishaq — disse ele — e a devolução do Pergaminho de Abisha.

— O que ficou sabendo? — Roween empurrou a bochecha com a língua.

— Descobri que os sacerdotes samaritanos não são mais capazes de confrontar as verdades mais difíceis do que os xeques muçulmanos. Estaria eu prestes a descobrir que as mulheres samaritanas apenas escondem tudo o que sabem por um tempo, até perceberem que estão falando com um amigo de verdade?

Roween sorriu com um lado da boca.

— *Ustaz*, Ishaq estava entre Kanaan e o Hamas. Ambos queriam algo que só ele podia obter para eles.

— Ishaq obteve de Kanaan os documentos escandalosos sobre os figurões do Fatah e os deu para o Hamas.

Roween assentiu.

— O Hamas deu a Ishaq o Pergaminho de Abisha, que eles tinham roubado, e ele o entregou para o sacerdote — continuou Omar Yussef. — Ishaq tinha os detalhes das contas secretas do antigo presidente e devia tê-los dado a Kanaan em troca dos documentos.

— Mas ele não deu.

Omar Yussef ouviu as agulhas de pinheiro estalando quando Khamis Zeydan se levantou. *Roween atraiu o interesse dele*, pensou.

— Ishaq foi assassinado porque não entregou as informações sobre as contas. — Omar Yussef pegou seu lenço e enxugou o rosto. O pano ficou cinza da sujeira das covas. — Ele devia saber que era perigoso ficar com esses documentos.

— O sacerdote disse a ele para não entregá-los a Kanaan.

— Jibril? O pai dele?

— Ele queria o pergaminho *e* o dinheiro do antigo presidente — revelou Roween.

Khamis Zeydan deu um passo para o meio da clareira.

— O sacerdote ficou com o pergaminho. Awwadi ficou com os dossiês escandalosos. Mas Kanaan não ficou com os documentos das contas. Foi como pensamos: Kanaan é o parceiro decepcionado. Aí está o seu assassino.

Omar Yussef coçou o queixo.

— Kanaan matou Ishaq, Roween?

— De jeito nenhum. Tenho certeza disso. Kanaan amava Ishaq profundamente. Ele sempre ajudou Ishaq e o promoveu. Não consigo vê-lo voltando-se contra alguém de quem gostava tanto.

Khamis Zeydan esfregou os dedos contra o polegar, fechando um pouco a mão.

— Trezentos milhões de dólares transformariam amor em ódio, não acha?

— Dinheiro não falta a Kanaan, mas ele não tinha ninguém como Ishaq — disse Roween.

— Como o pai de Ishaq tinha tanto poder sobre ele? — perguntou Omar Yussef. — Ishaq não poderia simplesmente ter dito que era arriscado demais não entregar os documentos das contas?

Roween fez uma careta.

— Quando Ishaq voltou de Paris, ele foi forçado a se mostrar muito contrito perante os anciãos da aldeia, para que revertessem a decisão de expulsá-lo do nosso povo. Foi humilhante, porque eles se referiam à sua... sua inclinação de uma maneira desdenhosa. Acredito que Jibril tenha ameaçado chamá-lo diante dos anciãos mais uma vez.

— E quanto a você?

— Eu?

— Jibril a faria comparecer perante os anciãos? — Omar Yussef desviou seus olhos. — Para testemunhar que Ishaq era incapaz de desempenhar seus deveres enquanto marido.

Roween baixou o queixo para o peito. *Ela não tinha considerado essa possibilidade*, pensou Omar Yussef. *Teria Ishaq arriscado tudo para proteger a mulher?* Roween encarou Omar Yussef com os olhos arregalados e espantados.

— Eu teria mentido por ele — afirmou.

— Em caso de morte, Ishaq instruiu que meio milhão de dólares fossem enviados para um homem chamado Suleiman al-Teef num banco em Nablus. Ele é um de seus amigos no Fatah?

Roween desviou os olhos.

— Não deve ser ninguém importante. Meio milhão não é muito, comparado a 300 milhões, certo?

Um devaneio horrorizado se abatera sobre ela.

— Eu teria mentido por ele — repetiu, levantou-se e caminhou por entre as árvores para a aldeia.

Omar Yussef ficou observando Roween sair ao sol e passar entre as covas fumegantes. Ela segurou a saia acima dos tornozelos grossos e pálidos enquanto se movia pelo chão irregular. Chegou ao pátio atrás de sua casa e desapareceu do outro lado de uma porta metálica verde.

Omar Yussef atravessou a clareira e se apoiou numa árvore. Secou a nuca com seu lenço sujo.

— Estou com calor — disse. — Acho que devíamos ir para algum lugar com ar-condicionado.

— Do que você está falando? — Khamis Zeydan apontou a encosta entre as árvores. — Nós não íamos procurar os documentos financeiros no topo da montanha?

— Isso poderia levar horas. Não temos tempo para isso agora, depois do que Roween nos contou. Temos que cuidar de algo mais urgente. Depois poderemos voltar aqui. — Omar Yussef passou o lenço na testa suada. — Eu acho que Liana mentiu quando disse que Kanaan estava em Nablus. Não passamos por ele ao subir pela estrada. Ele deve estar na mansão e dessa vez irá nos receber, uma vez que nós sabemos porque ele não conseguiu os documentos das contas de Ishaq. Precisamos pressioná-lo quanto a isso.

— Não o faça chorar também. Suas cenas lacrimosas já esgotaram a minha compaixão por hoje. — Khamis Zeydan franziu o cenho e mancou em meio às árvores.

O tiroteio se intensificou lá embaixo no vale. Era o fim da tarde. A vida noturna de Nablus estava se aquecendo.

CAPÍTULO 28

Na porta da mansão de Amin Kanaan, Khamis Zeydan murmurou um palavrão e cuspiu. Omar Yussef franziu a testa para a gosma de ostra brilhando ao sol. Um criado precipitou-se no leque de degraus de mármore, espantado e ultrajado, como se o catarro tivesse acertado seu rosto. *Devia ter deixado Abu Adel no jipe*, Omar Yussef pensou. *Meu amigo pode estar guardando algum cuspe para Kanaan. Ainda assim, preciso da segurança da arma em sua cintura para entrar na casa do homem que tentou acabar comigo.*

— Diga ao seu patrão que sabemos exatamente como Ishaq o deixou na mão — falou Omar Yussef.

O criado fungou e os conduziu pelo hall, o chão polido acalentando um coral pálido com o primeiro fulgor do pôr do sol entrando pela janela alta. Ficaram esperando o marido de Liana, no salão em que tinham estado com ela.

Khamis Zeydan atravessou um tapete de Tabriz antigo e abriu as portas de vidro. O tiroteio distante soou mais alto.

— Puta que pariu — disse, chutando de leve a parede.

Omar Yussef contorceu-se em sua poltrona dourada.

— Você vai se comportar? Porque, se não for capaz de conter a sua raiva, é melhor esperar do lado de fora.

— Eu não vou dar a ele esse prazer.

— Que prazer?

— De me ver acovardado em seu jardim.

— Você prefere que ele o veja perdendo a compostura?

— Não vou perder a compostura.

Omar Yussef encarou o chefe de polícia. Khamis Zeydan fez um gesto impaciente com a mão e acendeu um Rothmans.

O criado entrou e manteve a porta aberta para Amin Kanaan. Ele caminhou suavemente sobre os tapetes persas usando mocassins de camurça clara, uma camisa italiana azul-celeste com os três primeiros botões abertos e o colarinho levantado nos lados do pescoço. Ele trocou um aperto de mão suave com Omar Yussef.

— Antes de começarmos nossa conversa, aviso que já sei que você não é realmente um funcionário do Banco Mundial, *ustaz.* — Kanaan moveu um dedo em riste para Omar Yussef.

— Eu não disse que era. Você que não tomou o cuidado de fazer as perguntas certas.

Kanaan sorriu. Ele deu a volta no sofá rococó para cumprimentar Khamis Zeydan, abrindo os ombros e expandindo seu amplo peito.

— Meu caro Abu Adel, bem-vindo ao meu lar — disse. — Sinta-se em sua própria casa e como se estivesse com a sua família.

Os olhos de Khamis Zeydan baixaram para a intrincada estampa do tapete.

— Sua família está com você — sussurrou, como se a fórmula de cumprimento estivesse engasgada em sua garganta.

Kanaan segurou os ombros do chefe de polícia e lhe deu três beijos. Ele foi até o sofá, onde se reclinou.

— Por favor, sente-se, irmão Abu Adel — convidou.

— Ficarei de pé. — Khamis Zeydan mexeu na maçaneta da porta de vidro aberta e pôs a cabeça para fora, como que para fugir do aroma da riqueza no corpo do velho rival.

— Você sempre fez as coisas à sua maneira — disse Kanaan.

— Discordo. Eu obedecia à ordens. Fiz o que o Velho me mandou fazer.

— Ora, vamos, ele não dava ordens. Ele dava indicações. Você tinha de interpretá-las, da mesma forma que eu. Era o que o tornava tão traiçoeiro. Era como ele nos mantinha todos em seu poder. Nunca se sabia quando ele ia puxar o tapete debaixo da gente e negar tudo. Ele fez isso com você em Damasco uma vez, lembra? — Kanaan voltou-se para Omar Yussef. — Nosso amigo Abu Adel foi traído pelos sírios, que lhe puseram uma bala nas costas.

— Ele me contou a história toda — disse Omar Yussef.

Kanaan lançou um olhar a Khamis Zeydan.

— Contou? — falou, lentamente. — Contou mesmo?

— Não estamos aqui para reminiscências — cortou Omar Yussef. — Tenho algumas perguntas.

— Achei que você tinha dito ao meu criado que tinha algumas informações. Mas, de qualquer forma, aguarde o café, *ustaz* Abu Ramiz — disse Kanaan.

O criado voltou com uma bandeja de prata e três xícaras pequenas, cada uma pintada com um cartucho dourado.

Omar Yussef pegou o seu café.

— Que Alá abençoe as suas mãos — disse para o criado.

— Que Ele abençoe — respondeu o criado.

Omar Yussef voltou-se formalmente para Kanaan:

— Que sempre haja café em seu lar.

Kanaan observou Khamis Zeydan receber sua xícara, equilibrando o pires entre o polegar e o indicador.

— Com certeza haverá, *ustaz* — respondeu Kanaan. Ele manteve o olhar em Khamis Zeydan, sorrindo com a relutância do chefe de polícia em aceitar a sua hospitalidade. — Pode ter certeza disso.

Perto da janela, um pedestal de mármore cor de jade se erguia até altura do peito de Khamis Zeydan. Fora projetado para um busto, mas estava vazio. Ele pôs sua xícara de café nele.

— À sua dupla saúde, Abu Adel — disse Kanaan, erguendo própria xícara. — Bem-vindo.

Khamis Zeydan mudou o peso de um pé para o outro.

Kanaan lambeu os lábios com prazer pelo desconforto do policial.

— Abu Adel...

— Foda-se você — gritou Khamis Zeydan. — Não quero o seu café. Não vou fingir que não gostaria que você estivesse morto.

— E eu que achei que você viera aqui me acusar de ter assassinado Ishaq. Em vez disso descubro que talvez você tenha vindo para me matar.

— Não seja ridículo, honrado Amin — disse Omar Yussef. Ergueu um dedo na direção de Khamis Zeydan. — Tenha cuidado, Abu Adel.

— Ridículo? Eu não seria o primeiro a ser morto porque o seu amigo decidiu resolver uma pendenga — disse Kanaan. — Esse sujeito foi o principal assassino do partido por duas décadas. Ele me odeia porque eu sei quem ele realmente é.

— O que você quer dizer? — perguntou Omar Yussef.

Khamis Zeydan agarrou as bordas do pedestal de mármore e encarou ferozmente a minúscula xícara de café colocada no centro dele.

— Desde que ele voltou do exílio para viver em Belém, fiquei de olho em Abu Adel. Eu tinha de ficar. Não podia saber quando ele tentaria algo contra mim, dada a nossa história. — Kanaan sorriu zombeteiro. — Ele se apresenta como um policial honrado. Mas foram homens como ele que deram aos palestinos sua má reputação, com seus ataques terroristas por toda a Europa, seus sequestros de aviões e sua guerra no Líbano.

Khamis Zeydan golpeou com a mão a xícara no pedestal. Ela se espatifou no chão.

— Se dependesse de mim, teria havido paz décadas atrás — gritou. — Mas pessoas como você ganhavam muito dinheiro a partir do caos, da falta de regras, das oportunidades para a corrupção. Você me mantinha lutando e os outros morrendo só para poder explorar nosso povo e ficar rico.

— Mas nós dois conseguimos o que queríamos no fim. Eu fiquei rico, e você teve a emoção, a chance de ser um cara durão. — Kanaan ergueu as sobrancelhas de modo debochado. — Nós dois conseguimos o que queríamos.

Khamis Zeydan avançou na direção de Kanaan e agarrou o sofá. O empresário moveu-se abruptamente para trás, temendo uma agressão.

— Não, não conseguimos — disse Khamis Zeydan. Sua respiração soou ruidosa pelo nariz. Ele inclinou-se para perto de Kanaan, os lábios abertos mostrando os dentes, como um cachorro se preparando para atacar. — Eu não consegui o que *eu* queria.

Kanaan se recompôs.

— Suponho que não. — Ele sorriu.

Liana, pensou Omar Yussef. *Meu amigo não ficou com ela, e agora parece que ela era tudo o que sempre quis.*

— Abu Adel, talvez seja melhor você esperar no jardim — ele disse.

Khamis Zeydan revirou seus olhos claros. Bateu a porta do jardim atrás dele e mancou pelo gramado até o caramanchão.

Omar Yussef acabou seu café e colocou a xícara nos azulejos armênios da mesa de centro. Limpou os resíduos do bigode.

— Abu Adel é um amigo estimado e eu não acho justo que você continue com essa animosidade de tanto tempo atrás — comentou ele.

Kanaan pôs a mão no coração.

— Não é o seu amigo quem guarda rancor?

Omar Yussef apoiou os cotovelos nos joelhos.

— Você mandou Mareh para me matar, mas tem sorte de que eu seja mais indulgente do que Abu Adel. Não estou atrás de você, tenho outro objetivo. Só quero saber a verdade sobre você e Ishaq.

Kanaan deu de ombros.

— Você não vai protestar dizendo que já me contou a verdade? — perguntou Omar Yussef. — Que está ofendido de eu suspeitar que esteja escondendo alguma coisa?

— Não tenho nada a esconder — disse Kanaan. — Esteja à vontade para me perguntar o que quiser.

— Você deu a Ishaq documentos com as sujeiras de todo o alto escalão do Fatah — afirmou Omar Yussef. — Em troca, ele deveria lhe informar sobre as contas bancárias secretas do Velho. Mas ele recuou.

— Isso não é uma pergunta.

— Por que ele voltou atrás?

— Eu não sei.

— Você perguntou ao sacerdote Jibril porque o negócio não foi até o fim?

Kanaan ficou surpreso e falou, devagar:

— Eu *deveria* perguntar a ele?

— Você queria o dinheiro para quê? — perguntou Omar Yussef.

— Não entendi a sua pergunta. É necessária uma razão para querer dinheiro?

— O que eu quis dizer foi: você já não tem dinheiro o bastante?

— O dinheiro não era para mim. Eu queria que ele fosse para o Tesouro palestino oficial, para onde os doadores internacionais pretendiam que fosse originalmente.

— Você acha que sou ingênuo assim para acreditar nisso?

— Depois de sua visita anterior, achei melhor saber mais sobre você, *ustaz.* — Kanaan apontou o indicador para Omar Yussef. — Primeiro descobri que não fazia parte do Banco Mundial. Então fiquei sabendo que você tem uma espécie de passado problemático.

— O que você quer dizer? — Omar Yussef sentiu uma descarga de adrenalina. *O que esse homem sabe sobre mim?* Ele foi invadido por uma onda de culpa pelas coisas erradas que sabia ter feito e raiva de acusações falsas que lhe fizeram ao longo dos anos.

— Você foi despedido de seu emprego numa ótima escola. Por quê? Foi o alcoolismo? Ou teria acontecido alguma coisa com um dos alunos? Para certos homens, uma escola é repleta de tentações sexuais.

— Como ousa...

— Você teve problemas com as autoridades jordanianas quando era um estudante radical também, não? Assassinato, não foi? Você provavelmente me dirá que as acusações foram retiradas. Mas num país árabe, com nossos sistemas de justiça corruptos, isso não exatamente limpa o seu nome. Também soube que teve algumas ligações duvidosas em Damasco, quando foi estudante lá.

— Você está apenas requentando besteiras velhas.

— Então por que seu rosto está vermelho? — Kanaan passou a mão por suas costeletas grisalhas. — De fato, como você afirmou, eu não preciso desse dinheiro para uso pessoal. Ganhei muitos milhões com construção e bancos. Mas os palestinos são pobres.

— Por causa de homens como você.

Kanaan moveu a mão como se dissipasse um mau cheiro.

— Eu queria recolher todo o dinheiro escondido mundo afora pelo antigo presidente e usá-lo para construir hospitais e escolas para o nosso povo. Se você insiste em me enxergar como um completo egoísta, veja deste modo: se eu conseguir ajudar a limpar a corrupção da Palestina e a construir uma boa infraestrutura, os investidores internacionais irão injetar dinheiro na economia e meus bens aqui irão se valorizar.

Omar Yussef baixou o olhar para os nós de suas mãos. *Terei ficado cego às melhores intenções desse homem pela animosidade que Khamis Zeydan sente por ele? Talvez ele esteja me contando a verdade agora.*

— Se eu tentei tirá-lo do caminho foi porque eu não sabia quais eram os seus objetivos — disse Kanaan. — Não pode me culpar por pressupor que se você encontrasse o dinheiro iria ficar com ele, ou entregá-lo a alguma facção aliada a seu amigo Abu Adel. Eu já paguei para todos os outros interessados não procurarem o dinheiro, porque queria ter certeza de que seria eu a localizá-lo. Planejava então depositá-lo no Tesouro palestino.

— Se alguém se recusasse a aceitar o pagamento para desistir de procurar, você então recorria a Mareh e seus próprios métodos especiais?

— Eu usei medidas extremas porque o destino de nossa nação depende da recuperação desse dinheiro.

— E quanto a Suleiman al-Teef? Você o comprou?

— Eu não sei quem é esse.

— Se tudo isso é verdade, por que você não coordenou a sua busca com a de Jamie King? O Banco Mundial poderia tê-lo ajudado.

— Estrangeiros como ela apenas ficam no caminho.

Omar Yussef flexionou os dedos.

— Ishaq pegou os dossiês comprometedores. E ele não cumpriu a promessa de entregar os documentos das contas?

— Correto.

— Então você o matou?

A pálpebra de Kanaan tremeu e algo por baixo de sua calma controlada ficou abalado.

— Eu jamais poderia ter feito isso. Eu o amava.

— Você não pode matar alguém que ama? O amor é geralmente a razão mais popular para assassinatos.

Kanaan deu uma olhada pela janela para o caramanchão onde Khamis Zeydan estava sentado, encolhido e mal-humorado.

— Você não acha que se eu fosse esse tipo de homem eu teria matado outras pessoas próximas a mim? Ishaq não foi a primeira pessoa que eu amava que me traiu.

Sua esposa, com o arrojado jovem oficial de campo que agora está aborrecido no jardim, pensou Omar Yussef.

— Liana?

— Em Beirute, eu tinha um acordo com ela. Estávamos prometidos um ao outro, embora não formalmente noivos. Então descobri que ela tinha amado outro homem também.

Kanaan aceitou Liana como esposa mesmo depois daquela traição, concluiu Omar Yussef. *A atração dele por ela não era só uma questão de sexo. Ele a ama como se fosse do seu próprio sangue.* Omar Yussef ergueu a cabeça. *Seu próprio sangue.*

— Ishaq era seu filho.

O queixo de Kanaan afundou como o de um homem a ponto de dormir.

— Ele era meu filho — admitiu. O empresário fez uma pirâmide com as pontas dos dedos perto de seu nariz grande e irregular e fechou os olhos. — Liana e eu tivemos relações antes de nosso casamento. Você precisava tê-la visto, *ustaz*. Ela era corajosa e inteligente, a mulher mais bonita de Beirute. Você alguma vez esteve lá?

— Não desde meus tempos de estudante.

Kanaan sorriu sonhador.

— O espírito de Beirute naquela época nos arrebatou e uniu nossos corações. Liana rejeitava a moralidade conservadora de nossa cultura e até me convenceu de que eu podia me juntar a esse repúdio. Ela passara um tempo na Europa e tinha visto como os casais jovens viviam lá.

— Você não parece um hippie para mim.

— Éramos radicais, não hippies. Naqueles dias, a revolução era algo criativo e idealista. Artistas e gente do teatro costumavam visitar nossos quartéis-generais. Eu encontrei com a grande atriz inglesa Vanessa Redgrave mais de uma vez.

Omar Yussef arregalou os olhos, mas Kanaan não pareceu notar.

— Ninguém sabia quem estaria vivo no dia seguinte. Você podia ser morto pelos sírios, pelos israelenses, pelas milícias cristãs, pelas gangues xiitas, por uma ou outra das facções palestinas, até pelo próprio Velho. — Kanaan olhou para o sol que refletia das altas janelas do salão. — Se você encontrava alguém que o amasse, você amava de volta com toda a vida que tinha, toda a vida que poderia ser apagada no dia seguinte, na hora seguinte.

Omar Yussef deu um sorriso sarcástico.

— Liana ficou grávida.

— Logo depois que ficamos noivos, eu a enviei para Nablus para ter o nosso bebê — contou Kanaan. — Eu tinha de tirá-la de Beirute, onde todo o resto das pessoas da OLP estava, para evitar um escândalo. Ela não podia ir para a casa da família dela em Ramallah, porque todo mundo a conhecia lá. Nablus é a minha terra. Quando ela deu à luz aqui, eu paguei o sacerdote samaritano para adotar o menino. Escolhi esconder meu filho com pessoas tão à margem da cidade para que nenhum conhecido jamais descobrisse a verdade, mas o menino ainda estaria perto o suficiente para que pudéssemos vê-lo crescer.

— Por que vocês não foram morar na Europa com ele?

— Era o que Liana queria. Mas percebi que só ela podia viver fora da moralidade e das tradições de nosso povo. Só ela podia abandonar a sociedade palestina. Eu era muito fraco. — O amarelo doentio em volta das íris de Kanaan brilhou desolado à luz que desvanecia. — Depois do nosso casamento, era tarde demais para pegar o menino de volta sem admitir o que havia acontecido. Seria uma terrível mancha na reputação de minha mulher reconhecer que havíamos tido relações físicas antes de nosso casamento.

Omar Yussef compreendia o dilema. Muitas mulheres tinham sido mortas por manchar a honra de suas famílias, até mesmo pela suspeita de sexo antes do casamento, quanto mais com um nascimento ilegítimo. *A família de Liana devia ser um pouco mais moderna quanto a isso, mas eles poderiam facilmente tê-la renegado*, pensou. *Com certeza a carreira empresarial de Kanaan teria sido destruída pelo escândalo.*

— Mas eu financiei a educação de Ishaq e o promovi no partido — contou Kanaan. — De que outro jeito você acha que um pobre menino samaritano iria se tornar o consultor financeiro de nosso presidente? Eu incentivei Ishaq como teria feito com meu filho legítimo.

Kanaan fitou o brilhante piso de mármore. Por um instante, Omar Yussef se perguntou se ele ainda estava respirando, então o homem cobriu o rosto com ambas as mãos e gemeu. Omar

Yussef sabia que agora, quando Kanaan estava frágil, ele tinha de pressioná-lo.

— Ishaq morreu como seu homônimo bíblico, Isaac, estava destinado a morrer — disse ele.

— O que você quer dizer?

— Isaac foi amarrado, pronto para o sacrifício, no pico da montanha onde o templo mais tarde seria construído. Seu pai, o Profeta Ibrahim, ou Abraão, como os judeus o chamam, era quem o mataria.

— Você acha que eu sou Ibrahim? Ibrahim não matou Isaac no fim, e, de qualquer forma, isso é só uma velha história. — Uma onda da colônia de Kanaan flutuou por cima da mesa de centro até Omar Yussef. — Ishaq ameaçou me chantagear se eu criasse caso por ele não ter me entregado os documentos das contas.

— Ele pôs as mãos em você?

— Do que você está falando?

Omar Yussef pensou em Nadia e sua história de detetive americana e escondeu o sorriso atrás da mão.

— Ele ameaçou revelar quem eram os seus pais verdadeiros? Kanaan passou os dedos pelos cabelos.

— Teria destruído a minha mulher.

— E você?

— A essa altura já tenho dinheiro demais para qualquer sujeira me atingir. Muitos canalhas precisam de mim ao lado deles. Eles conteriam seu ultraje moral facilmente. Mas minha mulher é mais vulnerável do que eu. Ela não teria suportado o escândalo.

— Como você reagiu à chantagem de Ishaq?

— Eu cedi. Concordei que ele podia ficar com os documentos bancários. Avisei que seria perigoso para ele guardar essa informação, que gente cruel iria descobrir a verdade e forçá-lo a entregar os detalhes das contas. Eu tinha pago pessoas para deixar os fundos secretos para mim, mas se eu não assumisse as contas bem rápido, elas iriam considerar a temporada de caça aberta de novo. — Kanaan abriu as mãos amplamente e as deixou cair nas suas calças de linho de corte elegante. — E é claro que elas, seja lá quem for, o encontraram e o mataram.

— Quem está agora com os detalhes das contas?

— Não sei. Quem assassinou Ishaq, suponho.

— E os arquivos sobre as sujeiras do pessoal do Fatah?

Kanaan sorriu amargamente.

— Eu os recuperei.

— Você não viu razão para manter seu acordo com Ishaq, uma vez que ele estava morto.

— Eu não recebi a minha parte na transação. Mandei meu pessoal à casa de Awwadi e peguei os documentos de volta.

— Por que você mandou matar Awwadi também?

— Eu só queria os documentos. Mareh tinha algum motivo pessoal para assassinar Awwadi, então ele o fez.

A briga sobre a esposa de Awwadi, lembrou-se Omar Yussef. Ele esfregou o queixo.

— Por que Ishaq não ficou em Paris?

— Ele voltou porque achava que era um samaritano. Sentia-se só e queria estar com eles. Mesmo não tendo que esconder sua orientação sexual na Europa, não se sentia em casa lá. Há algumas semanas ele descobriu a verdade sobre o seu nascimento e veio aqui enfurecido. Não parecia ele mesmo. — Kanaan estremeceu. — Em momentos de ação sempre havia algo em seus olhos que sugeria que ele gostava do perigo. Mas não naquele. Os olhos dele pareciam que iam explodir. Deixou-me aterrorizado.

Omar Yussef franziu o cenho e coçou o queixo.

— Sei o que você quer dizer — falou ele. — Como Ishaq descobriu?

— Acho que o sacerdote nos entregou, porque ninguém mais sabia. Eu disse a Ishaq que mantivera o nascimento dele em segredo por causa de Liana, mas isso apenas o deixou furioso com ela também. A pessoa que mais amávamos no mundo se voltou contra nós.

— Isso o deixa com apenas uma pessoa para amar.

Kanaan enrubesceu por baixo de seu bronzeado uniforme.

— Eu lhe darei qualquer coisa para manter isso em segredo.

— Você ainda está preocupado com o escândalo? O rapaz está morto.

— Tenho de pensar em minha mulher. A morte de Ishaq a deixou... — ele procurou a palavra adequada — ... frágil. Eu darei qualquer coisa que estiver a meu alcance.

Omar Yussef levantou-se e foi até as portas de vidro. *Por que todo mundo quer conspirar comigo?*, ele se perguntou. *Será que pareço desonesto? Ou serei o confessor deles, como os padres os quais os católicos procuram para a remissão de seus pequenos e venais pecados. Um padre não pode perdoar pecados mortais, entretanto.* Ele bateu de leve no vidro. *Eu posso?*

Khamis Zeydan atravessava o gramado de costas para a casa. Um pássaro enfiou seu longo bico fino na grama e extraiu uma minhoca. Deu alguns passos e deixou-a cair, pegou-a de novo, abriu as asas para mostrar suas listras pretas e brancas, e voou para os galhos de um plátano.

Omar Yussef pôs a mão sobre a boca e acariciou o queixo. Ele sorriu para o rosto abalado de Amin Kanaan.

— *Há*, sim, alguma coisa que acho que você pode conseguir para mim — disse.

CAPÍTULO 29

Omar Yussef desligou o motor e esperou, no silêncio, por uma emboscada. Quando Khamis Zeydan assobiou, ele se deu conta de que os dois estavam prendendo a respiração, antecipando a portentosa descoberta que esperavam fazer no monte e temerosos de que fossem encontrar mais alguém, um assassino, procurando algo ali também. Pisando nas agulhas de pinheiro secas em volta do jipe, Omar Yussef passou pelas árvores até encontrar a trilha para o forte bizantino contornando um grupo de pedras. A pistola de Khamis Zeydan reluzia ao luar.

— Guarde essa arma — disse Omar Yussef. — Podemos nos deparar com alguém perfeitamente inocente e você terá atirado antes de descobrirmos quem é.

— Eu vou mirar para ferir — sussurrou Khamis Zeydan. — Se tem alguém aqui em cima, depois de o portão ter sido trancado, duvido que seja inocente.

— Provavelmente nós vamos ficar horas procurando o lugar onde Ishaq enterrou esses documentos secretos. Se você atirar em alguma sombra, a aldeia inteira virá e nos pegará. Não conseguiremos fazer isso sem que percebam, e amanhã o Banco Mundial cortará a sua ajuda. Temos de fazer isso esta noite. Não estrague tudo.

Khamis Zeydan bufou esvaziando as bochechas. Ele manteve a mão armada erguida, o cano apontando para os galhos no alto, e prosseguiu pisando cautelosamente à frente de Omar Yussef, como se esperasse que o chão sob cada passo fosse explodir.

Eles passaram pelo buraco na cerca e os pinheiros começaram a escassear. Pedras, há muito desmoronadas dos velhos muros da fortaleza, espalhavam-se irregularmente como uma costeira ondulando sob a luz oscilante da lua.

— Você consegue subir com o seu pé nessas condições? — perguntou Omar Yussef. — Parece uma subida difícil entre essas pedras caídas.

— Você prefere que eu fique esperando aqui embaixo o seu cadáver vir rolando? — Khamis Zeydan sacudiu o pé e deu um tapa na coxa para fazer o sangue circular.

— Já que você colocou as coisas desse jeito, meu irmão — disse Omar Yussef —, fique por perto.

Ele pisou numa das pedras e viu que sua perna tremia de medo. A apreensão o fez sentir-se insensato. Ele era um professor, não um homem de ação como o policial atrás dele, com a pistola a postos. E, no entanto, ali estava ele, subindo uma pilha de pedras antigas de noite, incerto quanto ao que o esperava no alto.

Seu tornozelo virou e o sapato saiu do pé. Ele estremeceu, inclinando-se para colocá-lo de volta, e se apoiou numa pedra para se firmar. Estava áspera com o líquen e o desgaste dos tempos.

— Agora ambos estamos com um pé ruim.

— Ao menos eu me diverti um pouco enchendo a cara e comendo porcaria para ficar com o meu assim — retrucou Khamis Zeydan.

— Nós não estamos nos divertindo agora?

Khamis Zeydan abaixou-se, a pistola ainda erguida.

— Estou adorando cada minuto. — Ele sorriu sombriamente. — Começo a torcer para que haja realmente alguém lá em cima.

— Não há. — Omar Yussef flexionou o tornozelo. — Os documentos que Ishaq escondeu estão lá em cima, em algum lugar perto da pedra chata onde o antigo templo se erguia. Só isso.

— Nunca vale a pena ser surpreendido. Prepare-se para um comitê de boas-vindas.

Eles subiram as pedras um ao lado do outro. Omar Yussef inclinava-se para usar as duas mãos onde a encosta era mais íngreme. Khamis Zeydan manteve a arma na mão e se equilibrava usando a prótese. Eles se moviam em silêncio, embora Omar Yussef achasse que a respiração pesada poderia muito bem soar como um grito em meio ao silêncio em volta deles. Sua pulsação trovejava em seu pescoço como fogos de artifício do ramadã.

As rochas espalhadas na encosta os levaram para uma elevação na base dos muros da fortaleza. Adiante de uma leve depressão no cume, a pedra que tinha estado no centro do antigo templo samaritano fazia um ângulo com o declive do pico da montanha, como carvão com um brilho prateado. Seu centro era marcado por uma mancha mais escura. Omar Yussef apertou os olhos. A mancha na pedra pareceu mover-se para um lado. *É uma sombra projetada pelas nuvens passando na frente da lua?*, ele se perguntou. Algo se esticou na escuridão no centro da pedra plana. Fez um movimento abrupto para cima, e então se dobrou. Era um braço.

— Tem alguém lá — exclamou Omar Yussef.

Eles se apressaram na relva em direção à pedra do templo.

Omar Yussef pisou na rocha sagrada e sentiu eletricidade subindo por seus pés e pernas. A descarga acelerou sua respiração, a adrenalina parecia socar e comprimir seu coração.

O corpo se moveu de novo. Um braço se agitou, depois caiu com um ruído dos nós dos dedos contra a pedra. O antebraço, que saía de um vestido azul, era levemente coberto de pelos pretos. Omar Yussef ajoelhou-se e segurou o braço estendido, esfregando os dedos frios entre as mãos.

— Roween, está me ouvindo? — perguntou.

A mulher samaritana abriu um olho, tanto quanto a contusão cercando-o permitia. Um corte ensanguentado dilacerava a pele dela da mandíbula para cima e escondia o outro olho. Ela sorveu ar desesperadamente em meio a dentes quebrados. Seu vestido subiu acima dos joelhos, mostrando suas pernas grossas, machucadas e arranhadas. Ela exalou e Omar Yussef pensou que era o estertor da morte.

Khamis Zeydan deu uma volta completa.

— Até onde pude ver não há ninguém por perto — disse, pondo a pistola no coldre.

— Quem fez isso com você, Roween? — perguntou Omar Yussef, apertando os dedos dela.

Roween tossiu e escorreu sangue do canto de sua boca.

— Abisha — murmurou ela.

— O pergaminho? Um homem chamado Abisha fez isso?

— Abisha. — Roween engasgou de novo e a força de sua tosse quase a fez sentar-se ereta. Ela agarrou a barriga, sentindo dor e rolou de lado.

Omar Yussef sentiu algo úmido esfriar em seu rosto. Ele passou as costas da mão na bochecha e ela ficou escura. Roween tossira sangue sobre ele.

— Onde estão os detalhes das contas? — Khamis Zeydan ajoelhou-se ao lado da mulher espancada. Sua voz estava ríspida e clara. — Onde estão?

Eles estão no Pergaminho de Abisha, Omar Yussef compreendeu. *Ela sabe que viemos aqui para procurar os documentos bancários secretos. Ela está nos dizendo que Ishaq os escondeu dentro da caixa do pergaminho. Era isso que ele queria dizer com "atrás do templo". Não tinha nada a ver com o antigo local do templo. Ele se referia à imagem em prata ornamentando a caixa do Abisha.* Omar Yussef ergueu uma mão para conter Khamis Zeydan.

— Deixe-a descansar — sussurrou. — Ela está quase partindo.

Khamis Zeydan balançou a cabeça e se aproximou da face de Roween.

— Onde? — perguntou.

— Sinagoga. — A voz de Roween era quase inaudível. Seu olho vidrado lutou para focalizar o rosto de Omar Yussef. Ele chegou mais perto, pegou o lenço em seu bolso e limpou o sangue da bochecha e da boca da mulher.

— Ele sabia — disse ela. — Kanaan.

— O quê? Kanaan sabia o quê? Que Ishaq era seu filho? — Omar Yussef sussurrou gentilmente.

— Ele sabia sobre Kanaan — disse.

— Ishaq sabia que era filho de Kanaan?

— Pergunte a ela sobre o outro sujeito. — Khamis Zeydan cutucou Omar Yussef. — Como era o nome dele mesmo?

— Roween, você sabe quem é Suleiman al-Teef? — perguntou Omar Yussef.

O lábio da mulher retorceu-se, como se ela quisesse sorrir.

— Meu irmão — murmurou.

Omar Yussef pensou no menino deficiente jogando sozinho sua bola de basquete e no cunhado terno que ele perdera. Agora ele estava para perder a irmã que o amava.

O olho de Roween se fechou. Seu corpo se convulsionou e ela agarrou a mão de Omar Yussef com tanta força que parecia que os ossos em seus dedos iam quebrar.

Ele olhou desamparado para Khamis Zeydan, agarrou o colarinho do amigo e o empurrou para perto da mulher morrendo.

— Não podemos fazer nada? Você está sempre se gabando de assassinatos e batalhas — gemeu. — Você nunca tentou salvar a vida de alguém? Não pode fazê-la parar de sangrar?

O chefe de polícia removeu a mão de Omar Yussef de sua camisa e a segurou delicadamente. Ficou perto do rosto de Roween, esperando sua última palavra.

A palavra não veio. Khamis Zeydan fechou seus lábios, como se para evitar inalar a respiração moribunda de Roween. Omar Yussef passou as pontas dos dedos carinhosamente sobre a acne da mulher. Uma nuvem escondeu a lua e os hematomas e cortes no rosto dela tornaram-se não mais do que sombras. Parecia uma garota simplesmente dormindo.

Ele soluçou e deitou a mão de Roween ao lado do corpo. A pedra ainda estava quente do sol do dia quando a tocou com os dedos. Omar Yussef levou o lenço ao rosto, procurando uma parte não coberta com o sangue de Roween, e enxugou as lágrimas de desesperada ternura em seus olhos.

Lá embaixo, em Nablus, uma metralhadora atirou.

O professor cerrou os dentes e fechou com força os olhos que ardiam.

— Talvez os documentos não estejam mesmo escondidos aqui em cima. Talvez estejam na sinagoga — concluiu Khamis Zeydan.

— Eu acho que foi o que ela quis nos dizer, sim — Omar Yussef fungou. — Templo. Não é assim que os judeus chamam as suas sinagogas? Os samaritanos devem usar a mesma palavra. Pode ser isso que Ishaq queria dizer. É também onde eles guardam o Pergaminho de Abisha, lembre-se. Eu acho que os documentos podem estar escondidos no pergaminho, na sinagoga.

— Ela deve ter contado a mais alguém o que Ishaq dissera, e eles a surraram até a morte porque acharam que sabia mais.

— Talvez esteja morta porque não quis falar nada. — Omar Yussef pensou no amor que tinha havido entre Roween e Ishaq. Não era a união comum entre marido e mulher. Omar Yussef se perguntou se Roween teria sentido repulsa diante da perspectiva das atenções rudes e desajeitadas de um marido e se teria sido mais feliz com seu parceiro sensível, mesmo não sendo o que a família queria para ela.

— Meu irmão — disse Khamis Zeydan, acariciando de leve o ombro de Omar Yussef.

Omar Yussef olhou para baixo do topo da montanha. O vale estava às escuras, como se Nablus estivesse se escondendo. Mas as armas garantiam que não estava tranquila.

Ele se pôs de pé.

— Vamos — disse.

— Para a sinagoga? Para Nablus? — Khamis Zeydan olhou para o vale escuro, escutando o tiroteio.

— Não podemos esperar até amanhecer. Quem matou Roween pode ter a mesma informação que nós. Estão provavelmente a caminho da sinagoga agora. Se não chegarmos lá primeiro, centenas de milhões de dólares que eram para melhorar a vida de nosso povo irão cair nas mãos dos canalhas que mataram essa mulher.

Omar Yussef fechou os olhos. No vento ao longo da crista, ele ainda conseguia ouvir o último suspiro de Roween.

CAPÍTULO **30**

Eles souberam que tinham perdido a pista da estrada para Nablus quando o jipe atingiu rastros de tanques, levantando poeira.

— Esse deve ser o caminho que os israelenses usam para suas incursões noturnas — disse Khamis Zeydan. — Apague os faróis.

O jipe chacoalhou em sua suspensão ruidosa sobre a estrada de terra esburacada. Omar Yussef enfrentou as seções íngremes se encostando no banco, os cotovelos travados e o pé tremendo com força no breque.

— Espero que sua diabete não esteja incomodando amanhã — disse —, porque eu já dirigi mais do que aguento.

— Se você conseguir nos levar a Nablus sem bater em um tanque israelense ou um jipe cheio de milicianos do Hamas, não precisará dirigir mais, porque eu vou carregá-lo nas minhas costas o dia todo em gratidão — falou Khamis Zeydan.

Eles chegaram aos primeiros prédios brancos e silenciosos na extremidade mais alta da cidade e logo estavam numa parte pavimentada da estrada. Ficou mais fácil dirigir e Omar Yussef relaxou, até os tiros no vale o lembrarem de que eles estavam indo para o perigo e agindo com um prazo mínimo. Ele imaginou que os membros do conselho do Banco Mundial estariam em jantares em Georgetown naquele momento. Quando chegassem ao escritório de manhã, eles iriam cortar a linha financeira vital de seu povo. Ele se lembrou de Sami, Zuheir e Ramiz, de Nadia, e da Palestina melhor que queria para eles. *Não vou deixá-los na mão*, pensou.

Em frente à sinagoga samaritana, desligou o motor e escutou. Um alarme de carro uivava e uma metralhadora gaguejava na casbá. Sob os sons dissonantes, ele detectou um silêncio sem fôlego, como a enérgica expectativa de uma criança atrás de um sofá brincando de esconde-esconde. A noite esperava por ele. Ele apertou os olhos. *Estou pronto.*

Khamis Zeydan galgou o primeiro lance de degraus para a sinagoga. Omar Yussef foi atrás dele. Sentia-se alerta, jovem, determinado.

A entrada da sinagoga estava escura. Khamis Zeydan puxou sua arma para atirar na fechadura. Omar Yussef agarrou o punho dele. O chefe de polícia hesitou, então pôs a pistola no coldre. Omar Yussef baixou a maçaneta, sentiu o trinco abrir e empurrou a porta cuidadosamente. *Foi deixada destrancada por acaso*, Omar Yussef se perguntou, *ou tem alguém lá dentro?* Khamis Zeydan espiou na escuridão do interior, franzindo o cenho. Ele assentiu e ambos entraram.

O salão principal estava silencioso e sombrio. A porta para a escada no fundo da sala emitiu uma luz tremeluzente. Passos apressados subiram a escada e um homem apareceu no salão, sua túnica longa e seu tarbuche iluminados em silhueta pelo azul-claro da escada.

Omar Yussef acendeu as luzes.

Na porta da escada, Jibril Ben-Tabia piscou quando as luzes fluorescentes acenderam. Ele agarrava algo junto ao peito, enrolado nas dobras de sua túnica, como uma mãe protegendo o filho. O choque de ser descoberto durou um momento, e então a face velha e enrugada do sacerdote endureceu-se em ultraje.

— Como vocês ousam entrar neste prédio? — gritou, erguendo um dedo rígido na direção de Khamis Zeydan. — As forças de segurança não têm permissão de entrar aqui sem um mandado.

— Não estou usando um uniforme, Vossa Reverendíssima — disse Omar Yussef. — Também preciso de um mandado?

— O que você quer?

— Vejo que está com o Pergaminho de Abisha.

— Você veio atrás de nosso tesouro mais valioso? — O sacerdote recuou na direção da escada. — Veio para roubá-lo mais uma vez?

Omar Yussef sorriu escarnecedor.

— Não somos ladrões e Vossa Reverendíssima não veio aqui para proteger o pergaminho.

— Não ouviram o tiroteio? Vocês, palestinos, estão lutando uma guerra civil. Qualquer coisa pode acontecer em Nablus esta noite. Eu vim para levar nossa preciosa relíquia para a aldeia no monte Jerizim, onde esses porcos não serão capazes de roubá-la de nós.

— Veio para procurar dentro do pergaminho os 300 milhões de dólares — disparou Omar Yussef.

— Do que você está falando?

— Roween lhe contou que Ishaq disse que escondera aqueles documentos "atrás do templo", não foi? De início você deve ter pensado, como eu, que eles estavam no monte Jerizim. — Omar Yussef pôs as mãos nos quadris e se inclinou na direção do sacerdote. — Você levou Roween para o templo lá em cima, porque achou que ela poderia lhe mostrar o lugar exato em que Ishaq os guardara.

— Isso não passa de conversa fiada.

— Mas ela não sabia de mais nada. Você a espancou e agora ela está morta, e, no entanto, você não descobriu nada.

— Ela está morta?

— Então, você se lembrou do ornamento de prata no estojo de pele de bezerro do pergaminho, a imagem do templo nela. E concluiu que Ishaq escondeu os detalhes da conta em algum lugar dentro da caixa ou do pergaminho quando Nouri Awwadi o devolveu para ele. Você deixou Roween morrendo e veio aqui pegar o pergaminho.

O sacerdote olhou para o Abisha aninhado em seu braço. Ele passou os dedos na imagem em baixo-relevo do templo. Seus olhos se fecharam e sua expressão ficou enlevada, como um homem explorando o corpo de sua amada no escuro.

— Eu não acredito em você — disse ele. — Roween não está morta. Você está tentando me enganar.

Khamis Zeydan deu um passo na direção do sacerdote.

— Eu não me importo se você matou todos os seiscentos samaritanos, velho. Eu vim atrás do pergaminho.

Jibril apertou o Abisha.

— E *eu* não me importo que o mundo inteiro tenha de morrer, ninguém terá esse pergaminho a não ser o meu povo.

— Você admite, então. Você matou Roween. — Omar Yussef fitou enfurecido a caixa oblonga nos braços do sacerdote. — Depois que a moça contou o que Ishaq dissera, você continuou a bater nela, até perceber que era tudo o que ela sabia. Mas então Roween não podia mais ser salva.

Jibril sorriu.

— Paxá, foi você quem me contou o que Ishaq dissera a Roween sobre o templo. Eu tentei forçá-la a me dizer até esse ponto, mas ela manteve a boca fechada.

— Eu contei? — Omar Yussef vacilou. *Quando estive na casa do sacerdote, eu contei a ele?*

Jibril lambeu o lábio superior.

— Se estamos apontando culpados, então você a matou.

Khamis Zeydan deu um passo à frente de seu amigo.

— Já ouvi besteiras demais — disse ele para o sacerdote. — Dê-me o pergaminho.

Jibril precipitou-se para o alto da escada.

— Trancarei esta porta antes que você consiga me alcançar — disse. — Prefiro destruir os documentos secretos a entregá-los a vocês. O governo de vocês permitiu que os samaritanos fossem expulsos de nosso antigo bairro. Não vou deixar seus dedos infiéis tocarem o Pergaminho de Abisha ou ficarem com o dinheiro.

Omar Yussef pôs a mão no antebraço de Khamis Zeydan.

— Espere, Abu Adel, vamos conversar com ele — pediu.

Khamis Zeydan deixou Omar Yussef passar. O sacerdote ameaçou recuar mais uma vez, mas Omar Yussef ergueu as mãos.

— Vossa Reverendíssima, sou mais jovem, mas não estou em grande forma — ele disse. — Se eu tentasse alcançá-lo, já teria descido escada abaixo antes mesmo de eu conseguir pôr a mão na maçaneta.

Jibril tocou a barba com os dedos.

— Vocês, policiais, não compreendem o que aconteceu com o nosso povo.

— Não sou um policial. Sou um professor de história.

O sacerdote ficou confuso por um instante e sua expressão se tornou conciliadora.

— Então conhece a nossa história nesta cidade, *ustaz* — disse ele. — Nablus era inteiramente nossa na época dos bizantinos. Então chegaram os muçulmanos. Vivemos ao lado deles por séculos na casbá, até nos descobrirmos presos entre eles e os israelenses. Primeiro nos mudamos da casbá para este bairro, depois tivemos de deixar Nablus de vez, para a nossa nova aldeia no topo do monte Jerizim.

— Para ficarem perto de seu local sagrado.

— Isso é o que dizemos às pessoas, mas foi sobretudo para fugir dos perigos de Nablus. — Jibril apontou um dedo para Khamis Zeydan, como se o chefe de polícia fosse a encarnação da violência de que seu povo fugira. — O dinheiro nas contas secretas do Velho será a recompensa pela injustiça histórica que os samaritanos sofreram. Os seus líderes já o roubaram de vocês. Quem irá notar se, em vez disso, acabar em nossas mãos?

— O Banco Mundial está no encalço desse dinheiro — afirmou Omar Yussef. — Eles perceberão. Não pode simplesmente fazer o dinheiro desaparecer.

— Eles ainda não o localizaram. Ishaq o escondeu bem.

— Você fala sobre injustiça; e quanto à injustiça que Ishaq sofreu? Ele era seu filho.

— Ele gostava de transar com homens. Mereceu o fim que teve.

Omar Yussef deu um passo para trás, espantado com o súbito veneno do sacerdote.

— Eu o vi chorando por ele hoje mais cedo — disse. — Sei que você não o odiava.

— Eu o criei bem. — O sacerdote arreganhou os dentes maliciosamente. — Veja no que se transformou.

A bochecha de Omar Yussef se contorceu sob o olho esquerdo.

— Você o matou, não foi? — disse ele. — Você matou Roween, mas antes matou seu próprio filho.

— Ele era adotado.

Omar Yussef pensou em Miral e Dahoud, que ele adotara após terem ficado órfãos. *Eu sinto mais amor por eles em um ano do que esse sacerdote é capaz de mostrar por Ishaq após duas décadas*, disse para si mesmo.

— A adoção não é diferente da paternidade biológica — disse.

— Um filho do meu sangue não teria sido uma bichinha imunda. — O sacerdote brandiu o Pergaminho de Abisha. — Há bastante dinheiro nessas contas bancárias secretas para manter meu povo seguro por décadas. Mas também tem um pouco para você. O que me diz?

Omar Yussef ergueu o dedo para o sacerdote. Sua mão tremia de fúria.

— As últimas palavras de Roween foram "Ele sabe sobre Kanaan". Quando ela disse isso, pensei que estava tentando me dizer que Ishaq se recusara a entregar as contas secretas porque estava bravo por Kanaan ter ocultado a verdadeira paternidade dele. Mas "ele" era você. Você sabia, claro, que Kanaan era o pai de Ishaq, porque o empresário foi até você com o filho ilegítimo e o pagou para adotá-lo.

— Você disse que era um professor de história — disse o sacerdote —, mas agora é um detetive, no fim das contas?

— Você tentou chantagear Ishaq para que ele lhe desse os detalhes bancários, em vez de entregá-los a Kanaan. Você ameaçou tornar público que ele era o filho ilegítimo dos Kanaan.

Jibril ergueu o pergaminho e olhou convidativamente para Omar Yussef.

— Um milhão de dólares. Para cada um de vocês — propôs.

— Dois milhões.

— Ishaq não fez exatamente o que você queria. Ele lhe deu o pergaminho, mas não o dinheiro — disse Omar Yussef. — Serviu como uma barganha para mantê-lo calado sobre seu nascimento escandaloso e proteger seus pais verdadeiros. Ele escondeu os documentos das contas. Você o torturou para fazê-lo dizer onde estavam, mas foi longe demais e ele morreu.

— Por que eu teria pressa de obter o dinheiro? Se Ishaq o tinha, acabaria me dando no fim.

— Seu tempo estava acabando. Ishaq pretendia se encontrar com uma mulher do Banco Mundial que estava investigando as finanças secretas do Velho. Ishaq ia entregar as informações sobre as contas para ela, para que o dinheiro passasse a integrar o orçamento palestino oficial e fosse usado para construir hospitais e escolas. Você precisava pegar os documentos antes que isso acontecesse.

— É verdade que eu o amava. — O sacerdote engasgou, os olhos voltados para o chão, toda a sua malícia exaurida. — Mas o futuro de meu povo não era mais importante do que a vida de Ishaq?

Khamis Zeydan deu um passo para o lado de Omar Yussef, com a arma na mão. O sacerdote olhou para cima e seus olhos se arregalaram, espantados e com medo. Ele se virou para a escada, mas o policial ergueu a arma. Omar Yussef abaixou-se enquanto a pistola era disparada perto de seu ouvido.

Sua audição voltou com um zumbido de gás escapando. O sacerdote jazia no chão perto da porta. Khamis Zeydan andou rapidamente até ele e virou-o de costas com a bota. Pegou o Pergaminho de Abisha e o estendeu para Omar Yussef.

— Vamos ver se você estava certo quanto ao dinheiro — disse.

Omar Yussef olhava para o resto de Jibril. O tarbuche do sacerdote rolou pelo chão. Sua cabeça era careca e pequena sem o chapéu. Omar Yussef apontou sem forças para o homem morto.

— Por quê?

— Ele estava fugindo com o pergaminho — respondeu Khamis Zeydan. — Ia destruir os documentos das contas. — Ele empurrou o estojo de pele de bezerro para os braços do professor e fez uma carreta.

Omar Yussef sentiu a pulsação latejar em suas palmas, onde o estojo ficara, contendo tanto conhecimento e história. Ergueu os olhos arregalados de assombro para Khamis Zeydan.

O chefe de polícia suspirou impaciente e pegou o estojo de volta.

— Tenha cuidado com ele — pediu Omar Yussef. Ele seguiu Khamis Zeydan para o banco de trás da sinagoga.

Khamis Zeydan torceu os fechos na extremidade do estojo. Abriu o Pergaminho de Abisha sobre o banco.

Omar Yussef deu um grito e agarrou o braço de seu amigo.

— Você vai danificá-lo.

Khamis Zeydan desvencilhou-se dele.

— Você quer encontrar as informações sobre as contas ou não?

— Não se destruirmos este artefato antigo no processo.

Khamis Zeydan puxou a ponta do pergaminho. Ele desenrolou-se ao longo do banco e para o chão.

— Por Alá, é comprido — ele murmurou.

— Se você alguma vez tivesse se dado o trabalho de ler a Bíblia, saberia disso.

— Isso é a Bíblia inteira?

— Só os cinco primeiros livros.

— Muito obrigado, padre Abu Ramiz. Então você agora é um leitor de Bíblia? Quando eu o conheci, era um esquerdista que odiava religião.

— Não tanto quanto eu odiava a ignorância. Por favor, guarde-o antes que você o danifique de forma irreparável.

Khamis Zeydan enrolou o pergaminho com folga, segurou- o na vertical e o chacoalhou. A pele de bezerro estalou em seus dedos.

— Nada dentro dele — disse. Largou o rolo no banco e sentou de costas para Omar Yussef, olhando o corpo do sacerdote.

Omar Yussef pegou o rolo de pergaminho. Ele girou os cabos até ficar bem enrolado e o devolveu ao estojo. Passou a mão sobre a pele de bezerro.

— Eles fizeram esses estojos com o lado da pele no exterior — ele disse. — Mas o pelo do bezerro ainda está dentro. Veja.

Khamis Zeydan grunhiu.

Omar Yussef passou os dedos pela placa de prata na frente do estojo com a imagem em baixo-relevo do templo. *Será que pode ser isso que Ishaq quis dizer com "atrás do templo"? Não no pergaminho, mas atrás dessa peça de prata?* Ele enfiou uma unha sob a borda da placa. Saiu um pedaço de goma preta. *Isso não é aberto há algum tempo*, ele pensou. Ergueu a borda do painel de prata até conseguir enfiar um dedo atrás dela. Puxou a pele de bezerro para trás e enfiou a mão inteira. Não encontrou nada a não ser uma camada rançosa de gordura de bezerro de 400 anos.

— Bom, é isso — disse Khamis Zeydan. — O segredo de Ishaq morreu com ele.

Omar Yussef soltou o Pergaminho de Abisha no banco e se pôs rapidamente de pé.

Khamis Zeydan olhou para ele.

— Foi isso o que Ishaq disse a Roween — exclamou Omar Yussef. Ele olhava fixamente para a frente da sinagoga.

Khamis Zeydan seguiu o olhar dele.

— Ó céus, o que é agora?

— Ishaq falou para ela que a coisa em que estava trabalhando era um segredo entre ele, o antigo presidente e Alá. O presidente está morto, e Ishaq disse que quando ele morresse também ia ser um segredo que só Alá saberia. — Omar Yussef entrou no corredor e se precipitou para a frente da sinagoga.

— Então, de algum jeito você descobriu o segredo de Alá?

— Exatamente — Omar Yussef assentiu. — O segredo de Alá.

— É mesmo, o deus dos samaritanos decidiu compartilhá-lo com você?

— Não, mas o sacerdote sim. — Omar Yussef subiu no tablado. — Quando eu vim aqui com Sami, o sacerdote disse que os samaritanos nunca destroem documentos religiosos antigos, mesmo quando ficam inutilizáveis. Eles os colocam dentro desse baú.

Ele ergueu a longa tampa do banco de pinho. O cheiro forte de pergaminho velho desprendeu-se dos rolos amarelados em seu interior. Ele se voltou para Khamis Zeydan.

— O sacerdote disse que eles o chamam de "segredos de Alá". — Omar Yussef ajoelhou-se, enfiou as mãos na pilha de pergaminhos e tirou um punhado.

— O segredo que Ishaq dividia com seu deus?

Omar Yussef assentiu.

— Aqui dentro.

Khamis Zeydan pôs o braço dentro do baú e tirou um pesado rolo. Ele tossiu com a poeira que subia do interior do móvel.

Rolos e livros em encadernações gastas se empilharam no chão em volta deles e o ar ficou empoeirado e acre. Khamis Zeydan tossiu tão forte que teve ânsia de vômito.

Omar Yussef passou os dedos pelo fundo do longo baú. Sentiu o veio da madeira velha seca. Os pergaminhos no fundo estavam tão quebradiços quanto a massa do doce *baklava*.

Então ele sentiu outra coisa. Plástico. Ele puxou contra o peso dos documentos de cima e tirou uma pasta de papelão de dentro de um saco de plástico fechado. A pasta estava repleta de planilhas e colunas de números, todas tendo como cabeçalho a águia da Autoridade Palestina e o endereço do escritório do presidente em Ramallah.

Khamis Zeydan assobiou baixinho.

— Bancos na Suíça, companhias com registros no Caribe — disse Omar Yussef, folheando o documento. — É isso.

— Por Alá — sussurrou Khamis Zeydan.

Omar Yussef devolveu a pasta para o saco de plástico e o segurou junto ao peito com as duas mãos. Percebeu que a pulsação de entusiasmo que sentira quando pisara na pedra do templo e quando tocara o Pergaminho de Abisha estava ausente. Os documentos tinham o peso da morte.

Khamis Zeydan pegou seu telefone celular.

— Estou ligando para o Sami — disse. — Quero que ele se encarregue disso. Não quero nenhum outro policial me fazendo perguntas sobre o samaritano morto ali, e com certeza ninguém mais pode saber que você tem 300 milhões de dólares em suas patinhas trêmulas.

Omar Yussef ajoelhou-se junto a Jibril A pele do homem morto estava tão pálida e seca quanto os pergaminhos empilhados no chão em volta do baú. Ele deve ter tido ajuda quando levou Ishaq e Roween para o topo da montanha. Era muito fraco para dominar qualquer uma de suas vítimas sozinho. Mas Omar Yussef jamais descobriria quem ajudara o velho sacerdote, agora que Jibril jazia morto.

Khamis Zeydan murmurou para Sami no telefone. Quando ele desligou, Omar Yussef se voltou para ele.

— Você realmente atirou no sacerdote para evitar que ele destruísse os documentos das contas? — perguntou. — Ou foi para proteger a reputação de sua antiga amante? Com Jibril morto, ninguém sabe sobre o filho ilegítimo de Liana, a não ser o marido dela.

Khamis Zeydan acendeu um Rothmans e arremessou com o polegar o fósforo sobre os bancos da sinagoga. Olhou para o baú.

— Esse é outro dos segredos de Alá — disse.

CAPÍTULO 31

A noite recuava para uma faixa malva no cume do Jerizim. Omar Yussef ficou olhando enquanto se desvanecia e respirou o ar frio e puro da aurora. Manteve os olhos na montanha até que o céu azul se estendeu sobre o último vestígio da noite, e continuou a olhar. Ele torceu a boca num sorriso amargo. Não confiava que a escuridão tivesse partido. Se ele se virasse para onde a montanha descia na direção da casbá, tinha certeza de que veria a sua essência sombria se escondendo lá. O sol poderia banhar Nablus no calor do fundo do vale, mas nunca venceria as sombras. Nas vielas da cidade velha, era sempre uma sinistra meia-noite.

Sami desceu os degraus do lado de fora da sinagoga. Omar Yussef enrolou os documentos das contas e enfiou-os desajeitadamente no bolso das calças.

— Ocultando provas? — Sami sorriu.

— Você vai me revistar?

— Eu não estive em momento algum ansioso por investigar. Não vou ficar agora.

Khamis Zeydan saiu da sinagoga mancando e se apoiou no corrimão junto aos degraus.

— O sacerdote interrompeu outra tentativa de roubo do Pergaminho de Abisha — disse Sami. — Os ladrões o mataram, mas entraram em pânico e deixaram o pergaminho para trás. Essa é a versão oficial. O que acham?

Omar Yussef tocou o bigode.

— Sami, o que há de errado com a verdade? — perguntou. — Abu Adel estava fazendo seu trabalho como policial detendo um criminoso. Tenho certeza de que podemos explicar a morte do sacerdote honestamente.

Os olhos de Sami tornaram-se sombrios sobre os malares do rosto.

— A verdade está em seu bolso, Abu Ramiz. A verdade é que o ex-presidente desviou centenas de milhares de dólares para contas bancárias secretas, enquanto os palestinos comuns viviam em campos de refugiados horríveis e estudavam em escolas superlotadas. O que há de errado com a verdade? Muita coisa.

Omar Yussef viu a dureza nos olhos do jovem. Khamis Zeydan cuspiu no pátio do porão da sinagoga. *É esse o momento em que Sami fica igual ao seu mentor*, Omar Yussef se perguntou, *com as mãos sujas e transigente?*

— É a verdade, mesmo assim — disse ele. — Não desista disso, Sami. Ao menos o dinheiro não encherá mais os bolsos de líderes corruptos. Não espero que você se torne idealista quanto ao povo palestino, mas me diga que restaurei um pouco de sua fé.

Sami enfiou o rolo de documentos mais fundo no bolso de Omar Yussef.

— Cuidado ou você poderá perdê-los — avisou. A dureza deixara seu rosto. — Sério, Abu Ramiz, é tarefa de um detetive fazer com que todo mundo saiba quão ruins são as coisas?

Omar Yussef ergueu um dedo, como fazia quando dava aula.

— Detetives são como o pano para polir uma peça de prata sem brilho. Mostra-se orgulhosamente a prata, brilhante e admirada. O pano é jogado num armário, sujo e fora da vista, marcado com a lembrança da sujeira que todos acreditam que foi apagada para sempre.

Sami sorriu.

— Você prometeu que estaria alegre quando chegasse a hora do meu casamento, Abu Ramiz.

— Você vai manter a festa?

Sami ergueu o braço bom, então bateu um nó do dedo contra o gesso.

— Minha noiva estará à minha esquerda na procissão, e não há mais nenhum motivo para adiar. Escute, o que você está ouvindo?

— Nada.

— Exatamente. O tiroteio cessou — disse Sami. — A batalha na casbá chegou a um fim por volta da hora em que você e Abu Adel estavam na sinagoga com o sacerdote. Quando estávamos fotografando a posição do cadáver e tirando as digitais, os homens de Amin Kanaan dominaram Nablus totalmente.

— Então o combate acabou?

— O Hamas recuou por ora. Estavam em desvantagem depois que Awwadi foi morto. Ele era o líder militar na casbá. O povo estava bravo também quanto à maneira como o xeque caluniou o Velho. O Hamas teve de recuar. Meu casamento vai acontecer esta tarde.

— Mil felicidades.

Sami subiu os degraus. Deu um tapinha nas costas de Khamis Zeydan e fez um sinal para uma dupla de paramédicos.

Eles entraram na sinagoga com uma maca laranja dobrada e voltaram alguns minutos depois com o cadáver de Jibril.

A mão do sacerdote pendia da maca, batendo nos degraus enquanto eles desciam. Omar Yussef deteve os paramédicos. Ele suspendeu o braço de Jibril e pôs a mão do morto sobre a manta que o cobria. Apoiou a própria palma da mão na pele áspera do morto e sentiu os osso frágeis.

Um dos paramédicos ajeitou as mãos nas alças, dando um solavanco no corpo em cima da maca, e por um segundo Omar Yussef pensou que o velho sacerdote voltara à vida. Isso acelerou sua pulsação e o deixou ansioso, mesmo quando os paramédicos desciam os últimos degraus para a rua.

Na calçada, Jamie King observou a maca passar. Ela subiu os degraus, três por vez, até Omar Yussef, suas botas marrons de trabalho ruidosas na pedra, e pegou a mão dele entre as suas. Estava vestida para o frio da madrugada com um suéter roxo e jeans pretos, mas as palmas de suas mãos estavam úmidas de emoção.

— Estou atônita, *ustaz* — disse ela. — Quando isso aconteceu?

— No meio da noite — disse Omar Yussef. — Eu a teria chamado imediatamente, mas a polícia me pediu para esperar até os parentes mais próximos serem notificados, lá em cima. — Ele fez um gesto na direção da aldeia samaritana no Jerizim.

— Foi o sacerdote que acabei de ver na maca? O que aconteceu com ele?

— Ele não conseguiu guardar um segredo. — Omar Yussef olhou de relance para os degraus da sinagoga.

Khamis Zeydan observava os jardins esparsos de um prédio vizinho. Sami saiu da sinagoga. Acendeu um cigarro e o entregou para Khamis Zeydan. O homem mais velho o pegou sem erguer a cabeça. Sami pôs a mão nas costas de Khamis Zeydan.

— Jamie, você poderia me dar uma carona até o hotel? Preciso descansar um pouco. Tenho um casamento para ir mais tarde — pediu Omar Yussef.

Ele subiu na cabine alta do Chevrolet de Jamie King. Ela fechou a porta, virou-se para Omar Yussef e ergueu uma sobrancelha. Omar Yussef pegou a pasta de seu bolso e a desenrolou. Entregou-a para ela.

A americana abriu o saco plástico. Folheou rapidamente os papéis, dobrando o lábio inferior por trás dos dentes.

— Quanto tem aí? — perguntou Omar Yussef.

— Parece que quase tudo. — King não ergueu os olhos dos documentos. Abriu os papéis em leque com o polegar. — Centenas de milhões de dólares.

— Você tem tempo para evitar o boicote?

— Eu vou escrever o meu relatório para o conselho em Washington assim que voltar ao hotel. Tenho certeza de que isso os convencerá a desistir do boicote. Bem a tempo.

A americana enfiou os documentos no bolso para mapas na porta do motorista. Ela enxugou as mãos suadas no jeans e sorriu, entusiasmada e confusa. Quando ligou o motor, ela se virou para Omar Yussef.

— Você poderia estar muito rico — ela disse.

— Sou um palestino. Estou lhe dando esse dinheiro para que seja gasto em meu benefício, Jamie. Após anos de roubo oficial, o dinheiro finalmente é meu, porque está nas mãos certas.

— Será transferido para o Ministério das Finanças palestino — afirmou King. — Eles instituíram procedimentos contábeis adequados para controlar o dinheiro agora.

— Fique de olho neles, Jamie. — Omar Yussef soltou uma risada rouca. — Não é todo mundo na Palestina que é puro como eu.

CAPÍTULO 32

Nadia se olhava num espelho no saguão, alisando a blusa rendada rosa que sua avó comprara para ela no *souk*. Maryam pegou-a pela mão e a levou para o salão das mulheres para a celebração do casamento.

— Lembre-se, quero que você me conte tudo o que acontecer na festa dos homens, vovô — gritou Nadia.

Omar Yussef ergueu o braço para acenar e sentiu uma pressão nas costas pelo maço de documentos guardado no bolso interno de seu paletó. Ele moveu-se polidamente através da fileira de mulheres em vestidos folgados marrons, azul-marinho ou bege, lenços creme escondendo os cabelos. Ele ouviu uma série de estalos incisivos e percebeu Liana se aproximando com sapatos de salto alto e um tailleur amarelo.

— Saudações, *ustaz* — disse ela.

— Saudações em dobro, cara dama.

Um delineador preto pesado contornava os olhos de Liana. Pareceu a Omar Yussef que o próprio globo ocular tinha sido pintado e que a mulher à sua frente teria recuado para uma total invisibilidade se a sua tristeza não estivesse adornada com joias de ouro e alta-costura parisiense.

— É uma pena que não possa estar de luto como deveria pela perda de Ishaq, o sócio de seu marido. Mas você pode ao menos ter o consolo de que o assassino dele está morto agora.

Liana pareceu ficar sem fôlego por um momento.

— Quem foi? — ela ofegou.

— Jibril, o sacerdote. Ele levou um tiro de nosso amigo Abu Adel.

Os olhos da mulher incandesceram brevemente, uma chama de paixão e orgulho em meio à sua expressão rígida.

Omar Yussef olhou intensamente para Liana.

— Eu me pergunto por quem Abu Adel disparou aquele tiro — disse.

A expressão dela ficou cautelosa e pétrea de novo.

— Será que ele matou um criminoso em flagrante? Ou ele o matou para proteger o seu segredo?

— Meu segredo?

— Ou ele fez isso pelo menino? — Omar Yussef pensou nos olhos azul-claros do cadáver e na estranha sensação de reconhecimento que tivera naquele instante. Lembrou-se da dor com que o rico marido de Liana falou da infidelidade dela. Recordou que, quando contara a ela sobre o assassinato de Ishaq, Liana pedira um momento sozinha com Khamis Zeydan.

Liana inclinou a cabeça para o canto da sala e Omar Yussef a seguiu.

Ela ficou de costas para uma alta planta num vaso e esquadrinhou a sala. Falou sem mover os lábios.

— O que você quer, *ustaz?*

— Eu quero?

— Pelo seu silêncio.

Embora ela o tivesse tomado por um chantagista, Omar Yussef suspirou com pena de Liana.

— Cara dama — disse ele —, seu marido já comprou o meu silêncio.

O delineador escorreu com uma lágrima do olho de Liana, mas ela o conteve rapidamente com um lenço de papel. Retesou a pele do rosto e limpou a linha preta. Ela olhou interrogativamente para Omar Yussef. Ele piscou, indicando que o vestígio da lágrima tinha sido apagado, e ela pôs o lenço na bolsa.

— Como era o menino? — perguntou ele.

— Era bonito, corajoso e impulsivo, com uma grande capacidade para a ternura. Mas ele também tinha um temperamento explosivo. Como o pai.

Omar Yussef reconheceu as características.

— Você contou a ele? Quando eu os deixei sozinhos em seu salão na tarde em que lhe disse que Ishaq estava morto?

— Achei que contaria, mas simplesmente não consegui. — Liana cobriu os olhos. — Eu queria estar com ele no momento da minha perda, mas depois do assassinato do menino era tarde demais para contar.

— Eu nunca falarei disso com ele.

Dois músicos de camisas brancas e calças de algodão largas saracotearam no prédio. O primeiro tocava uma emocionante melodia numa flauta *shabbabah*. O segundo empunhava uma *darbouka* circular e batia um ritmo com a ponta dos dedos.

Sami e Meisoun entraram por trás dos músicos com o pôr do sol às costas deles. O paletó preto de Sami estava pendurado sobre os ombros e o braço quebrado cruzava sua camisa social azul. A pele escura rebrilhava de suor e ele sorria radiante. O vestido rendado de Meisoun era justo em seu torso esguio. Sob o véu, a cabeça balançava de um lado para o outro com o ritmo. As mulheres no hall ululararam, e os homens que chegaram com Sami batiam palmas e dançavam na batida oito por quatro da marcha nupcial *zaffah*.

Khamis Zeydan dançava atrás de Sami, estalando os dedos sobre a cabeça. *Seu pé deve estar melhor*, Omar Yussef pensou. O chefe de polícia voltou seu sorriso para Omar Yussef. Ele notou Liana, que baixou os olhos para a planta no vaso, esfregando uma de suas folhas entre os dedos. Khamis Zeydan seguiu Sami para o salão dos homens, enquanto as mulheres levavam Meisoun para a porta seguinte. Ele deu uma olhada por cima do ombro, mas Omar Yussef evitou os olhos dele.

— Eu não pude esperar por ele — disse Liana. — Quando eu vi Abu Adel no hospital ferido, os médicos me disseram que ele ia morrer. Eu queria contar que estava grávida, mas ele estava sedado demais para me reconhecer e, em todo caso, ele já era casado. Todas as minhas tolas fantasias de fugir para a Europa ou os Estados Unidos se desvaneceram. Você compreende a desgraça que eu tinha pela frente? Minha família teria me renegado. Amin vinha me cortejando e eu o convenci que o filho era dele. Eu aceitei seu pedido em casamento.

— Você tentou pensar numa maneira de criar a criança como sua?

— Mesmo se nos casássemos imediatamente, ele teria nascido logo em seguida. Meu pai era um diplomata proeminente e havia a carreira de Amin a considerar; e minha honra. Apesar de todo o meu suposto radicalismo, percebi de que estava envergonhada de ir contra as nossas tradições. Não podia permitir que as pessoas pensassem que eu tivera relações íntimas com o meu noivo.

— Você não tinha opção, cara dama. — Omar Yussef olhou para o salão dos homens. — Você ainda o ama?

O saguão estava quase vazio. Os últimos convidados estavam entrando nos salões para festejar com a noiva ou o noivo.

— Agora é diferente — disse Liana.

O amor dela por Khamis Zeydan era passional em Beirute, Omar Yussef pensou, *mas a memória se tornou melancólica com os anos de mentiras.*

— Eu odeio Amin como um burro odeia o homem que o monta, não importa o quão bem-alimentado e sem sede seu senhor o mantenha — desabafou Liana. — Mas tenho medo de deixar o meu marido.

— Por quê?

Liana arrancou uma folha do ramo da planta no vaso.

— Ele sabe de muitos de meus segredos — revelou.

Ela conteve outro filete de delineador e sorriu para que suas lágrimas parassem. Omar Yussef olhou para os olhos castanhos dela e lembrou as íris azul-celeste no rosto morto de Ishaq. *Por que todos os nossos olhos são de um desses dois tristes matizes?*, ele se perguntou.

Ao se dirigir para o salão das mulheres, Liana pôs os ombros para trás e ergueu o queixo. O tailleur amarelo-canário se misturou aos trajes mais sombrios das outras mulheres. Omar Yussef foi para o salão dos homens.

A dança se movia em torno de Sami. Ramiz e Zuheir estavam com os braços sobre os ombros de Sami e os três homens davam passos lado a lado, balançando os quadris e girando os pescoços. À margem da multidão, o xeque Bader deixou-se ficar, imóvel e sombrio. Do outro lado do salão, Amin Kanaan balançava a cabeça com a música, embora dançar com a turba estivesse abaixo de sua posição. Os cantos de seus lábios se erguiam num sorriso afável, aceitando os cumprimentos daqueles que se aproximavam dele.

A música chegou ao fim e Sami subiu num tablado. Ele sorriu para os rostos na multidão, detendo-se nos olhos de cada homem por um momento. Sentou-se numa confortável poltrona enquanto Khamis Zeydan subia na plataforma e pegava um microfone sem fio. O chefe de polícia tamborilou na cabeça do microfone para ter certeza de que estava funcionando e fez um gesto com a mão pedindo a atenção dos homens.

— Que a paz esteja convosco — disse. — Que você receba a abundância de Alá, ó Sami.

Alguns homens retornaram os votos aos brados.

— Com a proteção de Alá — disse o homem ao lado de Omar Yussef.

— Sami Jaffari tem uma família maravilhosa — disse Khamis Zeydan — e Hassan é um pai admirável.

O pai de Sami levantou a mão perto da frente da multidão para agradecer aos vivas.

— Mas eu sempre senti que Sami era como um filho para mim, porque eu sou o pai do tenente Sami, o policial — prosseguiu Khamis Zeydan.

Os risos foram calorosos. Khamis Zeydan esperou o silêncio.

— Às vezes me preocupo com os riscos que Sami corre.

Sami sorriu e ergueu seu braço quebrado.

— Mas sei que ele enfrenta esses perigos porque quer manter a lei e proteger nossa comunidade. Tenho orgulho da maneira como ele cumpre seu dever.

Omar Yussef pensou no menino que Khamis Zeydan gerara em Beirute. *Um filho está ligado a seu pai como as edificações turcas da casbá estão unidas às ruínas romanas bem debaixo da terra,* ele pensou. *Mesmo quando eles não sabem um da existência do outro, o sangue sob a pele é compartilhado.* Embora nunca tenha conhecido seu verdadeiro pai, Ishaq se moveu nos mesmos círculos traiçoeiros que Khamis Zeydan. Depois da morte de Ishaq, o chefe de polícia vingou seu menino, sem o saber, com a bala que matou o sacerdote na sinagoga. *Uma guerra separou este pai e seu filho. Um assassinato os reuniu.*

— Sami, quando você foi ao honrado xeque Bader para iniciar o processo de casamento, ele solicitou que você fizesse uma prece — continuou Khamis Zeydan. — Às vezes nós oramos sem pensar no que dizemos, mas vamos nos lembrar das palavras daquela oração. Ela pedia que você solicitasse uma mulher casta que iria "de seu útero gerar um filho puro, que vai ser minha doce reminiscência em minha vida e depois de minha morte".* Sami, que o seu filho lhe traga a mesma doçura que você trouxe para mim, que o considero um filho.

Sami levantou-se para que Khamis Zeydan pudesse beijá-lo no rosto. O chefe de polícia desceu do tablado e atravessou a pista de dança, recebendo tapinhas nas costas e apertos de mão parabenizando-o.

Amin Kanaan cutucou um de seus acólitos, apontou para o chefe de polícia, disse algumas palavras e sorriu afetadamente. *Para alguém que acabou de perder 300 milhões de dólares, além do menino que acreditava ser seu filho, ele está bastante alegre*, Omar Yussef pensou.

O xeque Bader observava o rico homem de negócios com um furor tão selvagem que parecia abrir um espaço em volta dele no salão cheio. Foi então que Omar Yussef se deu conta de que Kanaan criara uma armadilha para o xeque. *Kanaan o atraiu para um combate para poder tomar o controle de Nablus*, concluiu. *Ele plantou uma necrópsia falsa em meio aos documentos sobre a sujeira que Ishaq pretendia entregar para o Hamas. Ele sabia que o xeque iria tornar pública a conclusão da necrópsia de que o Velho morrera daquela doença vergonhosa, dando-lhe um pretexto para confrontar o Hamas.*

---

* Tradução livre do inglês. (*N. do E.*)

— Você não está dançando, pai? — Zuheir deu um tapa no ombro de Omar Yussef, sorrindo.

— Quando eu era estudante, eu dançava com as mulheres num café em Damasco. Não está mais na moda — disse Omar Yussef, fazendo um gesto para os homens na pista de dança —, mas desenvolvi um gosto por aquilo e simplesmente não gosto de dançar de nenhuma outra forma.

— É melhor manter isso em segredo, ou o xeque Bader irá promulgar uma *fatwa* contra você.

— Todos nós temos os nossos segredos.

Zuheir parou de sorrir.

— Eu estive guardando um segredo também.

— O que é, meu filho?

— Vou me casar também.

Omar Yussef ficou espantado.

— Conheci uma mulher libanesa numa viagem de pesquisa a Beirute. Estamos com a esperança de nos casarmos. É por isso que estou saindo da Inglaterra para morar no Líbano.

— Eu pensei que você fosse...

— ... um extremista religioso doido que odeia o Ocidente? Bom, não sou doido e, não importa o quanto discordemos em certas coisas, sempre terei orgulho de ser seu filho.

Omar Yussef sentiu seus olhos se umedecendo e pegou a mão de Zuheir.

— Mil felicidades, meu caro menino. — Ele beijou seu filho cinco vezes, indo de uma bochecha para outra.

— O que aconteceu com a mulher do Banco Mundial? — perguntou Zuheir. — Você conseguiu ajudá-la a encontrar o dinheiro?

Omar Yussef assentiu.

— O banco vai continuar como auxílio.

Zuheir balançou a cabeça em admiração.

— Obrigado, pai.

Omar Yussef tentou dar a sua habitual risada curta de auto-depreciação, mas ela parou em sua garganta. Tocou o braço do filho e se virou para a porta.

Ele atravessou o foyer do salão de festas e foi até o banheiro, onde encontrou Khamis Zeydan jogando água no rosto. O chefe de polícia olhou para o amigo com olhos vermelhos e um sorriso humilde.

— Eu fiquei engasgado — disse.

Omar Yussef tirou um maço de papéis do bolso interno de seu paletó e o entregou para Khamis Zeydan.

O chefe de polícia enxugou o rosto com uma toalha de papel.

— O que é isso?

— Você não andou se perguntando sobre os documentos comprometedores que sumiram do porão de Awwadi?

Os olhos azuis de Khamis Zeydan se arregalaram.

— Por Alá. — Ele agarrou os papéis. — Onde você conseguiu isso?

— Fiz um acordo com Amin Kanaan. — O dossiê estava à espera de Omar Yussef quando ele voltou ao hotel, exatamente como Kanaan prometera.

Khamis Zeydan ergueu os olhos dos documentos.

— Você estava procurando o que havia de sujo em meu passado?

— Eu não o imagino com as mãos limpas, nem mesmo se ficasse o resto do dia esfregando-as nessa pia — disse Omar Yussef —, mas você é meu estimado amigo, acima de tudo. Está limpo para mim. Sequer li o dossiê.

Khamis Zeydan folheou os papéis, olhando brevemente cada página.

— Não há muito aqui — falou.

— Ficou desapontado? Talvez você não seja tão mau quanto finge ser.

— É, talvez não seja.

Omar Yussef sorriu.

— Ponha esses papéis no bolso. Vá aproveitar o casamento.

Khamis Zeydan beijou Omar Yussef no rosto.

— Você é um amigo de verdade, meu irmão — disse ele. Passou a ponta do dedo sob o olho. — É um dia para chorar lágrimas de felicidade.

Omar Yussef pôs a mão no ombro de seu amigo.

— Lágrimas? Um cara durão como você?

— Ninguém tem mais razão para chorar do que um homem durão. — Khamis Zeydan saiu do banheiro.

De outro bolso, Omar Yussef tirou um grosso maço de papéis. Entrou num dos compartimentos privados e trancou a porta. Ele rasgou o restante do dossiê de Khamis Zeydan em pedaços minúsculos, jogando-os no vaso e dando descarga até tudo ir embora.

Quando saiu do banheiro, Omar Yussef viu sua neta na entrada do salão dos homens. Nadia estava na ponta dos pés, procurando alguém entre os homens que dançavam. Ele a chamou e a menina veio em sua direção com um sorriso. Ela estava segurando dois pratinhos de papel, cada um deles com um quadrado de trigo desfiado encharcado de xarope de um laranja vivo. Ela deu um para Omar Yussef e lhe entregou um garfo de plástico.

— Eu decidi não esperar mais até você me levar na casbá para o *qanafi*, vovô — disse ela. — Felizmente Meisoun encomendou um pouco para o bufê do casamento. Coma junto comigo, e que você tenha saúde em dobro no fundo do seu coração.

A risada de Nadia era musical e leve. Omar Yussef cortou uma fatia pequena do cálido *qanafi* com a ponta de seu garfo e, fechando os olhos, a pôs na boca. Era doce.

Este livro foi composto na tipologia Chaparral Pro,
em corpo 11,3/15,4, e impresso em papel off-white 80g/m^2
no Sistema Cameron da Divisão Gráfica
da Distribuidora Record.